Re:제로

Re: Life in a different world from zero

부터 시작하는 이세계 생활

「끄, 억?!」

「보여줘, 스바루큥!」

경악해 눈을 부릅뜬 스바루의 손을 잡고,
페리스가 상태를 확인했다.
발동한 치유술의 빛이 얼룩을 뒤덮지만
고통과 침식은 사라질 기미가 없다.

「──그 몰골, 실로 가엾어 못 봐주겠구나.

따라서 자비로운 소녀가 고이 보내 주마.」

그렇게 말한 프리실라가 천천히──『허공』에서 진홍의 검을 뽑았다.

Re: Life in a different world from zero

The only ability I got in a different world "Returns by Death"
I die again and again to save her.

CONTENTS

Re:제로

부터 시작하는 이세계 생활

나가츠키 탓페이 지음
오츠카 신이치로 일러스트

표지 · 본문 일러스트
오츠카 신이치로

프롤로그 『탁류』

머리는 뜨겁고 사고는 불타오른다.

그런데도 몸속에 도는 피는 차가워서 얼어붙어 가는 느낌이 든다.

"카악——!"

이를 딱 부딪쳐 얼어붙는 피를 억지로 녹이고 매섭게 주먹을 후려쳤다. 팔을 뒤덮은 은빛 강철, 방패를 두른 일격이 상대의 굵은 팔에 직격하고 충격파가 포석을 까뒤집었다.

혼신의 한 방. 강렬한 반동이 어깨를 관통했다. 하지만 그게 결정타가 됐다는 느낌은 전혀 없다. 오히려 상황이 한 발짝 진행될 때마다 승리가 멀어지는 착각마저 들었다.

——가필의 눈앞에 있는, 기이한 형체를 흑의로 가린 거구는 굳건하다.

네 쌍의 팔뚝, 도합 여덟 개의 팔이 폭력에 최적화된 움직임으로 거칠게 상대의 공격을 막고 튕겨 내며 파괴를 퍼부었다.

뺨을, 가슴을, 다리를 얻어맞고 베여 피가 터졌다.

고통과 충격에 정신이 흔들리면서도, 가필은 필사적으로 적을 물어뜯었다.

공방 일체의 대도(大刀)가 네 자루. 그것이 『귀식도(鬼食刀)』라고 불리는 명도임을 안다. 무수한 전사를 베어 넘기고 소유자를 최강의 『투신』으로 일컫게 한 전설의 병기다.

상대는 그런 일화를 남긴 무기를 자기 손발의 연장선상에 있는 것처럼 다루고 있다. ──아니, 실제로 그렇다. 진정으로 손때가 묻은 무기라면 전사의 신체 일부가 되기 마련이다.

──즉, 『귀식도』를 자신의 육체 일부와 마찬가지로 다루는, 이 적은.

"──꺽?!"

그 직후, 느슨해진 사고의 빈틈을 틈타 날아든 호쾌한 주먹에 턱이 작살났다.

"후, 어…… 억."

뼈가 비명을 지르고 시야가 새빨개졌다. 타격이 뇌를 흔들어 찰나 무릎 힘이 빠졌다. 하지만 생명이 오가는 이 순간, 그 찰나는 충분히 치명적인 순간이었다.

최강이란 이름을 거머쥔 『투신』이 그 찰나를 놓칠 리 없다.

준비를 마친 네 자루 대도가 각각 다른 궤도를 그리며 급소를 치러 들어왔다.

머리, 목, 가슴, 허리. 어느 곳이든 직격을 맞으면 사망 및 전투 불능은 피할 수 없다. 그리고 현재의 가필에게 그 '죽음'을 떨쳐낼 여력은 없었다.

이를 갈며 죽음 속에서 활로를 찾아 붉은 시야를 주위로 내돌렸다. 손끝에 스치는 생명의 발버둥질. 그 발악을 비웃듯 붉은 경관에 환영이 불쑥 나타났다.

──검은 옷을 입고 핏빛 미소를 지은 여자가 꼴사나운 자신을 내려다보고 있었다.

"──깝치지 말그라, 문디자슥아!"

그 순간, 노성이 터지고 강철과 강철이 맞부딪치는 소리가, 혈육이 베이는 둔탁한 소리가 울려 퍼졌다.

움직이지 못하는 가필을 정면에서 감싼 것은 긴 짐승 털에 덮인 씩씩한 등판이었다. ──견인(犬人) 리카드가 커다란 손도끼로 대도를 막고, 놓친 일격마저 하체의 굵은 뼈로 받아낸 것이다.

"끄, 커어! 아프지 않나, 썩을 것아!"

리카드가 호된 타격에 욕설과 피를 내뱉고는 혼신의 힘을 다해 손도끼를 휘둘러 대도를 떨쳐냈다. 『투신』이 그 힘에 거스르지 않으며 뒤로 훌쩍 뛰어 거리를 벌렸다.

벌어진 간격. 머리를 내젓고 자세를 회복해 감싸준 등 옆에 나란히 섰다.

"미안하다. 살았……."

"입 나불댈 여유가 어데 있나. 앞에 안 보나! 힘 빼고 이길 상대가 아이다!"

"어, 어어, 그래! 힘 빼고, 이길 상대가 아니지……."

가필의 사과를 포효로 막는 리카드. 그 덕분에 가필도 자신에게 힘을 북돋았다. 하지만 그래도 마음에 불이 붙질 않는다. 마음은 폭삭 젖은 생쥐처럼 쭈그러든 상태다.

답답함과 초조함. 끓어오르는 분노가 속에서 날뛰고 지금의 자신을 죽이겠다 외친다.

빙글빙글, 빙글빙글. 머릿속에 쓸데없는 생각이 넘치며 자기 자신을 죽이려고 한다.

눈앞에 눈을 뗄 수 없는 강적이 있다. 그런데도 의식 일부는 항상 시야 구석에 어른거리는 검은 옷 여자에게서 떨어지질 않았다.

탈환할 도시청사가 눈앞에 있는데, 자신들의 구원을 고대하는 동료가 위에서 기다리는데도. ──1초라도 빨리 구해야 할 소녀를 고통 속에 놔둔 채.

"아, 오오오오──."

피로 물든 후회를 머릿속에 떠올린 순간, 분노가 끓는점을 넘어서 온몸의 털이 곤두섰다. 쭈뼛쭈뼛 살갗에 소름이 이는 감각과 함께 수화(獸化)의 조짐이 금빛 짐승 털로 나타났다.

소리와 함께 골격이 바뀌고 작은 몸이 한층 커지기 시작했다. 쓸데없는 생각도 자신에 향한 분개도 죄다 물어 죽이고, 눈앞의 적을 멸할 대호(大虎)로 변모했다.

수화해서 죄다 쓸어버려라, 가필 틴젤. 그러면──.

『──그러면, 죄다 없던 일로 할 수 있나 봐?』

별안간, 이성이 증발하려던 의식을 요염한 여자의 음성이 간지럽혔다.

들릴 리 없는 목소리. ──그 소리에 의식을 빼앗긴 직후였다.

"메야?!"

옆에 있는 리카드가 하늘에서 들린 굉음에 머리 위를 쳐다보고 눈을 부릅떴다. 똑같이 고개를 든 가필은 녹색 눈이 포착한 광경에 아연실색하며 정신을 쏟았다.

불이 도시청사 최상층을 활활 태우고 있었다. 가공할 폭풍이 창문을 날려 버리고 유리를 녹이는 염열이 건물 밖까지 넘실거린다.

반신을 건물 안으로 욱여넣고 피로 물든 날개를 펄럭이는 흑룡이 만들어낸 결과였다.

──흑룡. 그것은 증오스러운 대적, 『색욕』의 대죄주교.

"대장……!"

지금, 그 흑룡과 싸우고 있을 상대를 부르며 이빨에 주던 힘을 뺐다. 강렬한 불에 휩싸여 새까맣게 탄 시체로 변한 동료를 환시하고 간담부터 덜덜 떨려왔다.

──그 탓에 그 직후 찾아든 맹렬한 변화에 반응이 늦었다.

"_____."

그 소리는 아득한 저편, 도시 외벽부터 들린 굉음이었다. 뭔가, 거대한 뭔가가 세차게 들썩거리는 소리가 온 도시에 비명처럼 울려 퍼지고, 이어서 무시무시한 변화가 도시에 찾아들었다.

느릿하게 도시 중앙, 도시청사가 있는 이곳으로 다가오는 막대한 질량──. 그것은 발바닥, 포석으로부터 전달되는 진동이 되고 본능이 최대급의 경종을 울려댔다.

"마, 마, 마, 장난이 아이다……."

옆에서 리카드가 뺨을 푸들거렸다. 대차고 겁 없이 싸우던 리카드마저 설마설마 하던 사태에 목소리가 갈라져 있었다.

그럴 만도 하다. 왜냐면 이 진동과 방금 굉음, 그 정체는——.

"——가필 공! 리카드 공! 위로!"

순간적으로 얼어붙은 머리에 날카로운 목소리가 꽂혔다.

같은 전장을 양분해 장검의 검사와 칼날을 주고받던 『검귀』의 목소리였다. 검광을 맞부딪쳐 적과 거리를 벌린 빌헬름이 외친 즉시 크게 위로 날았다.

곧게 도약한 빌헬름의 몸은 밀어닥치는 높은 파도를 뛰어넘지 못했다.

"큭——."

웬만한 건물보다 높은 곳에서 단숨에 무너져 내리는 격류에 빌헬름이 휩쓸렸다. 그 광경을 목격한 가필에게도 1초 뒤, 같은 충격이 치달았다.

굳세게 포석을 내리밟으며 충격에 대비하고——.

"——푸앗!"

——그 대비는 방대한 물의 폭력 앞에 쉽사리 나가떨어졌다.

실체화된 대자연에 직접 얻어맞는 충격. 가필은 온몸을 집어삼킨 물살 속에서 거품을 물며 생존을 찾아 열심히 깜깜한 세상을 더듬거렸다.

이윽고 손가락이 뭔가에 걸리자 온 정신을 집중해 그것을 끌어당겨 수면에 얼굴을 꺼냈다.

"푸핫! 제……기랄! 누가, 어떻게 된……."

격류 속에서 건물 옥상의 철책을 붙잡은 가필이 고개를 이리저리 돌렸다. 물살의 기세는 심상치 않아 주위 일대가 완전히 탁류에 삼켜진 상황이었다. 몇 군데 높은 건물만이 가까스로 물 위에 꼭대기를 내민 상태. 당장도 손가락이 떨어질 것만 같다.

"아저씨랑, 『검귀』는……."

가필과 마찬가지로 물의 맹위에 휩쓸렸을 두 명을 걱정했다. 맞서던 두 적의 동향도 마음에 걸렸다. ──하지만 그 생각도 곧바로 지워졌다.

옴짝달싹할 수 없는 정면에 건물 절반이 물에 잠긴 도시청사가 있다. 그, 불길에 휩싸인 최상층에서 날개를 펼친 흑룡이 날아올라 멀어져 가고 있었던 것이다.

만신창이인 흑룡의 다리는 재주도 좋게 두 인간을 잡고 있었다.
──녹발 여성과 흑발 소년을.

"대……."

녹색 눈을 부릅뜨고 닿지 않을 부름을 외치고자 입을 벌렸다. 치아 틈으로 물이 흘러들어 숨이 막혔다. 손가락이 철책에서 떨어진다.

이대로 적이 두 사람을 데리고 떠나는 모습을 보고만 있을 수밖에 없는가──.

"──아?"

자신이 부끄러운 가운데, 가필은 하다못해 적에게서 눈을 떼지는 않으려고 물에 저항하고 있었다. 그 시야에서 느닷없이 흑룡의 비행이 흐트러지며 요란한 절규가 터졌다.

원인은 흑룡의 날개를 물어뜯은 큰 뱀의 이빨이었다. 갑자기 나타난 거대한 뱀이 날개에 이빨을 박고, 날아 도망치는 흑룡을 겁쟁이라 욕하며 잔혹하게 찢어발겼다.

그리고 다음 순간, 거세게 몸부림친 흑룡의 다리로부터 소년의 몸이 내던져졌다.

"————."

가필은 그저 눈만 부릅뜨며 그 모습을 지켜보았다.

머리부터 떨어진 흑발 소년이 도시를 집어삼킨 물살에 잠기는 모습을. 의식 없는 상태로 입수해 저항 없이 격류에 휩쓸려서 손이 닿지 않는 곳으로, 먼 곳으로 떠나가는 모습을.

"기다려……. 아."

물속으로 사라지는 등에 손을 뻗다가 주의를 놓치는 바람에 가필의 몸이 물에 쓸려 나갔다. 가필은 필사적으로 물 위로 머리를 내밀며 멀어지는 광경에 입 벌리고 부르짖었다.

"아아아——!"

──물에 잠긴 나츠키 스바루의 존재를 찾아, 못난 자기 자신을 저주하듯이.

──말이 되지 못하는 목소리로 한없이 부르짖었다.

제1장 『패전 처리』

1

"——에밀리아, 넌 처녀야? 그것만은, 정말 중요한 문제니까."

에밀리아는 이게 무슨 말인가 하고 한순간 사고가 완전히 정지했다.

"————."

난데없는 말에 놀라기도 했다. 하지만 애초에 이런 상황이다. 머리가 이 기묘한 대치와 이상 사태를 도저히 감당하지 못하고 있었다.

에밀리아는 알몸에 홑이불 한 장만 두른 모습으로 숨을 훅 내쉬었다.

이해하기 버거운 상황. 사태를 파악하려 애쓰는 에밀리아의 뇌리에 바로 이전 기억이 되살아났다.

——에밀리아는 같은 왕선 후보자인 아나스타시아의 초대를 받아 루그니카 왕국의 5대 도시 중 하나인 수문도시 프리스텔라에 찾아왔다.

거기서 마찬가지로 아나스타시아의 초대를 받은 크루쉬, 펠트와 합류하고, 왕선 후보자와 그 관계자끼리 사이좋게 화목한 시간을 보냈다.

그러고 하룻밤을 보내고서 풍파와 함께 아침 식사를 같이 한 뒤, 에밀리아는 스바루 및 베아트리스와 함께 외출한 곳에서 아는 사이인 『가희(歌姬)』 릴리아나와 재회했으며——.

베아트리스와 둘이서 대죄주교에게 덤비려는 스바루에게 조력해 적과 싸웠다.

온몸을 붕대로 가리고 불과 사슬을 다루는 무시무시한 강적이었다. 에밀리아도 분전했지만 결과적으로 패전이 농후한 지경에 내몰려 그만—— 어떻게 됐던가.

정신이 드니 에밀리아는 낯선 건물, 낯선 방, 낯선 침대에서 깨어났다. 그리고 어떻게 된 일인지 확인하고자 방 밖으로 나섰다가, 이 상황이었다.

복도에서 마주친 하얀 청년. 그 남자를 앞두자 거동이 멈추며 호흡을 잊는 바람에.

——대관절 이 청년의 정체가 뭐고, 이 장소는 어디며, 자신은 왜 이곳에 있단 말인가.

"미안, 미안해. 아무래도 놀라게 한 모양이네. 이건 솔직히 내 실수가 맞아."

숨을 삼키고 골똘히 생각하는 에밀리아 앞에서 백발 청년—— 레굴루스 코르니아스라고 이름을 밝힌 인물이 미소와 함께 가볍게 손을 들었다.

"갑작스럽게 굴어 미안해. 순순히 사과할게. 나는 그 왜, 잘못했다고 여기면 순순히 사과할 수 있는 사람이거든. 세상엔 자기 잘못을 인정하지 않고 변명만 거듭하는 꼴불견인 사람이 있잖아? 하지만 난 그런 소갈머리 좁은, 싹수 없는 인간과는 바닥부터 다르거든. 그렇지?"

"어, 그게…… 순순히 사과하는 건, 중요, 하지?"

"그래! 그렇다고. 사과하는 건 중요해. 다행이다. 이런 당연한 얘기를 못 알아먹는 사람이 세상엔 의외로 많지. 그 인식을 공유한다면 너와 내 부부 생활은 잘 풀리겠군. 안심했지 뭐야. 역시 너랑 나는 운명이 맺어 준 관계로구나."

레굴루스는 당황하는 에밀리아를 아랑곳하지 않고 눈을 빛내면서 연방 끄덕였다. 그는 에밀리아를 아래위로 훑어보다가 "그렇기 때문에." 하고 말을 이었다.

"난 저속한 호기심으로 네 정조를 알고 싶어 하는 게 아니야. 여러 번 말하지만 나는 남편이고 너는 아내야. 부부란 강한 애정과 배려로 맺어져야지. 그 관계를 유지하려면 모든 것을 상대에게 맡기는 건 필연이고. 그래서 확신이 필요해."

"확신이라니……."

"네가 다른 남자 손을 타지 않았다는 확신 말이야. 하지만 이것도 모든 건 애정에서 비롯된 거지. 그러니까 네가 싫은 기분을 느낄지도 모르겠지만 묻는 거야. 이건 남편의, 사내의 의무라고."

레굴루스는 더없이 유창하게 자기 생각을 차근차근 설명했다. 에밀리아는 그 기세에 희롱당하면서 레굴루스 본인에게 기묘한 어색함을 느꼈다.

"_____."

물론 이 남자의 힘 있는 주장에 기가 눌렸다는 이유도 있다. 하지만 그것만이 아니다.

레굴루스의, 그의 모습에, 목소리에 기억 밑바닥에서 욱신거리는 감각이 있다. 그 감각이 도대체 무엇인지 모르겠다. 모르겠는 채로 어색함은 조용히 빠져나갔다.

그러나 한 가지 할 수 있는 말도 있다. 그가 매우 중요시하는 단어에 관한 것이다.

"그래서, 재차 묻고 싶은데. ——에밀리아, 너는 처녀야? 어떻지?"

"저기, 그 처녀란 게 뭐야? 미안해. 난 들어본 적 없어서."

"……뭐?"

거듭된 물음에 에밀리아는 면목 없다는 듯이 남보랏빛 눈을 내리깔았다.

레굴루스의 강한 집착이 느껴지는 단어지만 에밀리아는 그 '처녀'라는 말에 짚이는 곳이 없다. 에밀리아의 그 답변에 레굴루스의 표정이 굳었다.

그리고 침묵을 불안스럽게 느끼기 시작한 에밀리아 앞에서 그는 번쩍 눈을 부릅떴다.

"——멋져. 너는 내가 생각하는 이상적인 여인이야!"

그렇게 말한 레굴루스가 에밀리아의 손을 잡고 활짝 생생한 웃음을 지었다.

그 웃음을 목격하고 놀란 에밀리아의 눈이 동그래졌다. 하지만 레굴루스는 에밀리아의 반응을 아랑곳하지 않고 원하던 장난감을 손에 넣은 어린애처럼 난리를 떨었다.

레굴루스는 그 자리에서 연거푸 고개를 끄덕이고 두 눈을 반짝반짝 빛내면서 발을 굴렀다.

"그래, 그거야! 몸의 처녀성은 시금석으로 삼기에 마땅치 않은 게 아닐까 하는 느낌이 어렴풋이 들었거든. 맞아. 참된 순수성이란 마음에 깃드는 법. 몸이 처녀인 거야 당연하지! 정말 중요한 건 그 마음까지 처녀일 것……. 너는, 충족된 내게 새로운 진리를 보여주었어!"

"어, 저기, 그런, 거야……?"

"암, 그렇고말고. 그리고 너는 내 아내로서 완벽하게 합격이야. 앞으로 새 아내에겐 처녀인지 묻는 멍청한 짓을 안 해도 되겠어. 처녀란 말뜻을 모를 만큼 깨끗한 아이가 아니면 아내로서 가치가 떨어지지. 마음이 간통했으면 내 아내로 안 어울려."

레굴루스가 에밀리아의 손을 놓고 흡족하게 미래의 전망을 이야기했다.

에밀리아는 레굴루스의 발언에 깃든 참뜻을 도통 알아들을 수 없었다. 애초에 그가 입만 벌리면 언급하는 부부의 화제가 에밀리아로서는 아닌 밤중에 홍두깨다.

에밀리아가 아는 '부부'란 서로 좋아하는 아빠랑 엄마를 말한다. 그 인식이, 레굴루스가 말하는 부부상과 일치하질 않는다.

아니면 혹시 에밀리아가 모르는 '부부'의 동음이의어일까.

"이크, 얘기가 너무 길어졌네. 널 마냥 그런 차림새로 세워둘 순 없지. 바로 갈아입을 걸 준비시킬게. ──이리 와, 184번."

레굴루스가 곤혹감에 입을 다문 에밀리아를 보고 손뼉을 치며 말했다. 그러자 문이 열리는 소리와 함께 둘만 있던 복도에 새 인물이 모습을 드러냈다.

"───."

긴 금발에 청초한 분위기가 어울리는, 아름다운 백의의 여성이었다. 때 묻지 않은 순백의 복장은 마찬가지로 하얀 인상이 강한 레굴루스에게 맞춘 것일까.

여성은 침묵한 채로 레굴루스 옆에 서더니 공손히 인사하고 에밀리아를 바라보았다.

감정이 존재하지 않는 인형 같은 그 눈빛에 에밀리아는 살며시 숨을 죽였다.

"이 아이…… 79번에게 갈아입을 옷을 줘. 준비가 되는 대로 다른 아이들을 도와 식을 치를 준비를 진행하도록. 너희와 같은 입장이 될 아이야. 사이좋게 보살펴 주라고."

"───."

"응. 분부대로 안 웃게 됐구나. ──착해. 참한 아내인걸."

여성은 무언, 무표정으로 끄덕일 뿐. 레굴루스는 만족스럽게 미소 지었다.

그다음 레굴루스는 여전히 사정을 파악하지 못한 에밀리아에게로 걸어가서는 스스럼없이 은발에 손을 뻗어 긴 머리를 선뜻 어루만졌다.

에밀리아는 그 손놀림이 흑발 소년하고 명확하게 차이가 느껴지는 바람에 몸이 굳었다.

"그럼 나중에 또 보자. 귀엽게 꾸미고 와."

"응⋯⋯."

의문과 저항감이 있었다.

하지만 동시에 에밀리아의 본능이 거슬러서는 안 된다고 호소했다.

──레굴루스 코르니아스는 강대한 힘을 가진 자다. 끔찍스러울 만큼.

"착하구나."

에밀리아의 짧은 말에 끄덕이고 미소 지은 레굴루스가 느긋하게 뒤돌아섰다. 그대로 복도 저편으로 사라지는 등을 지켜보다가 에밀리아의 어깨에서 힘이 덜컥 빠졌다.

에밀리아의 몸은 무의식중에 극도로 긴장할 만큼 레굴루스를 맹렬히 경계했던 모양이다.

그저 그 자리에 있기만 해도 레굴루스는 『대토(大兎)』 무리에 필적할 만큼 위험하다.

"──이리로."

함께 복도에 남은 여성이 우두커니 선 에밀리아에게 말을 건넸다.

처음 들은 여성의 목소리는 완벽하게 조율된 현악기가 연상되는 미성이었다. 하지만 표정과 마찬가지로 목소리에도 감정이 없어 에밀리아는 왠지 가슴 아프게 느꼈다.

"갈아입으실 옷을 드리죠."

"저, 그건 엄—청 고마운데, 묻고 싶은 게 많이 있어. 우선 여기는 어디야? 난 프리스텔라의 대광장에 있었는데…… 아, 잠깐!"

질문하는 에밀리아를 무시하고 여성이 바로 걷기 시작했다.

"저기, 부탁이니 내 말 좀 들어줘. 난 다른 사람들한테 연락해야 해. 아마 걱정하고 있을 테고, 광장이 어떻게 됐는지도 걱정스러워서……."

"――――."

"저기 좀, 듣고 있니? 안 듣고 있어? ……아유."

앞서가는 여성은 등을 꼿꼿하게 펴고 에밀리아의 말에 일절 귀를 기울이지 않았다.

질문을 모조리 무시당하는 바람에 뾰로통해진 에밀리아가 안내받은 곳은 처음에 일어난 방의 옆방이었다. 그 방에는 다수의 의상과 장식품이 갖춰져 있어서 마치 성의 의상실 같은 양상이었다.

그러나 처음의 침실과 마찬가지로 이 방 분위기도 건물 전체의 무기질적인 기색과 의도가 달랐다.

"옷이 많은데…… 이거, 원래 이 방에 있던 건 아니구나?"

"전부 서방님이 들여오신 겁니다. ――79번, 갈아입을 준비를 하시길."

"――그 79번이란 거, 나 말하는 거야? 아까 그 사람…… 레굴루스도 날 그런 식으로 부르던데, 당신은?"

"184번입니다. 당신과 똑같이, 그 사람의 아내인."

방문을 닫고 입구를 등진 여성── 184번임을 자처한 여성이 대화를 받아 줬다. 여전히 감정이 얼어붙은 목소리지만 간신히 대화가 가능할 것 같아 안심했다.

　"다행이다. 겨우 얘기해 주는구나. 음, 저기, 백팔십……."

　"184번. 주의해 주세요. 그 사람은, 그 번호에도 고집이 있으니까요."

　"……번호에 관해서도 궁금하지만, 아까부터 얘기하는 '아내'는 부인이란 의미가 맞지? 그렇다면 난 레굴루스의 부인이 될 생각이 없는데……."

　충고 같은 말을 듣고 에밀리아가 자기 가슴에 손을 짚었다. 기억을 돌아봐도 레굴루스와 결혼 약속을 나눈 기억은 없다.

　그런 에밀리아의 의문에 184번은 아주 살짝 눈이 가늘어지며 말했다.

　"당신에게 그럴 뜻이 없어도 그 사람은 그럴 작정입니다. 그리고 그 사람이 그럴 작정이라는 말은, 당신의 의사와는 관계없다는 뜻이에요."

　"그건 이상한 소리야. 결혼은 서로 좋아하는 남자랑 여자가 하는 거잖아? 난 레굴루스를 전혀 모르는데."

　그런 판국에 결혼이라고 해도 에밀리아에게는 전혀 느낌이 오질 않는다. 184번이 하는 말을 보자면 레굴루스의 처신은 좋은 남편이라기보다는──.

　"──책에서 읽은, 나쁜 임금님 같아."

　"─────."

에밀리아는 왕선 관계상 한창 공부 중이지만 역사서에는 갖가지 왕이 이름을 올렸으며 개중에는 바람직하지 못한 형태로 이름을 남긴 이도 있다고 들었다. ──그중 한 예가, 독재자다.

다른 사람 말을 듣지 않고 자기 뜻만을 강요한다면 그것은 곧 독재자의 처신이다.

"……절묘한 표현이에요."

"응?"

"그 사람의 본질은 임금님…… '작은 왕' 에 어울리겠죠."

에밀리아의 말에 184번이 뭔가 작은 소리로 중얼거렸다. 순간적으로 알아듣기 힘든 말소리에 에밀리아가 되묻자 184번은 바로 입술을 굳게 다물었다.

"──갈아입을 준비를 하시길."

"아, 잠깐."

184번이 실언한 걸 숨기려는 듯 들은 척도 하지 않는 강경한 자세를 보였다. 곧 그녀는 에밀리아가 두른 얇은 천을 벗기려고 한 발짝 접근하고──.

"아──?!"

──그 순간 갑자기 거센 소리와 충격이 도시를 흔들었다.

"위험해!"

갑작스러운 진동과 굉음에 자세가 무너진 184번을 에밀리아가 부축했다. 그 직후 에밀리아는 휙 뒤돌아서 의상실 창문으로 달려갔다. 그곳을 통해 창문 밖, 굉음의 원인을 찾기 위해 눈을 크게 떴다가 그 경악스러운 광경을 목격했다.

"저건…… 수문?!"

입술을 떨며 남보랏빛 눈을 부릅뜬 에밀리아의 시야에서 대수문── 온 도시에 깔린 수로의 수량을 조절하기 위한 문이 거센 소리와 함께 열리고 있었다.

개문에 따라 막아 두던 물이 단숨에 도시로 흘러들었다. 프리스텔라는 구조가 절구처럼 생긴 도시였다. 물이 낮은 쪽으로, 도시 중앙으로 흘러가는 걸 알 수 있었다.

저 멀리, 도시 한복판에 도시의 중추인 도시청사가 우뚝 서 있다. ──그 높은 건물이 흘러드는 물에 삼켜지고 있었다.

"세상에……."

길 위가 넘쳐난 물에 삼켜져 사람이든 물건이든 죄다 쓸려 나간다. 그런 아비규환의 광경을 환시한 에밀리아가 멍하니 창틀을 부여잡았다.

상상을 초월하는 광경. 이는 에밀리아가 의식이 없는 동안 도시를 바삐 뛰어 다닌 사람들이 각자의 신명을 다한 결과다. ──도대체 무슨 일이 일어난 것인가.

도시 사람들과, 마찬가지로 도시에 있던 왕선 후보자 및 그 관계자들은 무사한 것인가.

그리고──.

"──스바루."

자신의 소년 기사는 이 격동의 도시 속에서 무사히 있을까.

에밀리아는 흑발 소년의 웃음을 소원하며 무사하기를 기도하듯 살며시 눈을 감았다.

기도하듯이, 소원을 빌듯이. ──에밀리아는 살며시 눈을 감았다.

2

──멀리, 저 멀리서 목소리가 메아리쳤다.

"_____."

누구 것인지 알 수 없는 목소리다. 어디서 들리는지 알 수 없는 목소리다.

남자인지 여자인지, 젊은지 늙었는지, 위에서인지 아래서인지 알지 못할 목소리다.

그건 함성 같은 목소리였다. 그건 한탄하는 듯한 목소리였다.

그건 규탄이며 흐느낌이고, 노호이자 통곡이기도 했다.

폭포처럼 쏟아지고 높은 파도처럼 밀려들며 소용돌이처럼 감겨들어 떨어지지 않는다.

마치 겨우 만난 누군가에게 오랫동안 간직해온 속내를 털어놓는 것처럼.

끊임없이 넘쳐나는 목소리의 탁류에 휩쓸려 자신이 어디 있는지 알 수 없어진다.

"_____."

손도, 발도, 머리도, 엉덩이도, 가슴도, 등도, 전부 한데 녹아 뒤섞이며 융화된다.

그 방대한 목소리 속에서 유일하게 확실하던 '자신'이 녹아

서 형상을 잃는다. 뿔뿔이 흩어지듯 '자신'이 지워지고 무수한
목소리만이 전부가 되고.

목소리는 검은 응어리가 되어 '자신'을 녹이고, 녹은 그것을
남김없이 삼키고자 한다.

그대로 응어리로 녹아내려 저항할 겨를 없이 완만한 종말로
몸을 내맡기려다가, 깨달았다. ── '자신'의 중심에 휘감긴,
풀리지 않는 실이 응어리를 거부하고 있었다.

"─────."

'자신'의 내부에서 굼실대는 존재, 검은 응어리에 저항하고
자 하는 풀리지 않는 실── 그것이 서로 '자신'의 점유권을 주
장해 다투고 빼앗으며 죽인다.

그것은 이윽고, 이윽고──.

3

"──머저리놈. 도대체 언제까지 넋 빠진 낯짝을 태평하게
드러내고 있을 테냐."

"끼, 야아아아악──!!"

나츠키 스바루는 홍련의 불길이 얼굴을 붙잡은 감각을 맛보며
절규와 함께 각성했다.

맹렬한 열기가 얼굴을 뒤덮고 안구가 타는 고통에 스바루는
펄쩍 일어났다. 그대로 얼굴을 부여잡고 바닥을 구르며 "끄아
아아!" 하는 비명과 함께 버둥거렸다.

쿵쿵거리는 심장 소리가 시끄럽다. 온몸의 피가 끓어오르는 듯한 작열——.

"무, 무슨, 무슨 일이, 난 거야……?"

"호오, 이건 참으로 가엾은지고. 가뜩이나 성능 모자란 머리가 다량의 물에 표백되어 알맹이가 사라진 모양이야. 이리되면 이미 광대 역할도 만족스레 못하겠구나."

"……그, 방약무인한 데다가 오만불손한 말투는."

욕설이나 다름없는 여자의 목소리에 스바루는 번져 나오는 눈물을 닦으면서 뒤돌아보았다. 뿌옇다가 서서히 선명해진 시야 중앙에 아름답고 강렬한 붉은 인상을 휘감은 소녀가 서 있었다.

"——프리실라?"

스바루의 물음에 눈앞의 미소녀—— 프리실라가 "흥." 하고 거만하게 콧방귀를 뀌었다.

프리실라는 풍만한 가슴을 과시하듯 팔짱을 끼고 대꾸했다.

"달리 뉘로 보이지? 소녀만 한 미모를 가진 자가 이 세상에 두 명이나 있겠는가. 그와 같이 명백한 현상도 판가름하지 못하는 눈이라면 차라리 뽑아다 버리는 편이 홀가분해서 좋겠구나."

"좋을 리 있겠냐! 애당초 미소녀 점수로 따지자면 왕선 후보자는 너하고 필적하는 인재밖에 없다고 주장하고 싶다. ……아니 그런 얘기는 아무래도 좋고!"

제 갈 길만 가는 프리실라에게 휘말린 스바루는 반사적으로 독설을 터트렸다가 제정신을 차렸다.

의식이 끊겼다 깨어났다. 그리고 눈앞에 프리실라가 있다. 처음에 떠오른 추측은 분수 공원이 기점인 『사망귀환』이 발생했다는 것이었다. 그러면 시각탑 광장에서 『분노』의 대죄주교인 시리우스의 만행이 실행되기 전의 시간축이 된다.

스바루는 죽어서 그 순간으로 돌아왔나 추측했지만──.

"여기, 어디야……?"

그 추정은 낯선 주위 경관을 확인하자 즉각 사라졌다.

자연의 녹음이 넘치던 분수 공원과 달리 현재 스바루가 있는 곳은 좁은 골목 한구석이었다. ──그것도 왠지 성대하게 침수된 골목 안.

"아니, 침수된 건 골목만이 아니라, 나도……? 축축하잖아."

스바루는 체육복 옷자락을 잡고 흥건히 젖은 자기 상태에 곤혹스러워했다.

온몸이 마치 옷 입은 채 욕탕에 뛰어든 것처럼 폭삭 젖었다. 의식이 없는 중에 소나기라도 맞았든가, 그것도 아니라면──.

"설마 수로에 떨어졌거나, 범람이라도 했다는……."

"──아아뇨오! 설마고 자시고 바로 그거예요! 나츠키 님. 불초 이 릴리아나, 심각한 사태에 다리가 떨리는 게 멈추지 않아서 새로 만든 춤을 추는 듯한 처지가 됐어요! 이렇게요!"

조심스러운 추측을 느닷없는 악기 소리와 힘찬 목소리가 긍정했다. 그 목소리와 음악은 프리실라 뒤에서 불쑥 모습을 내민 인물의 것이었다.

갈색 피부에 이상하고 톡톡 튀는 언동이 빛나는, 수문도시 희대의 『가희(歌姬)』──.

"너, 릴리아나! 용케 무사히…… 프리실라랑 같이 있었냐!"

"아니 그게! 나츠키 님도 에밀리아 님도 여아님도, 하나같이 저랑 프리실라 님을 공원에 두고 가셨잖아요! 그랬더니 도시가 이리 발칵 뒤집혀서, 진짜 무섭고 무서워서 믿음직한 프리실라 님 곁에서 떨어질 수가 없다고요오."

망설임 없이 약한 소리를 뱉은 릴리아나가 프리실라의 허리에 찰싹 안겨들었다.

평소의 프리실라라면 불경하다고 베어 버릴지도 모르는 작태지만, 묘하게도 프리실라는 릴리아나의 재능에 관대하다. 프리실라는 새끼 사슴처럼 떠는 릴리아나의 머리를 쓰다듬고 끄덕였다.

"이 노래꾼 말대로 너희가 공원을 떠나고 얼마 있다가 잡다하며 풍류를 모르는 패거리가 수문도시의 물을 더럽히더군. 그 행패, 아무리 소녀가 자비로워도 용서할 수 없지. 따라서 소녀가 친히 목을 쳐 주려 하던 순간, 물에 떠다니는 어리석은 놈을 본 것이야."

"호오, 과연. 물에 떠다니는 어리석은…… 그거, 혹시 나를 말하는 거야?"

스바루가 손가락으로 자신을 가리키자 프리실라는 '달리 있더냐?' 하고 말하듯 코웃음을 쳤다. 그 몸짓을 긍정으로 받아들이고 스바루 머릿속의 혼란이 더욱더 깊어졌다.

"내가 물에 떠다니고 있었어……? 그게 뭐야. 뭐가 뭔지 모르겠다……."

앞뒤 기억을 더듬으니 스바루가 있던 장소는 프리스텔라의 도시청사 최상층이었다. 거기서 스바루는 끔찍한 괴물, 『색욕』의 대죄주교에게 패배를 맛보았다.

『색욕』의 권능으로 자유롭게 모습을 바꾸는 괴물, 카펠라의 맹공을 버티지 못한 스바루는 오른쪽 다리를 물어뜯기고 대량의 출혈을 일으켜 격통에 몸부림치다가 의식이——.

"그런데, 다리가 있어. 붙어 있어. 붕대는 풀렸지만…… 으, 아?!"

중상이던 오른쪽 다리에 원래 감겨 있던 붕대, 피와 물에 젖어 기분 나쁜 상태로 끌리고 있던 그 붕대를 풀어 다리 상태를 확인한 스바루가 비명을 질렀다.

"왜, 왜 그러시온지, 으히익?! 뭐뭐뭐, 뭐예요, 그거?!"

"————."

스바루의 비명에 다리 상태를 엿본 릴리아나가 해쓱한 표정으로 외쳤다. 그 옆에선 프리실라도 강한 혐오가 어린 눈초리로 스바루의 다리를 보고 있었다.

세 사람의 시선이 쏟아지는 곳에는 카펠라와의 전투에서 뜯겨 나갔을 스바루의 오른쪽 다리가 있었다. 기억과 달리 다리는 틀림없이 붙어 있었다. ——그 상처가 검고 추한 종양에 침식당한 상태로.

"————."

다리가 아프진 않다.

시각적인 충격을 참으며 찢어진 바지를 들추자 검게 꿈틀대는 종양은 다리 상처에서 핏줄처럼 그물코 모양으로 퍼져 있었다. 만지면 탄력이 있어 사람 피부와 질감상 차이는 없다.

겉보기만 무시하면 다리는 완치됐다고 속일 수도 있을 것 같다.

"말해 두겠지만 소녀가 발견한 네 사지는 다 붙어 있었다. 그 추한 다리에 소녀는 관여하지 않았어. 그 낯짝을 보아하니 타고난 게 아님은 알겠다마는."

"……자기 다리에, 소름 끼치는 자수가 멋대로 생긴 충격에 몸을 가누지 못하던 중에 설명 보태줘서 고맙다. ……치유 마법의 효과는, 아니겠지."

프리실라의 말에 끄덕인 스바루가 가장 가능성이 높은 선택지를 머리에서 치웠다.

스바루가 아는 바로, 치유 마법의 효과란 인체의 재생력을 향상하는 것이다. '복원'이 아니므로 몸에 흉터가 남을 때도 있다. 스바루의 몸에도 그러한 흉터는 많다.

하지만 스바루의 육체에 침범한 검은 변조는 그 흉터와는 차원이 다른 것이었다.

이것은. 이것은 결단코 치유 마법의 효과가 아니다. ──스바루가 아는 치유 마법이란 더 부드럽고 따스하며, 몸만이 아니라 마음까지 구하는 기적의 힘이었다.

페리스가 긍지를 품듯이, 베아트리스가 자연히 체득했듯이, 가필이 소원 때문에 배웠듯이, 렘이 한결같이 진지한 마음으로 연마했듯이.

──이 검은 얼룩은 그 기적을 모독하고 있다.

"노파심에 묻겠지만, 어리석은 자야. 네 그 다리, 설마 원래부터 끊어져도 멋대로 붙는 기묘한 것이었다고는 안 하겠지?"

"진짜로 일단 물러나 보겠다는 투의 질문이군. 그래. 그런 다리는 아니야. 전에도 끊어진 적이 있지만 그때는 죽을…… 뻔했으니까."

"전에도 끊어졌다니 그런 경험이 다 있어요?! 나츠키 님 인생이 너무 가혹해!"

비상식적인 질문에 비정상적인 대답이 나오는 바람에 릴리아나의 흥분이 조신하지 못하게도 오르락내리락했다.

어쨌든 이전 경험을 돌아보면 최소한 첫 번째 때는 붙을 낌새조차 없었다. 그 뒤에도 폭발적인 재생력을 얻은 경험은 딱히 없었을 터.

스바루의 대답에 프리실라는 "그렇군." 하고 대범하게 끄덕이고 말했다.

"소리는 지르지 마라."

짧게 명령한 프리실라가 손에 든 부채를 재빠르게 휘둘렀다. 붉은 궤적을 눈으로 좇지 못한 스바루와 릴리아나는 뭔 일인가 눈을 크게 떴다. 하지만 프리실라가 노린 것은 바로 드러났다.

"──아따!"

흐릿하게 저린 감각이 앞서다가 스바루의 다리에 작열이 엄습했다. 쳐다보니 프리실라의 부채 끝단이 다리를 스치며 그 검게 침범된 넓적다리에 한 일(一) 자의 상처를 그었다.

단순한 부채로 이를 이루어 내는 기량, 대뜸 사람 다리를 베는 정신성. 두 방향의 놀람이 스바루를 덮쳤지만 그것도 이어지는 광경을 목격하자마자 머리에서 싹 달아났다.

뼈가 보일 만큼 깊이 베인 다리 상처——그 상처가 마치 꿈틀 대는 검은 종양에 잡아먹히는 것처럼 뒤덮이다가 불과 몇 초 만에 '없었던' 일이 됐다.

"———."

스바루는 자신의 오른쪽 다리에서 발생한 추악한 기적에 말도 잇지 못하고 손가락으로 종양을 만졌다.

상처가 있던 곳에는 아무 불편함도 없다. 아픔도 또다시 완전 히 사라져 있었다.

"저기 저기 저기요. 다리 상태에, 이상한 점이 있었는데요 없었 습니다……."

"이상 없는 게 이상한 거지. 이거 진짜냐? 내 다리. 이거 뭐 어 떻게 된 거야……."

스바루는 쭈뼛거리는 릴리아나의 질문에 대꾸하고 자기 다리 의 '부자연 치유'에 아연실색했다.

오른쪽 다리의 이상 사태. 이것은 대체 무엇이 원인으로 발생 한 것이란 말인가.

"——카펠라 녀석이 내 다리에 피를 흘렸어. 그건가?"

오른쪽 다리가 날아가고 대량의 출혈과 격통에 의식이 몽롱했 을 적의 일이다.

또렷하게 단언할 수 있을 만큼 기억이 선명하진 않지만 카펠 라가 자기 손목에 상처를 내고 거기서 흐르는 피를 스바루의 상처에 떨어뜨린 건 아마 확실하다.

그, 끔찍한 고통 속에서 카펠라는 분명히 말했다.

"볼썽사나운 고깃덩이가 된다던가, 크루쉬 씨에게도 같은 짓을 했다고……."

"상처에 자신의 피를 흘린다라. 주술적인 성격이 농후하군. 북방의 음습한 술사가 애호하는 술법에는 에두르는 의식을 매개로 삼는 술식이 많다고 들었지. 그 부류인가?"

"주술, 저주……. 맞아. 피의 저주. 그래, 용(龍)이야! 용의 피, 그렇게 말했었어!"

프리실라의 나지막한 목소리에 환기된 스바루가 흐려진 기억을 찾아내고 손뼉을 쳤다.

의식이 두절되기 직전, 카펠라는 피를 받고 몸부림치는 스바루를 보면서 자신의 피에는 용의 피가 섞여 있다고 지껄였었다.

그게 비유인지 허언인지는 따로 치고, 이 이상성의 단서는 될 것이다.

"용의 피…… 루그니카 왕가에 신룡이 내려 준, 세 지보(至寶) 중 하나로고."

"자세한 건 몰라. 하지만 그런 아이템이 있단 얘기는……."

"──메마른 대지에 풍요를. 새겨진 멸망에 재생을. 걷잡을 수 없는 병을 단박에 다스리고, 씻지 못할 절망을 내쫓는 빛을 부르리. 그것이 바로 위대한 용, 신룡의 피."

"_____."

불현듯 눈썹을 찌푸린 스바루의 고막에 은밀한 선율과 노래가 날아들었다. 쳐다보니 야릇한 표정의 릴리아나가 류리레의 현을 튕기며 노래를 흥얼대고 있었다.

릴리아나는 스바루의 눈길에 그 자리에서 엄숙히 묵례한 뒤 말을 이었다.

"루그니카 왕국에 전해지는 『신룡』 볼카니카와의 우정 중 한 소절이네요. 신룡이 왕국에 내린 지보는 『피』와 『용력석』, 그리고 『맹약』이라고 하니까요."

"……그 용의 피, 듣자니 꽤 만능인가 본데."

스바루는 노래와 전승이 얽히면 대뜸 사람이 바뀌는 릴리아나에게 압도당하면서 그녀가 흥얼거린 한 소절과 자기 오른쪽 다리 상태를 비교했다.

'멸망의 재생'과 '병을 다스린다' 쪽은 가까운 대목을 스쳤지만 '대지의 풍요'와 '절망을 내쫓는 빛' 부분은 이 거무칙칙한 얼룩을 보건대 심히 의심스러웠다.

근거가 카펠라의 발언임을 고려하면 그 의심도 부쩍 커진다.

"정체는 모르겠지만 도시청사에 가기 전에 생긴 부상도 나았다고 긍정적으로 생각하면…… 윽, 아팟! 너, 뭔 짓이야?!"

"쫑알쫑알 시끄럽다. 이런 것 가지고 웬 소란이냐."

부채로 스바루의 뒷목을 그은 프리실라가 심드렁하게 내뱉었다. 프리실라는 부채 끝단을 바라보며 스바루의 살갗을 벤 곳을 손가락으로 훑더니 말했다.

"흠. 아무래도 다리 외의 상처는 낫지 않는 것 같군. 만약 이게 용의 피가 주는 은혜라 한다면 신룡도 전설만큼 어마어마한 존재는 아닌 모양이야.”

“네에?! 무슨 말씀을 하시고 그러세요, 프리실라 님! 하이
고야, 아무리 프리실라 님이 가슴이 크고 미녀에 가슴이 크다
고 해도 될 말씀과 안 될 말씀이 있잖습니까! 아무리 가슴이 커
도!”

“호오, 노래꾼이 소녀에게 거역하느냐. 신룡이 폄하되는 게
어지간히 배알이 꼴린 모양이군?”

“당연히 그렇죠! 『신룡』 볼카니카는 살아 있는 전설! 전설을
노래하며 전하는 저희, 음유시인이란 생물에겐 대은인이나 마
찬가지! 그걸 깔봐서야, 더구나 그걸 못 본 척해서야 릴리아나
라는 이름과 본인이 운다고요오!”

“그 의기는 좋도다. 하면 어찌할 테냐? 어찌하여 소녀의 말을
철회하게 할 것이냐?”

“지금 여기서 나츠키 님의 목을 쳐 주세요! 『신룡』의 힘이, 기
적이! 나츠키 님의 잘린 목을 단박에 붙여 보일 거시야요! 자,
치세요!”

“붙을 리 있겠냐!!”

질 나쁜 우화에나 나올 법한 전개에 스바루가 침을 튀기며 부
르짖었다.

안타깝게도 뒷목의 상처는 지금도 욱신욱신 아프다. 프리실
라의 말마따나 스바루의 상처가 아무는 건 오른쪽 다리 한정,
그것도 검은 종양 주변뿐이라고 보는 편이 안전빵이다.

“아니, 그보다 그럴 상황이 아냐. 용의 피의 진가는 어쨌든 내

다리가 이 상태라면 크루쉬 씨가 걱정돼. 이 다리와 같은 경우에 처했다면…… 아니, 그 이전에."

비정상적인 오른쪽 다리를 뒷전에 두고 스바루는 간신히 최초의 의문으로 되돌아왔다.

다리의 변조를 잊게 한 의문—— 애초에 왜 스바루는 수로에 떠 있었는가.

"다른 사람들은 어떻게 되어 먹은 거야? 가필도, 빌헬름 씨 일행도 같이 싸우고 있었을 텐데……."

"아, 저기 그게요, 나츠키 님. 그거라면, 사실은 말이죠……."

"아는 거야?!"

몸을 내밀며 달려든 스바루의 반응에 거수한 릴리아나가 그 손을 골목 저편으로 가리켰다. 그것을 시선으로 좇던 스바루는 곤혹스러워했다. 별달리 특별한 것은 눈에 띄지 않는다. 그 방향에 있는 건 도시를 에워싼 외벽과, 도시 사방에 있는 대수문 중 하나로——.

"——아."

거기까지 생각한 스바루는 불현듯 물에 빠진 자신과 골목의 상태를 떠올렸다.

릴리아나도 처음에 말하지 않았던가. ——수로가 범람했다고.

"아무리 우매한 놈이라 하여도 예까지 오면 깨달을 수 있겠지."

그렇게 아연실색한 소리를 흘린 스바루의 옆모습에 붉은 눈의 소녀가 끄덕였다.

프리실라는 소리를 내며 부채를 펼치고 자신의 입술을 가리면서 선고했다.

"네가 알아차린 게 옳다. ──대수문이 열리고 흘러든 물이 도시를 깡그리 휩쓸고 갔어. 네놈이 떠 있던 것도 그에 휘말렸기 때문이겠지."

4

──도시 대수문의 개방, 그에 따라 물이 대량 유입되어 프리스텔라를 집어삼켰다.

물은 도시의 대수로로부터 흘러넘쳐 급작스러운 홍수가 되어 도시 전역으로. 흘러든 물의 양은 심상치 않아서 한때는 도시 절반 가까이가 물에 잠길 뻔했다고 한다.

물에 젖은 골목은 그 잔재로. 비슷한 광경은 현재 도시 이곳저곳에서 찾아볼 수 있다. 그런 가운데 스바루가 산 채로 수로에서 발견된 건 기적적인 일이다.

"불행 중 다행은, 한꺼번에 열린 문이 또 바로 닫힌 거예요. 주민들도 대부분은 피난소로 피신하셨고, 그대로 개방된 것보다 훨씬 낫고요……."

"──하지만 전원은 아니겠지."

"……그렇게, 생각해요. 슬프고 안타깝고 원통해서 가슴이 찢어질 이야기이긴 하지만요."

설명을 마친 릴리아나가 스바루의 회한이 어린 중얼거림에 수긍했다.

릴리아나 덕에 스바루가 의식을 잃은 동안 도시에서 무슨 일이 일어났는지 대략적으로 파악했다.

대수문이 개방되어 터진 대수해, 그것을 실행하려면 제어탑에서 수문을 조작할 필요가 있다. 지금, 이 도시에서 그럴 수 있는 건 탑을 점거한 마녀교뿐.

즉, 도시를 덮친 수해는 마녀교의 소행이며——.

"도시청사를 공격한 것에 대한 보복 행위인가. 당연한 노릇이로고."

"큭——."

"무어냐. 설마, 행동의 결과가 자신에게 되돌아오진 않으리라 믿었다고 하진 않으렷다? 너희가 움직이면 상대도 움직인다. 깔아둔 패를 뒤집는 것도 초반의 정석이지."

담담히 스바루와 같은 결론에 이른 프리실라가 가차 없이 단언했다. 뺨이 굳은 스바루를 개의치 않으며 "오히려." 하고 말을 이었다.

"소녀는 이 정도로 그친 게 미적지근하다고까지 느낀다. 소문으로 들은 추악한 오합지졸쯤 되면, 더 너절한 행위를 할 줄로 알았다만…… 역시 놈들이 방송에서 찾던 물건의 우선도가 그만큼 높다고 봐야 하겠군."

프리실라가 살랑살랑 부채를 흔들면서 마녀교의 의도를 헤아렸다. 냉혹하게 이어지는 그 추측을 들으면서 스바루는 현재 상황을 초래했다는 자기 인식에 속을 썩였다.

가뜩이나 스바루는 여태까지 수문도시에서 전패를 맛보았다.

시리우스에게는 세 번 살해당하고, 레굴루스에게는 에밀리아를 빼앗기고, 베아트리스는 스바루 대신 혼수상태에 빠지고, 동료들과 함께 도전한 도시청사에서도 카펠라의 손바닥 위에서 놀아나다가 도시를 마녀교의 악의에 수몰시킬 뻔했다. ──한심스러운 마음에 분통이 터져 죽을 것 같다.

"저기 저기, 나츠키 님. 그렇게 마음 쓰지 마세요. 확실히 상황은 최저 최악, 이제 손발이 다 묶여서 수로에 내던지는 기여──! 할 만큼 깜깜하고 위태위태하지만요!"

손바닥으로 얼굴을 가리고 하늘을 쳐다보는 스바루 옆에서 릴리아나가 손발을 파닥거렸다. 열심히 여린 몸으로 류리레를 안고서 머리 양쪽 끝에 묶은 머리를 까닥까닥 흔든다.

이 상황에 꺾이지 않은 것만 해도 릴리아나는 훌륭하다. 칭찬받아 마땅하다.

그리고 그것은──

"──아아아! 제길! 지고만 있을까 보냐, 빌어먹을! 어디 해 보자고!"

"우와우?!"

얼굴을 가리던 손을 주먹으로 만들고 그렇게 부르짖은 스바루에게도 같은 말을 할 수 있었다.

격려 태세던 릴리아나가 스바루의 함성에 깜짝 놀라 뒤에 있는 프리실라에게 뛰어들었다. 아무래도 이건 피하고 뿌리쳤다. "꺄응." 하고 길 위에 달라붙는 릴리아나를 발아래 두고 프리실라가 '처음'에 가까운 관심을 담아 스바루를 쳐다보았다.

"뜻밖이군. 이까짓 일로 마음은 안 꺾인다, 그런 뜻이냐?"

"그 말 그대로인지는 몰라도, 그거랑 가까운 축이지. 이쯤이야 악질 마녀의 『시련』과 비교하면 댈 수도 없어. ──아직 멋대로 포기하기엔 몽땅 너무 이르다고."

전적은 전패, 오른쪽 다리는 이해할 수 없는 검은 칠 상태, 도시 상황은 악화 일변도── 하지만 공교롭게도 그걸로 꺾여 줄 만큼 순수한 영혼은 안 가지고 있다.

상황을 파악하고 각오는 억지로 일으켜 세웠다. 지금, 스바루가 해야 할 일은──

"──도시청사와, 뮤즈 상회에 남은 녀석들과의 합류한다. 그리고 형세를 회복해 다음에야말로 놈들을 이 도시에서 쫓아내겠어."

"할 수 있겠느냐?"

"할 수 있느냐 없느냐가 아니라 하느냐 마느냐 문제야. 그리고 안 한다는 선택지가 없어. 어떻게 발버둥 치든 간에 지금은 동료와의 합류가 최우선. 넌 어쩔래?"

"_____."

스바루의 물음에 프리실라의 두 눈에 불꽃이 일렁거렸다. 침묵한 채로 스바루에게 뒷말을 촉구하는 프리실라. 스바루는 "저기 말이야." 하고 말을 이었다.

"『물의 날개옷 여관』에서 있었던 일은 잊을 수 없고, 뒤끝이 남았기는 하지만, 그거랑 이거하곤 차원이 다른 얘기잖아. 아는 사람이 안전한 걸 확인하는 편이 안심되는 법이고, 게다가 좀 전까지 알은 우리랑 같이 행동했었어. 우리랑 있는 편이 합류하기 쉬울지도 모른다고."

"알이 네놈들과?"

"그래. 지금은 헤어졌지만. 널 찾느라 도시를 떠돌고 있을걸."

도시청사 탈환 작전 전에 별도 행동을 택했던 알이 아까 홍수에 휘말려들지나 않았는지 마음에 걸렸다. 표표하며 빈틈없는 인상이 있는 남자인 만큼 무사하다 믿고 싶지만.

프리실라는 스바루의 보고를 듣고 잠시 골똘히 생각하다가 말했다.

"네 생각은 알겠다. 하나 소녀에게는 먼저 해야 할 일이 있어. 그것을 뒤로 미루고서 네 제안을 따를 마음은 없다."

"먼저 할 일이라면⋯⋯."

"――하지만 앞서 보인 기개는 나쁘지 않더군. 따라서 상을 주마."

"상?"

제안을 거절당한 대신 나온 생각지 못한 대답에 스바루는 갸우뚱했다.

직후, 팔을 뻗은 프리실라가 스바루의 멱살을 잡고 당겨 바닥에 쓰러뜨렸다. 스바루는 "끄아?!" 하고 비명을 지르며 릴리아나 옆에 사이좋게 찰싹 달라붙었다.

그리고 그 느닷없는 프리실라의 폭거에 항의하려고 고개를 들었다가――.

"너, 갑자기 뭔 짓⋯⋯ 큭?!"

——프리실라에게 사납게 달려드는, 기묘한 실루엣을 목격했다.

"크아아아——!"

흉흉한 포효를 터트리며 드높이 도약한 것은 이질적인 형상을 한 존재였다.

짐승처럼 짧은 네 다리, 찢어진 입에서 나온 뒤틀린 이빨. 그것뿐이라면 외견이 흉한 짐승이라고 여겼겠지만 그다음부터가 비정상이었다. ——등과 몸통에서 검과 창이 '돋아나' 있었다.

소유한 것도 박혀 있는 것도 아니다. 몸에 무기가 나 있다.

——말 그대로 그것은 살과 쇠가 융합한, 끔찍하게 뒤틀린 실루엣이었다.

"마수(魔獸)……도 아니야! 뭐지?!"

"흐꺅——! 아수예요!"

그 이형의 포효에 바닥을 기던 릴리아나가 비명을 겹치며 외쳤다.

그 소리를 배경음 삼아 이형——『아수(亞獸)』라고 불린 괴물이 프리실라의 하얀 목을 노렸다. 프리실라는 독살스럽게 짓쳐드는 비위생적인 이빨을 손에 든 부채로 가볍게 옆으로 쳐내고 돌진하는 아수의 몸을 힘차게 길 위에 내리꽂았다.

육체와 융합한 도검이 드러누운 스바루와 릴리아나 사이를 스치며 골목을 헤집었다. 그 날카로움과 위험성을 목도하고 스바루의 목구멍에서 신음성이 얼어붙었다.

"어떠냐, 추하지? 이것이 지금, 이 도시에 날뛰는 추악한 열

등종이다. 짐승일 수 없으며 도구라고 하기에도 부족하지. 날 때부터 반편이, 탄생부터 실패작. ──따라서 『아수』라고 낮춰 부르지.”

굳어 버린 스바루 앞에서 부채로 아수를 내친 프리실라가 유유히 섰다. 그 여유로운 태도에 눈을 휘둥그레지면서 스바루는 릴리아나를 주워 아수로부터 거리를 벌렸다.

떨어지는 스바루와 릴리아나 등 뒤, 아수는 몸부림치면서 펄쩍 일어나더니 침을 흘리는 얼굴을 돌려 방금 공격한 프리실라의 모습을 찾았다. 그 몸짓에 위화감, 하지만 곧 그 위화감의 정체는 알 수 있었다. 눈이다.

“눈이 없어……. 멀었다? 아니, 처음부터? 어떻게, 어?”

개에 가까운 것……처럼 보이는 아수의 안면. 코와 입은 존재하지만 본래는 안구가 있어야 할 곳에 그것이 없다. 그렇다면 시력이 없는 생물인가 했지만, 그럴싸하게 뻥 뚫린 홈 같은 것은 있는 판국이다. 눈구멍은 있는데 안구가 없다.

뽑힌 상처도 없다. 하나부터 열까지 이상하다. 도대체 아수란 무엇인가.

“잘 보도록 해라, 어리석은 놈. 네가 이 수문도시에 흘러 다닌다면 언제 어디서 이 추악과 맞닥뜨릴지 모른다. 못생기고 못난 조악품이긴 하지만 무력한 머저리 한두 명은 쉬이 사냥할 만한 힘은 있다고?”

“무력하단 건 말이 심하잖아! 나도…….”

말하면서 허리 뒤에 손을 돌린 스바루는 애용하던 채찍이 없는 것을 확인했다. 카펠라와의 전투에서 잃어버렸든지 수로에 떨어뜨렸든지. 잘 가라, 길티윕.

그렇게 무력한 머저리 상태를 부정할 수 없어진 차에, 프리실라가 일부러 발소리를 내어 눈이 보이지 않는 야수의 주의를 자신에게 끌었다.

발소리에 이끌린 야수가 튕기듯 프리실라 쪽으로 돌아서서 이빨을 딱 부딪쳤다.

"지금 매달리는 꼴을 봐라. 우스꽝스럽게도 이놈들은 시력이 없는 세상에 익숙지 않은 것이야. 즉, 이건 날 때부터 지닌 모습이 아니다. 하나 이건 이런 생물이기도 하지."

"무슨 말을 하는 건지…… 잠깐! 너, 이놈들이 도시에 날뛴다고 그랬어? 이런 영문 모를 놈이 도시에 또 있다고?!"

"곳곳에서 솟고 있지. 눈 없고, 귀 없고, 입 없는……. 어느 것이나 창작자의 미추 감각이 사멸했다고밖에 여겨지지 않는 장난질의 산물이야."

혼란에 빠진 스바루에게 프리실라가 대꾸하고, 그 직후에 다시 야수가 땅을 박찼다.

시력이 없는 야수는 소리에 기대어 프리실라가 '있을' 위치에 날아들었다. 당연히 그런 불완전한 공격은 춤추듯이 몸을 돌린 프리실라에게 맞지 않는다.

이빨이 허공을 가르고 야수가 지면에서 재빠르게 반전, 재공격하려고 몸을 추슬렀다.

하지만——.

"——그 몰골, 실로 가엾어 못 봐주겠구나. 따라서 자비로운 소녀가 고이 보내 주마."

그렇게 말한 프리실라가 천천히—— '허공' 에서 진홍의 검을 뽑았다.

"_____."

아무 전조도 없는 발검에도 놀랐지만, 그 이상으로 검의 아름다움에 홀렸다.

프리실라가 뽑은 새빨간 검은 기이하게 아름다운 장식으로 꾸며진, 그야말로 보검이라고 부르기에 합당한 빛을 발하는 일품이었다. 칼자루부터 칼몸까지 전부 빨강 일색으로 물든 보검으로, 그 검은 뽑은 프리실라의 손아귀에서 불꽃 자체를 손에 든 것처럼 활활 빛을 냈다.

"——아."

보는 이의 전부를 홀리는 지옥불, 그것을 두른 보검이 섬광을 번뜩이고, 광채를 직시하지 못하는 아수가 온몸으로 얼마나 예리한지 맛보아 몸의 중심선이 어긋난다. 불이 붙는다.

붉은 참격을 받은 아수는 단말마의 비명마저 남기지 못하고 불타올라 그대로 재로 변했다.

"네 기개에 주는 상으로, 이 양검(陽劍)의 빛과 아수라는 존재를 알려주지."

불타 버린 아수의 말로에 눈을 부릅뜬 스바루에게 프리실라가 그렇게 말을 건넸다. 쳐다보니 그 손안에 이미 진홍의 보검은 없고 낯익은 부채가 들려 있을 뿐.

환상이라도 본 기분이지만 그것이 현실인 건 아수의 재가 증명했다.

"얼빠진 낯짝이나 하긴. 설마 두 번 다시 못 볼 기회를 놓쳤더냐? 그렇다고 해도 소녀의 변덕이 두 번 일어날 일은 없다. 자신의 부덕함을 저주하도록."

"……따질 게 너무 많아서 뭐하지만, 네 실력은, 대체 뭐야?"

"대체 뭐긴, 참으로 실없는 물음이로구나. 대답할 마음도 안 생긴다."

프리실라는 부채로 살랑살랑 자신을 부치며 스바루의 의문을 흘려 넘겼다. 대신 스바루가 옆구리에 낀 채로 존재를 잊고 있던 릴리아나가 바동바동 손발을 흔들며 외쳤다.

"나츠키 님, 좀!"

"아? 미안, 이상한 데 만졌어? 그런데 네 거긴 어디야?"

"무슨 말씀을! 조금쯤은 있수다! 그럴 때가 아니고 말이죠!"

몸을 뒤틀어 스바루의 팔에서 벗어나고 "흠그윽." 하고 바닥에 떨어진 릴리아나가 벌떡 일어섰다. 그대로 스바루와 프리실라로부터 떨어져서 길모퉁이로 달려간다.

그리고 모퉁이 너머를 엿보면서 스바루와 프리실라 쪽에 손을 흔들었다.

"저기요! 역시! 요런 곳에 부상자가! 힘을! 힘을 빌려주세요!"

"부상자?! 설마, 아까 아수에게 습격당한 건가?!"

스바루가 당황해 뒤따라가 보니, 릴리아나가 손가락으로 가리킨 골목에는 피 웅덩이에 엎어진 청년의 모습이 있었다. 어깨와 등에 깊은 상처를 입었다.

"너, 괜찮냐! 이봐! 제길, 의식이 없어. 상처는 그렇게까지 깊진 않은데……."

불러도 청년의 대답은 없다. 스바루는 그 사실에 욕을 하면서도 청년의 부상 수준을 확인하고 척척 그의 웃옷을 찢어 간단한 처치를 마쳤다.

"나츠키 님, 엄청 익숙하네요……."

"스승님께 스파르타식 교육을 받은 결과지. 너도 용케 이 사람을 알아챘네."

"그러게요. 왠지 들리는 듯했거든요. 도움을 청하는 애틋한 목소리가."

"정의의 용사 같은 말이나 하긴……. 좋아. 응급 처치는 됐다."

지혈과 부목을 대고, 스바루는 안도의 한숨을 쉬었다. 생명에 지장은 없을 듯하다.

"하지만 이대로 방치해 둘 수도 없지. 어떡해야……."

"그렇다면 네놈이 메고 데려와라, 범속한 것. 소녀의 목적은 이 앞의 피난소다. 거기까지 가면 잠시의 평온은 얻을 수 있겠지."

"피난소가 있는 거야? 그러고 보니 너, 뭔가 목적이 있으니까 같이 못 간다고……."

"가자. 소녀의 발을 멈추게 하지 마라."

프리실라는 스바루를 상대하지 않고 자기 할 말만 하고서 먼저 걷기 시작했다. 스바루는 그 뒷모습에 혀를 차고서 기절한 청년을 안아 들었다.

검게 물든 오른쪽 다리로 내디딘 걸음이 묘하게 안정된 걸 얄궂게 느끼면서 프리실라를 좇는다.

청년을 걱정하는 릴리아나도 졸랑졸랑 등 뒤에 거느린 프리실라가 미소를 머금었다.

"정말이지 네놈은 '타이밍' 이 좋은 남자인가 보군."

"뭐?"

되물은 스바루에게 프리실라는 붉고 처참한 미소를 빚으며 선고했다.

"──그 눈에 하나 더, 이 도시의 현황을 새겨두도록 해라."

5

──그 장소의 기이한 분위기, 살갗이 곤두서는 감각에는 스바루도 금세 감을 잡았다.

"────."

부상자를 데리고 피난소에 발을 디딘 스바루 일행에게 쏠리는 여러 눈총. 그 눈총에 깃든 것은 축축하게 마음이 무거워지는 질척거리는 감정이다.

정체불명의 어두운 감정, 오로지 슬금슬금 불편한 답답함이 가슴에 얹힌다.

이곳은 아마도 4번가, 건물 지하에 만들어진 피난소다.

원래 수로가 범람한 수해 대책을 위한 피난소인 만큼, 강고한 문으로 막힌 입구는 홍수의 피해를 완벽하게 차단하고 있었다.

그렇다고는 해도 수해를 면한 것이 도시를 덮친 재앙에 대한 불안을 누그러뜨리는 건 결코 아니다.

그 사실은 무릎을 부둥켜안은 사람들의 고개 숙인 얼굴과 겁먹은 눈초리를 보면 금방 알 수 있다.

"속이, 거북해지는군. ……이 기분은 뭐야."

피난소에 설치된 간이 의무실, 그곳에 주재하는 치유술사에게 부상당한 청년을 맡긴 스바루는 느릿느릿 완만한 움직임으로 지하를 둘러보다가 씁쓸한 침을 삼켰다.

사람의 수는 적지 않다. 넓은 피난소의 공간이 좁게 느껴질 만큼 많은 사람들이 지하에 밀치락달치락 북적거렸다. 그런데도 고요하다. ──정말로, 고요했다.

숨죽이고 시선도 교환하지 않은 채 고개 숙이고 침묵한다. 마치 생명을 주장하지 않는 것처럼.

"흠. 여기에도 없나."

그런 환경에서 일절 흔들림 없이 자기 자신을 유지하는 프리실라는 이질적이다.

주위의 영향을 받지 않는 건 왕의 자질에 어울리게 여겨지지만, 한편으로는 불안에 허덕이는 민초의 심정을 털끝만큼도 이해 못하는 폭군의 자질처럼도 여겨졌다.

자연히 부글부글 짜증 같은 것이 가슴속에 솟구쳤다. 이, 질리지 않는 자신감을 품은 여자의 옆얼굴에 손톱을 박고 오만한 태도를 찍어 눌러 주고 싶은 충동이──.

"결국 범속한 자는 범속하군. 잠깐 썼던 것만으로도 쉽게 휘말려."

"무슨, 말을……."

"검은 눈에 가학이 깃들었다만? 소녀를 보고 정욕이 이는 건 사내의 습성이지만 이 미모를 흐리게 하고픈 건 짐승의 욕구에 불과하다. 지금의 자신에게 의문이 들지 않는 것이냐? 응?"

손톱을 박아 주고 싶던 얼굴이 채근하는 말에 스바루는 한 박자 띄우고 아연해졌다.

"──────."

도대체 방금 사고의 비약과 과열은 뭐란 말인가. 프리실라의 태도에 반발을 느끼는 건 신기한 일도 아니다. 하지만 그게 이렇게까지 과격하고 폭력적인 발상에 이르다니.

──마치 감정의 컨트롤을 잃은 것처럼.

"설마……."

그 생각에 도달한 순간, 스바루의 등골을 공포심이 훑고 지나갔다. 그것은 즉각 비대화하며 바로 손발의 떨림, 치가 떨리는 충동이 되어 몸에 드러났다.

자신의 생각대로 되지 않는 이 부자연스러운 감정에서 느끼는 위화감에 기억이 있다.

"시리우스의,『분노』의 권능……? 그 영향이냐?!"

자신의 뺨을 때려 뇌에 올바른 아픔을 보내고 스바루는 이를 악물었다.

당연하지만 이 피난소에 시리우스는 없다. 그 괴인의 목소리도 들리지 않는다. 그런데 암담한 감각, 그을음 질 때까지 졸인 냄비에 감정을 던져 넣은 불쾌감이 떠나질 않는다.

그 사실을 스바루가 알아채고 위기감을 가진 직후, 그 사태가 발생했다.

"──이봐, 너. 아까부터 뭐야? 힐끔힐끔, 뭘 꼬나봐!"

들린 목소리, 그것은 피난소 안쪽, 얼굴을 붉히고 이를 드러낸 중년 남자의 노성이었다. 남자의 분노가 가리킨 방향은 약간 떨어진 곳에 있던 것으로 짐작되는 젊은이였다.

중년은 노기 어린 표정으로 젊은이 쪽으로 걸어가 가슴을 세게 떠밀었다.

"하고 싶은 말이 있으면 말해! 말해 봐라! 왜 안 해?!"

"큭── 그럼 말해 주마! 당신야말로 주위를 좀 보라고! 나잇살 좀 먹었으면 짜증 난다고 겉으로 드러내지 마! 이만저만 폐가 아니라고, 개자식아!"

"싫어! 싫어어! 이제 그만해애!"

중년의 폭거에 젊은이의 분노가 폭발하고, 젊은이 옆에 있던 여성이 머리를 감싸 쥐며 울부짖었다. 감정을 주체하지 못하는지 여성은 끊임없이 눈물을 철철 흘리고, 그 비명과 과도한 반응이 중년의 격정을, 젊은이의 의분을 증폭했다.

그리고 그 세 사람으로부터 발생한 감정의 폭발은 그들만의 것으로 그치지 않았다.

"위험해……! 주위 사람들도, 영향을 받아서……."

처음에는 완만하게, 차츰 급속하게, 돌출된 감정의 파문이 번져간다. 바로 전까지의 고요함이 거짓말처럼 소란이 확대하고, 피난소는 한순간에 아비규환의 참상으로 변화했다.

"프리실라! 이 상황은 위험해! 어떻게…… 어떻게든 해야 해! 이러다 사람이 죽어!"

"얼간이. 냉정함이 잃은 건 네놈도 마찬가지야. 잠자코 앉아 있기나 해라."

"그런 소리 하고 있을 때냐?! 너, 이런 때까지……!"

초조감에 시야가 붉어지며 스바루는 눈앞의 프리실라에게 달려들었다. 하지만 프리실라는 몸을 빼는 것만으로도 그 손을 피하고 되레 머리칼을 잡아 스바루의 얼굴을 끌어당겼다.

"욱?!"

"말을 들어라, 어리석은 것아. 네 염려는 현실이 된다. 이 도시의 물을 더럽힌 불쾌한 감각이 인심을 홀리고 평정심을 빼앗아 온정을 해쳤기 때문이지. 하지만——."

얼굴을 찌푸리고 피난소의 참극에 입술을 파들거리는 스바루에게로 프리실라가 냉혹하게 읊었다. 그러나 그 말 끝자락에 그녀는 눈길을 피난소 중앙으로 돌렸다.

자연히 그 눈길을 쫓던 스바루도 같은 것을 보았다.

그것은——.

"번쩍 떠올랐습니다. 들어주세요. ——수면에 일렁이는, 프리스텔라."

손끝으로 타는 류리레의 현이 높고 맑은 소리를 연주하며 아비규환의 공기를 관통했다.

그 순간, 노호와 비명이 지배하던 공간에 틈새가 발생하고 모든 소리가 잠깐 정지했다. 1초에도 못 미치는 틈새를 비집고 들어간 소리가 있었다.

──『노래』다.

"───."

상식에서 벗어난 폭력적인 흥분 속에서, 류리레의 선율이 환상적으로 연주됐다. 그 음계에 마음이 사로잡히면 이어지는 노랫소리의 충격을 영혼까지 정통으로 얻어맞게 된다.

릴리아나의 입술 속에서 붉은 혀가 뛰놀고, 가슴속에서 '노래'가 샘솟는다.

그 노래의 충격은 사람들을, 스바루를, 프리스텔라마저도 후려치고 호쾌하게 음악의 포로로 삼았다. 고막을 기점으로 육체를, 마음을, 영혼을 뒤흔들어서 가만히 두질 않았다.

마음을 빼앗겼다. 그것 말고는 표현을 못하겠다. 복원됐다. 탈환했다.

──눈에 보이지 않는 『분노』라는 거미줄에 칭칭 묶였던 감정의 해방을 느꼈다.

그것은 틀림없는 노래의 힘이었다.

릴리아나라는 『가희』가 선사하는 음악의 빛, 영혼이 떨리는 섭리 밖의 힘──.

"──들어주셔서 감사합니다."

그렇게 말하고 릴리아나가 인사한 순간, 피난소를 지배하던 어두운 감정은 이미 없었으니.

──그저 누가 먼저랄 것 없이 일어난 박수 소리가 우레처럼 울려 퍼졌다.

6

"감사감사──. 창피한 모습을 보고 듣게 해드려서 죄송!"

"너……."

연주가 끝나 노랫소리의 여운도 사라지자 눈물을 지은 청중들에게 인사를 마친 『가희』가 사라지고, 대신에 갈색 피부의 릴리아나라는 생물이 나타났다.

허접한 윙크를 하고 엄지를 세우고 있는 릴리아나에게 스바루는 기운이 쪽 빠져── 왜곡된 감정이 아니라 분명한 자신의 감정에 따라 행동했다. 즉, 어이없어 어깨를 축 늘어뜨렸다.

"제정신으로 돌아왔나, 범속한 것아. 노래꾼의 공적이로고."

"부정할 여지가 없네. 넌 노래와 무관계하게 멀쩡해 뵌다……. 솔직히 이유는 모르겠지만, 나는 그 사실에 수긍했어. 『분노』의 권능은 타인이 가진 감정과의 공명이니까."

아집이 강해서 다른 이에 대한 공감성이 떨어지는 프리실라에게는 『분노』의 권능이 가진 효과가 약한 게 아닌가. ──스바루는 노래 전후에도 태연하게 태도가 일관적인 프리실라를 그렇게 해석했다.

방금 피난소에서 생긴 아비규환은 틀림없이 시리우스의 권능이 낳은 영향일 것이다. 릴리나아의 노래 덕분에 피해는 면했지

만 그게 없었을 때를 생각하니 오싹하다.

아마도 처음 계기는 사소할 것이다. 폐쇄 공간과 위험한 집단의 존재 때문에 받는 강한 스트레스. 그것들을 주체 못하는 동안 마음에 슬쩍 나쁜 생각이 스며든다.

그것이 권능의 힘으로 부풀어 올라 끝내는 다른 사람과의 사소한 마찰로 폭발한다.

그리고 폭발로 말미암아 피해는 확대, 감정의 판데믹이 발생해 참상이 일어난다.

그것이 바로——.

"지금 이 도시 곳곳에서 일어나는 추하고 무의미한 현실이다."

"————."

"네놈, 이 불쾌한 공기를 권능이라고 그러더군? 『분노』의 권능이라고. 다시 말해."

"……그래, 맞아. 이것도 대죄주교의, 마녀교의 소행이야."

스바루의 답변을 듣고 프리실라가 불쾌한 듯 붉은 눈을 가늘게 떴다. 프리실라의 눈에 깃든 분노의 감정에는 권능과 관계없이 스바루도 동감했다.

감정의 증폭과 전파, 시리우스의 『분노』의 권능이 가진 무서움은 충분히 다 알았다 싶었는데, 스바루의 인식은 너무 어설펐던 모양이다.

『분노』의 권능은 이미 프리스텔라 전역에 영향을 미치고 있다고 추측된다.

그리고 도시 사람 태반이 피난소로 도피해 불안과 두려움을 떠안은 심경으로 그 영향을 받으면 발생하는 피해는 상상을 초월하는 것이 되리라.

"무슨 일이 있으면 피난소로 가라고 철저히 주지했던 걸 완전히 역이용해 버렸군."

『분노』의 권능이 가진 효과가 감정의 공유 및 증폭이라고 가정한다면, 그 위력은 범위에 있는 인간의 많고 적음에 비례한다. 주위 사람은 자신의 감정을 반사하는 거울이다. 자기 자신도 감정을 마주 비추는 거울이 되어 감정은 차차 더 빠르게 쌓이기 시작한다.

타인과의 접촉이 『분노』의 권능이 가진 효과를 더욱 강화하는 감염 수단. ──이것은 시리우스의 기만이 설파한, 서로 이해하기 위한 힘 따위가 결코 아니다.

──이 불안과 공포가 지배하는 상황에서 고독하게 있을 것을 강요하는 악몽의 힘이다.

"그건 좀 분하니까, 살짝 힘내 보자 싶어서요."

"릴리아나……."

손가락이 미간의 깊어진 주름을 가리키자 스바루는 릴리아나의 말에 조용히 놀랐다.

그 노래가 시리우스의 권능에서 사람들을 해방한 것은 분명하다. 그리고 릴리아나 본인이 그 효과를 자각하고 피난소를 돌면서 노래를 들려주고 있다.

──옛날, 로즈월 저택에 체류한 릴리아나의 노래를 둘러싼 트러블이 일어났을 때, 그녀는 생명을 저울에 올린 상황에서조

차 '노래를 도구로 삼기 싫다'고 단언했었다.

그런 릴리아나가 자신의 노랫소리를 이런 형식으로——

"요구받은 건, 노래로 사람을 사로잡는 것. 그것은 제가 바라는 바라구요."

그렇게 말하고 허접한 윙크를 하는 릴리아나는 확실히 도시의 『가희』였다.

"그럼 네가 말하던 목적은, 이러려고 릴리아나를 데리고 돌아다니는 거였어?"

스바루는 릴리아나의 각오를 받아들이고 등 뒤의 프리실라에게 물었다.

그렇다면 프리실라 또한 도시의 혼란을 우려해 행동하고 있다는 뜻이다. 그 자세, 그 심성을 오해하고 있었다고 스바루도 크게 반성할 참이었는데——

"얼간이. 그런 사소한 일에 소녀가 관련될 리가 있겠느냐."

돌아온 답변은 철저히 프리실라다운 것이어서 스바루는 입술을 시옷자로 구부렸다.

"사소한 일이라니…… 그럼 네 목적은 대체 뭔데 그래. 피난소엔 뭐하러?"

"슐트를 찾고 있다. 찾아내 주지 않으면 그놈이 울지. 아이의 우는 얼굴은 두고 볼 수 없어."

"———."

그 발언 뒤에 이어진, 예상을 벗어난 말에 스바루의 사고가 멈췄다.

움직임이 멈춘 스바루를 깨닫지 못한 채 프리실라는 못 말리겠다는 듯 어깨를 으쓱이며 말을 이었다.

"알은 자기 몸 하나는 건사할 수 있겠지. 범상한 것 하나는 어찌 되든 간에 소녀가 알 바가 아니고. 하나 슐트의 깜찍한 모습은 대신할 게 없어. 하여서 소녀가 손수 회수해야 하지. 나 원, 손이 가는 종복이로고."

아마 프리실라는 말 이상의 감상이 없다고 진심으로 생각할 것이다.

하지만 프리실라가 언급한 이름—— 이 재앙과 마주친 도시에서 행방을 알 수 없는 어린 시종을 찾는다는 명목으로 움직인다는 게 스바루에게는 뜻밖이었다.

뜻밖이지만, 수긍도 간다. 그녀가 자신의 시종을 위해서 악착같이 돌아다닌다는 사실이.

그 결과, 우연히 릴리아나의 목적도 이루고 있을 뿐이라고 시침 떼는 모습이.

"무어냐, 네놈의 그 낯짝은."

의아해하는 프리실라의 눈초리에 스바루는 "아무 일도 아니야." 하고 애매한 한숨을 섞어 대꾸했다. 그저 납득했다. 그리고 그랬다면 이 자리는 그걸로 충분하다.

크게 숨을 들이쉬어 폐를 부풀린다. 그리고 스바루는 소강상태의 피난소를 바라보며 말했다.

"이 피난소는 이제 괜찮겠군. 아까 얘기한 대로, 나는 간다. 동료랑 합류하러."

"알겠습니다요. 저랑 프리실라 님은 또 다른 피난소를 돌게 요. 아직 노래를 필요로 하고 있는…… 음유시인 노릇할 보람 이 있는, 자존심을 벌 때니까요!"

"표현 봐라!"

릴리아나의 말투에 스바루는 분위기를 유지하지 못하고 웃으 며 딴죽 걸었다. 그러고 나서 다시금 프리실라를 돌아보고 이 단기간에 받은 것이 참 많다고 감사했다.

이렇게 편안한 기분으로 프리실라와 대화할 날이 올 줄은 몰 랐지만.

"여러모로 도움이 됐어. 아마, 또 나중에 만나자. 그리고 알도 찾아는 줘라."

"네놈의 지시를 들을쏘냐. 소녀는 소녀 마음대로 할 것이다. 네놈도 열심히 도시의 물을 정화하고자 분주해라. 성과를 내면 소녀가 몸소 상을 주리라."

"너네 주종이랑 다르게 난 네 발을 핥는 취미는 없다고."

그렇게 말한 스바루는 경례하는 릴리아나와 이미 쳐다보지도 않는 프리실라 두 사람으로부터 뒤돌아서서 폭발이 미연에 막 힌 피난소를 뛰쳐나가 도시를 달렸다.

프리실라와 릴리아나 둘은 또 다른 피난소에서 감정이 폭발하 는 걸 막으러 간다. 그 역할을 그녀들이 다한다면, 스바루 또한 자신의 역할을 다하자.

"우선은 뮤즈 상회…… 다들 무사하다면 거기로 돌아갔을 거 야."

4번가에서 뮤즈 상회까지는 꽤 멀다. 하지만 기합은 충분하다. 신경을 곤두세워라.

　——아직은 아무것도 끝나지 않았다고, 그것을 증명하러 가는 것이니까.

7

　"_____."

　눈앞에 눈먼 아수가 비릿한 체취를 흘리면서 지면의 냄새를 맡고 있다.

　스바루는 숨을 죽여 상대에게 존재를 숨기면서 여태까지 여러 번 접촉할 뻔한 아수와 그 아수를 비교하다가 가슴속에 강한 의분을 느꼈다.

　프리실라가 추악하다 말하고 릴리아나도 "노래로 못 만든다구요오." 하고 싫어한 아수지만, 그 모습은 다양해서 끔찍하단 한마디로 뭉뚱그리는 데 저항감이 들었다.

　눈과 귀, 입 등의 부위가 각각 결여된 대신, 아수의 육체에는 도검 및 방패 등의 무기물과 합일해 자연계에는 존재할 수 없는 악취미한 작위성이 덧붙었다.

　아수는 자연적으로는 발생하지 않는 악질적인 사상의 창조물이다. 그렇다면 역설적으로 그 부자연스러운 생태를 허용할 수 있으면 아수가 창조되는 일도 충분히 있을 수 있다.

그리고 지금, 이 도시에는 생물의 몸을 부자연스럽게 조작할수 있는 존재가 확실히 있는 것이다.

"카펠라 자식……."

자연히 스바루의 머리에 아수를 낳은 어미, 혹은 '제작자'라고 불러야 할 상대가 떠올랐다.

『색욕』의 대죄주교 카펠라. 인간 세상에 넘실대는 악의의 화신 같은 그녀라면, 스스로 불완전한 아수라는 존재를 만들어내어 수문도시를 그 사냥터로 삼는 악취미도 수긍이 간다.

하지만 동시에 이런 생각도 스친다. ——아수의 '소재'는 어디서 조달한 것이냐고.

"크아——!"

"아."

이를 간 순간, 문득 발꿈치로 돌멩이를 긁는 소리가 울렸다. 순간, 시력이 없는 아수의 목이 돌아가고 사납게 스바루 쪽을 향해 골목을 박찼다.

머리에서 돋은 도끼가 무거워서 아수의 질주는 꼴사납다. 쇄도하는 아수의 도끼날이 골목에 부딪혀 딱딱 불티를 튀긴다. 그 접근에 스바루는 창졸간에 옆으로 뛰었다. 그리고 벽의 작은 도랑을 발판으로 삼아 아수 위를 뛰어넘는 아크로바트.

"여, 헙!"

섬뜩할 만큼 오른쪽 다리의 상태가 좋아서 평소 이상으로 파쿠르가 잘된다. 아수를 가뿐하게 뛰어넘어, 당황하며 반전하는 아수를 두고 스바루는 골목 밖으로.

"——끼르르르르!"

거기서 엉망진창인 포효와 함께 옆에서 돌진해 온 한 마리의 공격을 회피. 다리를 널찍하게 벌리고 도약하자 아수가 가랑이 밑을 통과, 균형이 무너진 스바루가 바닥을 구른다. 그 속도를 활용해 달려서 이탈하고자 자세를 준비하지만——.

"……아뿔싸."

또 다른 아수가 소리도 없이 정면을 막아서고 있다. 입이 없는 타입으로, 얄궂게도 그렇기에 으르렁대는 소리가 나지 않았던 것이다. 옆에서 달려든 태클이 빗나간 한 마리는 귀가 없고, 맨 처음 눈이 없는 한 마리를 더하면 도시에 있는 아수의 세 패턴이 모두 모인 격이었다.

"————."

앞뒤와 옆이 깔끔하게 막혀, 골목에서 스바루는 아수에게 내몰렸다.

힐끔 옆을 보니 노후화가 진행된 건물의 벽. 힘과 열정이 있으면 뛰어넘는 것도 불가능하지 않다. 머릿속에 그리는 것은 펠트와 처음 마주쳤을 때의 기억이다.

톤친칸에게 시비가 걸려 도움을 청하는 스바루를 버리고 간 펠트의 도주술—— 지금 생각해 보면 그때의 일당이 모두 같은 진영인 건 묘한 인과와 인연이다.

스바루는 시답잖은 사고로 긴장을 풀고 다리에 힘을 줬다. 앞뒤와 왼쪽, 아수가 몸을 굽히는 기척이 났다. 그보다 한발 앞서 벽에 붙으려다가——.

"──움직이지 마, 스바루. 빗나가면 문제니까."

자력으로 타개하는 것보다 훨씬 더 신뢰할 수 있는 큰 목소리에 그 선택을 내버렸다.

발을 멈춘 스바루에게 세 마리의 아수가 쇄도했다. 각각 도끼와 이빨, 발톱과 칼날이 섞인 몸을 부딪쳐오지만, 그 공격이 스바루 몸에 닿을 일은 없었다.

홀쭉한 기사검이 솟구치며 그 공격들을 하나도 남김없이 쳐냈기 때문이다.

"미안하지만 이 친구는 도시에 필요한 존재야. 물러나 줬으면 좋겠군!"

사이에 끼어든 우아한 기사── 율리우스가 세 마리 아수에게 검과 정령술을 동시에 꽂아 넣었다.

날카로운 검격이 눈 없는 아수의 몸통을 가르고 귀 없는 아수와 입 없는 아수 두 마리가 동시에 붉은 불길에 휩싸였다. 업화에 불탄 두 마리는 재로 변해 소리 없이 그 자리에 허물어졌다.

하지만 몸통이 베여 치명상을 입었음에도 눈 없는 아수는 공격을 속행했다.

"율리우스!"

"걱정할 필요는 없어."

──매끄러운 호를 그린 참격이 눈 없는 짐승의 목을 깔끔하게 쳐 날렸다.

상황에 안 맞게도 그 검격은 눈길이 빼앗길 만큼 아름다웠다. 번뜩인 칼끝이 아수의 목에서 가장 약한 부분을 정확하게 포착하고, 날카로운 검이 고통마저 없이 명맥을 끊었다.

만약 생명을 빼앗는 행위에 자비가 있다면, 이것이야말로 그리 정의해야 마땅하리라 여길 만큼.

상식을 초월한 생명일지라도 머리가 떨어지면 절명은 면할 수 없다. 온몸이 재가 되어도 마찬가지다. 그렇게 쓰러진 아수의 모습에 스바루는 강한 연민을 느꼈다.

"스바루, 무사한가?"

아수를 베어 넘긴 검을 흔들고 뒤돌아선 율리우스의 목소리에 스바루는 고개를 끄덕였다.

"그래. 위험한 참이었는데 고맙다. 너도 꼴을 보니 무사한가 보군."

"한심스럽게도 말이지. 결국 수문이 열려 물이 밀려드는 바람에 도시청사의 싸움은 유야무야되고 말았어. ……네가 물에 떨어져 행방을 알 수 없어졌을 때에는 간이 철렁하더군."

율리우스가 고개를 느릿느릿 가로젓고 스바루의 어깨에 손을 얹었다. 그 손바닥에는 웬일로 숨기지 못한 안도감이 배어 있었다. 스바루의 생환을 곱씹듯이.

"도시청사에서 무슨 일이 있었지? 솔직히 카펠라와…… 『색욕』과의 싸움 후반부터 기억이 없어."

"기억하지 못한다고? 흑룡이 최상층을 공격하고 너와 크루쉬 님을 끌고 갔어. 나도 창졸간에 흑룡에게로 뛰어들어 너희를 되찾으려고 하던 순간에 대수문이 개방되어서……."

"정신없는 와중에, 내가 수로에 떨어지고 떠내려갔다?"

"……솔직히 살아 있을지 어떨지는 반반으로 봤지. 용케 무사히 돌아왔어."

어깨에 손을 얹은 채로 율리우스가 연거푸 끄덕이며 스바루의 생환을 환영했다. 그 설명에 스바루는 자신이 상상 이상으로 위험한 환경에 있었음을 이해했다.

하지만 가느다란 생존의 실을 더듬어 스바루는 돌아왔다. 율리우스와도 무사히 재회했고.

"그래서 다른 사람들은? 무사한 거야? 크루쉬 씨가 위험하던 건 기억해. 지금 서둘러 뮤즈 상회로 돌아가려는 중인데……."

"마음은 알겠지만 진정해 다오. 우선, 네 가장 큰 불안을 해소하지. 도시청사의 탈환에 임한 사람은 모두 살아 돌아왔다……. 네가 무사하기에 그렇게 말할 수 있어."

"모두가, 살아서……. 그랬군….."

그 답변을 듣고 스바루는 안도한 나머지 그 자리에 주저앉았다. 자각하던 것 이상으로 마음에 여유가 없었는지 후들거리는 무릎에 힘이 들어가지 않았다.

"그토록 강적뿐인 곳에서 용케 전원이……. 그 홍수에도 피해는 나오지 않은 건가."

"아슬아슬한 상황은 있었지. 빌헬름 님 말씀으로는 물이 오지 않았으면 적에게 밀려 피해가 나왔을 가능성도 있었다더군. 마녀교의 소행을 생각하자면 얄궂은 얘기야."

회한보다는 자조가 강한 말을 섞어 율리우스가 그렇게 대답하자 스바루는 눈살을 찌푸렸다.

듣건대, 도시에 심대한 피해를 초래할 뻔한 수해는 도시청사 공방전이라는 국지적인 상황에서는 스바루 일행 편을 들었던 모양이다. 죽을 뻔한 스바루와 크루쉬를 카펠라가 미처 죽이지 못한 이유에도 그 영향이 적잖게 있을 성싶다.

그 경우, 마녀교는 수문을 개방해 제 무덤을 팠다는 뜻이다. 하지만 놈들이 국지적인 공방의 승패에 일희일비할지는 미심쩍다고 할 수밖에 없다.

"그 밖에도 전할 말은 많지만…… 일단 엇갈리지 않고 끝나서 다행이지. ──지금 뮤즈 상회에는 아무도 없어. 헛걸음할 뻔했지."

"상회에 아무도 없다고? 왜 또? 아나스타시아 씨나 페리스, 무엇보다 내 베아코가 남아 있을 텐데……."

"그 점에서도 진정하고 들어줬으면 해."

불온한 낌새에 스바루가 침을 삼켰다. 그 모습을 지켜보다가 율리우스가 한 호흡을 띄우고 말했다.

"……우리가 도시청사를 공격하던 중, 뮤즈 상회가 습격을 받았다. 십인회의 키리타카 씨를 노린 것인데, 그 결과 아나스타시아 님께서 지휘를 맡아 상회에 남아 있던 인원은 부득불 거점을 포기하게 됐지."

"상회가 공격당해?! 근데 거긴 피난소고 부상자도 많이 있었잖아?!"

상회에 남아 있던 것은 경호용 『철 어금니』의 인원을 제외하면 그 절반 이상이 비전투원── 개중에는 혼수상태인 베아트리스와 『사신(死神)의 가호』로 아물지 않는 상처를 입은 미미. 누나의 상처를 떠맡아 생명이 위태로운 헤타로와 티비도 포함된다.

　그런 상태의 사람들을 떠안은 채로 습격에서 무사히 벗어나기는——.

　"베아트리스…… 아니, 다들 어떻게 됐어? 이봐!"

　"남은 인원이 사력을 다해 가까스로 부상자들을 데리고 나오는 데 성공했어. 베아트리스 님과 미미 남매의 신병도 무사해. 다만 키리타카 씨와 상회로 돌아온 『백룡의 비늘』의 인원은 행방을 몰라. ……이쪽 안부는 불명, 그게 현황이다."

　"제길! 아무리 릴리아나라도 그 말을 들으면 슬퍼하겠군……."

　베아트리스는 무사하다고 들어도 그 피해 상황으론 도저히 기뻐할 수가 없다. 키리타카가 표적이 된 것도 적의 목적을 감안하면 이해가 간다.

　마녀교가 요구한 『마녀의 유골』의 소재지는 십인회 사람들밖에 모르므로.

　"뮤즈 상회를 잃고 우리는 거점을 도시청사로 옮겼어. 거기로 가자. 다들 널 걱정해. 특히 가필은 심각하게 초췌해졌어."

　"그것도 겁나지만, 잠깐, 도시청사? 되찾은 거냐?"

　"수문이 열려 우리와의 공방이 말 그대로 물에 흘러간 뒤, 그들은 도시청사를 버리더군. 단, 마지막에 한 번 더 방송을 했었지. 그건 들었나?"

　"……마침 물 위에 둥둥 떠다니며 잤을 때라."

도시청사를 탈환했다는 사실을 기뻐할 수 없을 듯한 흐름에 스바루는 입술을 삐죽거리고 대답했다.

그 대답에 율리우스가 고운 눈썹을 찌푸리고 잠시 망설이다가 말했다.

"큰물이 수로를 범람시켜 도시 곳곳이 피해를 받은 뒤야. 나도 어지러운 상황을 파악하느라 고심하고 있었을 때, 하늘에서 또다시 『색욕』의 목소리가 도시에 쏟아졌다."

"_____."

스바루는 말없이 율리우스의 뒷말을 재촉했다.

스바루의 요구에 끄덕인 율리우스는 길고 깊은 숨을 내뱉은 뒤에 말을 이었다.

"『색욕』은…… 아니, 마녀교라고 해야 할까. 그들은 도시청사를 공격한 벌로, 도시의 해방에 필요한 조건을 추가하더군. 『마녀의 유골』에, 세 가지 조건을."

"……내용은?"

"――『예지의 서』라고 불리는 책, 『인공정령』. 그리고."

거기까지만 해도 스바루로서는 충분하고도 남을 만치 자극적인 요구였다.

하지만 마지막 하나를 거론하는 건 여기까지 설명한 율리우스조차도 망설였다. 그 망설임에 스바루는 얼마나 끔찍한 요구일까 사전에 대비했다.

그러나 그 망설임이 율리우스의 배려였음을 스바루는 금세 이해했다.

왜냐하면 그 요구는 참으로 어처구니없으며, 참으로 생뚱맞은 것이고, 참으로 스바루가 용서하기 어려운 것이었기에.

그것은——.

"——『은발 처녀와의 결혼식』이다. 도저히 네가 듣고 용납할 만한 게 아니지 않나."

제2장 『기사의 조건』

1

 수몰 중인 도시를 목격한 에밀리아는 창틀이 찌그러질 만큼 세게 잡았다.

 개방한 대수문이 또다시 굉음과 함께 닫혔다. 한순간에 벌어진 일이었다. 도시 전체가 물속에 가라앉는 것이야 모면했지만 발생한 수해는 심각하다.

 건물은 부서지고 사람은 다친다. 수해를 생각하다 에밀리아는 황급히 밖으로――.

 "――뭘 생각하고 있든, 그만두시는 편이 현명할까 합니다."

 창틀을 뛰어넘어 당장에라도 뛰쳐나가려던 에밀리아를 차가운 목소리가 말렸다. 말린 사람은 에밀리아 등 뒤에서 차가운 미모를 꿈쩍도 하지 않는 184번이었다.

 그 투명한 시선과 발언에 에밀리아는 남보랏빛 눈에 날을 세웠다.

 "현명하다니, 어째서? 방금 큰일 난 광경을 봤잖니? 바로 구하러 가야지!"

"심정은 이해하겠습니다만 지금 당신이 나가시는 편이 피해가 더 커집니다. 그 사람이…… 서방님이, 그것을 원치 않으시기에."

"또 그 소리야?!"

부자유의 원인으로 레굴루스의 존재를 거론하자 에밀리아는 답답한 심경에 입술을 깨물었다.

184번이 레굴루스가 하라는 대로 움직이는 건 지금까지 주고받은 대화로도 명백한 사실이다. 하지만 에밀리아의 생각은 다르다. 에밀리아는 결단코 그의 아내가 아니므로.

"원치 않는 행동을 했을 때 서방님이 하실 행동을, 당신은 상상할 수 없으신가요?"

"그건……."

"우선, 그 사람은 원치 않는 행동을 한 아내에게 벌을 주고, 그 다음에 아내가 그러도록 만든 원인을 벌합니다. 그게 자신의 권리라고 고집스럽게 믿으니까요."

184번의 말을 듣고, 에밀리아는 레굴루스와의 짧은 접촉을 떠올렸다.

말이 많은 사람이다. 하지만 그 사실에 나쁜 인상은 없다. 에밀리아가 잘 아는 소년도 그 점에선 똑같다. 하지만 그 소년과 달리 레굴루스는 상대를 배려하지 않는다.

마음을 쓰는 방향이 엇나갔고 언동은 일방적이다. ──그것은 그가 지닌 전능감이 원인이다.

레굴루스 코르니아스라는 존재는 여태까지 에밀리아가 만난 이들 중에서도 최상급의 무력을 자랑한다. 어쩌면 라인하르트에 필적할지도 모른다.

184번은 그런 상대의 비위를 상하게 하지 말라고 진지하게 에밀리아에게 충고하고 있다.

따라서 에밀리아는 그 말에——

"——하지만 그게 내가 포기해야만 하는 이유는 못 될 거야."

"……자신의 목숨이 위태로워도?"

"지금 눈앞에 위험한 상황에 처해 있을지도 모르는 사람들이 있는데? 몰래 갔다가 몰래 돌아온다거나…… 그래도 안 돼?"

수해라면 에밀리아의 마법도 도움이 될 것이다. 얼음은 자유롭게 형상을 빚을 수 있고 녹이면 금방 치울 수 있다. 레굴루스에게 들키는 게 위험하다면, 잘하진 못해도 몰래몰래 해 보겠다.

"……혹시, 진심이세요?"

"어, 엄—청 진지했는데…… 진심으로 안 보였어?"

몇 초 동안 184번이 긴 한숨을 내뱉고 그렇게 말하자 에밀리아가 놀랐다.

열심히 호소한 줄 알았는데 농담으로 들었다면 큰 문제다. 에밀리아의 그 반응에 184번은 창밖으로 눈길을 돌리고 말했다.

"당신이 방금 수해로 주민이 피해를 입었을까 불안한 거라면 그건 괜한 걱정이에요. 현재 이 도시 사람들 대다수는 피난소로 대피해 물난리를 피했을 테니까요."

"피난소면…… 아, 아침 방송에서도 말했었어! 다들 거기로 피한 거야?"

"몇 시간도 전부터 말이죠."

"그래. 그렇구나. ……그럼 다행이네."

끄덕이는 184번에 에밀리아는 안도하며 가슴을 쓸어내렸다.

물론 일어난 물난리의 피해 자체는 없어지지 않지만 그래도 방금 이야기는 천만다행이다. 아무것도 모르는 많은 사람들이 물에 휩쓸리는 비극은 피했으므로.

"……순순히 믿는 건가요?"

"어, 믿으면 안 돼?"

"저는 그 사람의 아내입니다. ……서방님을 위해 거짓말을 할 거라는 생각은 안 하세요?"

184번이 시험하듯 에밀리아의 마음을 보이지 않는 손톱으로 할퀴어댔다. 그 가냘픈 자극에 에밀리아는 딱 한순간 생각에 잠 겼다가 대답했다.

"──하지만 아까 당신은 진지했으니까, 분명 거짓말 안 했 을 거야."

고개를 젓고 에밀리아는 184번의 악의가 아니라 성의를 믿기 로 했다.

그리고 거짓말을 할 거라면 에밀리아를 더 속이기 쉬운 거짓말 을 하겠지. 하지만 자신의 발언을 왜 의심하지 않느냐고 언급했 다. ──그 행동은 그녀의 양심이 낳았으리라.

"──아."

그 말을 들은 184번이 희미하게 놀라며 눈을 크게 떴다.

에밀리아는 그 반응에 비로소 그녀가 본래 얼굴을 보여줬다고 느꼈다.

"당신도 놀란 표정을 보여주는구나. 이걸로 겨우 제대로 얘기를 나눌 수 있을 것 같아."

"……볼썽사나운 모습을. 더 하다간 서방님의 역정을 사겠어요."

"웃는 얼굴이 더 예쁜 부인을 웃게 했는데, 그 때문에 화내는 서방님이라니 엄—청 이상해."

"이상하고 자시고…… 으. ——충고, 해 두겠어요."

미소 짓는 에밀리아의 말에 감정을 자극받은 184번은 바로 숨을 고르고 말을 이었다.

"서방님이 좋아하시는 건 당신의 평소 얼굴, 표정입니다. 웃거나 슬퍼하거나, 표정을 바꾸지 않기를 권해드리죠. 당신은 입도 열지 않는 편이 나을 거예요."

"말하면 안 된다는 거야? 이번엔 왜?"

"뭐가 서방님의 권리를 침해할지, 아무도 알 수 없는지라."

레굴루스의 권리 침해. 184번은 그것을 두려워하며 레굴루스에게 대응하기를 겁내고 있다. 공포가 감정을 옭아매고 있는 것이다. 에밀리아는 그 속박을 어떻게든 해 주고 싶었다.

대화하다 보면 알 수 있다. 그녀는 총명하고 웃으면 주위가 환해지는 예쁜 사람이니까.

"미간의 주름도 안 돼요. 서방님께서 싫어합니다."

"열심히 생각 중이라 그래. 어떡하면 나랑 당신 사이에 레굴루스를 두지 않고 제대로 대화할 수 있을지를."

에밀리아는 184번에게 진지하게 말을 건넸다. 그 말에 184번은 가냘프게 숨을 죽였다. 아주 약간 뭔가를 망설이는 감정이 차가운 눈에 스쳤다.

"저기……."

그리고 184번이 에밀리아를 향해 여태까지와 다른 뭔가를 전하려고 했다.

그러나──.

『앗아──! 썩은 고기 여러분──, 오늘도 기운차게 떨면서 웅크리고 계십니까──? 존엄하고 자비로운, 니들의 마음에 격하게 다가붙는 아리따우신 이분의 미성 방송이랍니다──! 기뻐해 주라? 즐겨 주라? 떠들며 노래하며 좋아 뒤져 주라? 꺄하하하핫!』

184번의 입술이 말을 꺼내기보다 그 카랑카랑한 목소리가 허공에 울려 퍼지는 쪽이 먼저였다.

"──윽, 뭐, 뭐야?!"

갑자기 도시 하늘에서 뚝 떨어진 무신경한 목소리에 에밀리아는 깜짝 놀랐다.

무심코 고개를 든 에밀리아는 그것이 『미티어』를 이용한 방송임을 깨달았다.

오늘 아침에도 도시 사람들의 안전을 신경 쓰는 내용과 『가희』 릴리아나의 노랫소리를 온 거리에 보낸 『미티어』── 그 인상이 사용자에 따라서 돌변했다.

적어도 에밀리아는 이 목소리의 주인이 '존엄하고 자비롭다'고 생각할 수 없었다.

『자자, 그럼, 그런 변태 썩은 고기들에게 중요한 소식! 세상에나! 그토록 말을 해 줬는데 바로 이분께 쳐들어온 무능한 썩은 고기가 대량 발생! 뭐, 올 줄 알고 환영할 준비는 해 둔 바인데요. 열 받는 건 열 받는 거 아니냔 말이죠!』

경쾌하게 즐거운 듯이, 하지만 분명한 짜증도 섞어가며 목소리가 흉흉한 선고를 이었다.

『그래서 솔직히 걍 됐지 않나? 하는 생각이 들어 버렸는데요. 이대로 수문 몽땅 열고 도시 통째로 물속에다 처박는 것도 깔끔하지 않나? 하는 생각이 들어 버렸는데 말이죠! 그도 그럴 게, 이만큼 하는 말 싸그리 무시하면 나도 상처받거든요? 아니 현재진행형으로 몸 이곳저곳 다쳐서 몸이나 마음이나 능욕당했단 느낌이거든요오?』

"웃──."

수문을 개방할 가능성을 내비치는 '협박 방송'에 에밀리아는 전율을 느꼈다.

대수문이 불과 몇 초 열린 결과가 직전에 벌어진 수해였다. 모두 개방되면 피해는 저 정도로 그치지 않는다. 지금은 무사한 피난소도 도시 전체가 수몰하면 괴멸은 피할 길 없다.

이 가학적인 방송의 책임자가 그 선택지를 쥐고 있다니, 그 위험성은 헤아릴 수 없다.

"하지만……."

에밀리아에게는 상대가 지금 당장 이 협박을 실행할 의도는 없는 느낌이 들었다.

협박이 진심이라면 그냥 문을 안 닫으면 그만이다. 그런데 상대는 그러지 않았다. 아마 상대에게는 도시를 수몰시키는 것보다 더 중요한 목적이 있을 것이다.

『하지만 나도 마녀가 아니란 말씀. 어머니처럼 관대한 이 몸의 마음을 자랑하기 위해서도 한 번만 더 니들에게 기회를 내려 주시겠다 이 말씀이죠.』

대안을 제시하려는 상대의 목소리가 에밀리아의 그 직감을 긍정했다.

단, 어머니처럼 관대한 마음이라는 말을 증명하는 내용은 되지 못했다.

『다—만! 상처 받은 나에 대한 위자료 포함해 생각해서, 아까랑 같은 조건 달면 말이 안 되죠—! 그래서 내가 처음에 부탁한 조건에 더해, 세 가지 더…… 꺄하하핫, 세 가지 더 부탁이 있으십니다—!』

삐걱거리듯이 목소리가 이어진다.

『——한 가지는, 이 도시에 들여놓았을 '예지의 서'의 헌상.』

지분거리듯이 목소리가 이어진다.

『——한 가지는, 이 도시에서 속 편하게 지내고 있을 '인공정령'의 헌상.』

조롱하듯이 목소리가 이어진다.

『——한 가지는, 이 도시에서 거행될…… 뭐어? 아—, '은발 처녀와의 결혼식' …… 요컨대 방해하지 말란 얘기겠죠. 알 바 아니란 얘기지만 말이죠!』

저주하듯이 목소리가 이어진다.

『그리고 끝으로 한 가지, 내가 요구한 '마녀의 유골'을 합쳐서 넷! 이것들을 다 헌상하는 게 니들에게 내가 내려주는, 생존을 위한 유일무이한 수단! 다른 모든 게 불가능! 헛수고! 무모하다! 는 건 돌격 실패로 증명해 준 거나 똑같으니까요!』

방송 주체가 지독히 일방적으로, 강렬하고 가시 돋친 말로 도시 전역을 공격했다.

에밀리아의 직감은 옳았다. 적은 도시의 수몰과 교환할 조건을 제시했다. 하지만 에밀리아의 직감은 이렇게도 이르고 있다. ──이 거래는 지켜지지 않는다고.

조건이 충족됨과 동시에 네 개의 대수문은 반드시 개방될 거라고.

『그런 이유로, 저의 고마우신 말씀은 이상입니다─! 니들은 살아남기 위해 추하게 발버둥 치고 일단 내가 원하던 것을 열심히 찾아다가 목숨 구걸하는 걸 추천! 틀림없이 이 도시에 전부 있으니까요! 이웃 사람이나 높으신 놈이라거나, 누군가가 숨기고 있는 걸 밝히고 빼앗아 헌상하세요─! 꺄하하하핫!』

카랑카랑한 비웃음소리를 끝에 남기고 갑작스러운 방송은 느닷없는 종식을 맞이했다.

찡하게 울리는 웃음소리의 여운이 사라지자 그곳에는 대책 없는 침묵이 남았다. 대뜸 구속이 풀린 듯한 감각 속에서 에밀리아는 자신이 호흡을 잊고 있었음을 뒤늦게 깨달았다.

──무섭도록 듣는 이의 마음을 옭아매는 힘이 있는 목소리였다.

음색에 타고난 마성이 깃들었을 뿐만 아니라, 말하는 법, 들려주는 술수가 묘하게 교묘하다. 천성의 재능과 바르게 연마한 기술, 그것들을 유감없이 발휘한 '협박 방송'이었다.

"방금, 목소리는⋯⋯."

"──『색욕』의 대죄주교, 카펠라 에메라다 루그니카 님입니다."

목에 손을 짚는 에밀리아의 의문에 정면에서 차가운 답변이 제시됐다.

손이 닿을 거리에 선 184번의 감정이 사라진 표정과 눈이 보였다. 그 무감정한 눈초리에 에밀리아는 부끄럽고 분했다.

방송 직전, 그녀는 분명히 에밀리아에게 무언가를 전하려고 해 주었는데──.

"들으신 대로 현재 도시는 마녀교도의 수중에 있는 상태입니다. 섣부른 행동을 하면 그들은 용서하지 않아요. 그건 알고 계시죠?"

"가만? 마녀교는 알겠는데⋯⋯ 나, 여기에 오기 전에 대죄주교라고 밝힌 사람과 만났어. 하지만 그 사람은 『색욕』이 아니라 『분노』라고 밝혔는데⋯⋯."

"네. 그러니까, 이 도시에는 여러 명의 대죄주교 분들이 계시죠. ──서방님도 그중 한 명이십니다."

"——레굴루스가, 대죄주교."

에밀리아는 눈을 내리깔고 선고한 184번의 말에 놀라다가 속으로 수긍했다.

확실히, 그 백발 청년에게서 느낀 위압감은 시각탑 광장에서 조우한 『분노』의 대죄주교 시리우스와 가까운 것이었을지도 모른다.

그게 사실이라면 프리스텔라에는 『분노』, 『색욕』과 함께 레굴루스까지 도합 세 명의 대죄주교가 있고, 대수문을 개폐할 권한을 쥐고 있다는 뜻이 된다.

그 시위행위가 조금 전의 '협박 방송'이며, 도시 프리스텔라의 현황——.

"이해하셨나요? 당신의 처지가 얼마나 중요한지."

"——어? 내 처지?"

"……방금 있었던, 카펠라 님의 네 가지 요구 중 하나를 떠올려 주세요."

184번의 말을 듣고 에밀리아는 앞선 '협박 방송'의 내용을 되짚었다.

들은 기억이 없는 『마녀의 유골』과 『예지의 서』는 몰라도 『인공정령』에는 짚이는 바가 있다. 그리고 맥락없게 여겨진 것은——.

"은발 처녀와의 결혼식……. 이것만 다른 것과 비교해서 뚱딴지같은 느낌이 들더라."

"————."

"——아, 이거 혹시 내 얘기야?"

184번이 말없이 주시하자 그 가능성에 생각이 미친 에밀리아의 눈이 동그래졌다.

'은발 처녀' 대접이 처음에다가 결혼할 마음도 없었기에 깨닫는 게 느렸다.

그러나 '협박 방송'의 요구가 대죄주교들의 소망이라면 결혼식 개최를 계획할 사람은 레굴루스밖에 없다. 그가 구혼한 상대도 에밀리아뿐이다.

즉, 에밀리아가 이 자리에서 무계획적으로 도망치는 상황이 생기면──.

"──프리스텔라가, 물속에 가라앉아 버려."

"이해해 주신 것 같으니 이번에야말로 옷을 갈아입으시길. 다행히 치수는 자는 중에 재어났습니다. 신부용 의상은 서방님의 취향을 모아났어요."

그렇게 말한 184번이 에밀리아의 얇은 천으로 손을 뻗었다. 에밀리아는 한순간 몸을 굳혔지만 '협박 방송'을 생각하고 저항을 그쳤다. 그리고 계속 천 하나만 걸친 상스러운 복장으로 있어선 팩과 안네로제에게도 미안하다.

"그런데 나를 홀딱 벗긴 건 당신이었어?"

"서방님인 줄 아셨나요? 그 사람은 여성의 피부에 함부로 접촉하지 않아요. 그저 소유권만 주장하고 싶을 뿐이지. ……처녀인지 아닌지 확인해도 그냥 그뿐이에요."

"당신도 그 '처녀' 이야기를 하는 거야? 무슨 뜻이야?"

"……설마 싶었는데, 정말로 모르는 거군요."

아무래도 어지간히 상식이 없다고 여겼는지, 무지한 에밀리아의 질문에 184번의 대답은 싸늘했다. 나중에 꼭 조사하자고 마음속으로 다짐했다. ──그렇다. 다 끝나면.

"스바루랑 다른 사람들, 무사할까……."

수문도시 전체가 마녀교의 손에 떨어졌다면, 당연히 시각탑 광장에서 『분노』의 대죄주교와 대치하던 스바루와 베아트리스도 도시탈환을 위해서 바삐 뛰고 있을 것이다.

에밀리아 외의 왕선 후보자들도 있다. 전원 무사하고 하나로 뭉쳤으면 좋겠지만.

"──그 이름, 방금도 언급했었죠. 남성인가요?"

"응. 내 기사님이야. 분명히 날 엄──청 걱정하고 있을걸. 하지만 나도 그만큼 걱정되어서…… 무리는, 안 했으면 좋겠는데."

그렇게 말은 하지만 무리하고 있겠다 싶었다. 걱정도 엄청 끼쳤을 테고.

──그런 에밀리아의 뇌리에 스바루가 당했다는 걱정은 전혀 없었다.

스바루에게는 베아트리스가 붙어 있고, 애초에 에밀리아는 스바루가 생명이 위태로운 궁지에 빠지는 사태부터 상상할 수가 없었다. 스바루는 아마 뭐든지 어떻게든 하고 만다.

다만 그 사실과 불안 및 걱정을 끼치는 데 대한 죄책감은 아무 관계도 없었다. 에밀리아는 스바루를 곤란하게 만드는 자신이 매우 한심스러웠다.

"_____."

스바루 생각 중인 에밀리아의 옆얼굴에 184번이 살짝 놀라는 기색이었다.

"그 스바루라는 남성을, 서방님 앞에서는 절대로 언급하지 마세요."

"……노파심에 묻겠는데, 왜?"

"서방님의 말을 빌리자면, 마음의 처녀성을 의심받기 때문이에요."

"또, 그 얘기……."

설명해 주질 않는데 그걸 이유로 삼으면 정말로 난처하다.

에밀리아가 그런 불만을 품는 중에, 184번은 준비하던 하얀 드레스를 손에 들고서 살그머니 에밀리아의 몸에 대고 만족스럽게 끄덕였다.

반짝이는 인상과 정반대로 보드라운 감촉. 심상찮게 고급임을 알 수 있는 아름다운 드레스다.

"하지만 좀 움직이기 불편하겠어."

"불만도 언급하지 않는 편이 현명해요. 갈아입히겠습니다."

손에 익은 움직임으로 드레스를 입히려는 184번에 따라 에밀리아는 그 하얀 드레스를 입기 시작했다. ——지금은 일단 그녀와 레굴루스의 말에 따르자.

'무계획' 적인 도망은 도시를 위기에 처하게 할지도 모른다. ——신중하게, 계획해서 움직이자.

2

"──이, 쓸모없는 놈!"

처음에 스바루의 귀에 날아든 것은 누군가의 비통한 고함 소리였다.

도시청사에 들어오자마자 고막을 때린 소리는 감정이 들끓어 뒤집힌, 높은 목소리였다. 들은 적이 있는 목소리인데, 이렇게까지 감정을 드러낸 건 처음 듣는 목소리.

견디기 어려운 비분을 머금은 외침과 뺨을 때리는 손바닥의 메마른 소리가 겹쳐 울렸다.

"그라지 마라, 아가씨! 그래 탓해서 머가 된다고! 누구 한 명에게 책임이 있는 기 아이다. 그건 아가씨도 알 낀데!"

"시끄러워! 그따위 발뺌하는 소리 듣고 싶은 게 아냐! 딴 사람은 닥치고 있어!"

말다툼이 달아오르고 감정이 뒤틀린 분위기가 도시청사 로비를 지배하고 있었다. 그 광경을 목격한 스바루는 가슴을 쑤시는 애처로운 감각에 입술을 깨물었다.

접수대와 대합실이 있는 넓은 로비였다. 어지럽혀진 흔적이 있고 부서진 의자와 탁자가 구석에 치워져 임시 체제가 갖춰진 상태였다.

──그 로비 한복판에서 서슬 퍼런 분위기로 세 인물이 눈싸움을 벌이고 있었다.

울먹이는 페리스와 그 팔을 잡고 이를 드러낸 리카드. 그리고 페리스의 손바닥을 달게 받고 뺨에 벌건 자국을 남긴 빌헬름이었다.

다투는 두 사람 앞에서 힘없이 고개 숙인 노검사는 회한으로 푸른 눈을 일렁이며 말했다.

"……할 말이, 없다."

"변명해! 뭔가 이유가 있어서, 그래서 어쩔 수 없던 거라고, 그렇게 말해서 날 납득시켜 봐! 사과하든 사과받든지 간에 아무것도 안 된다고!"

"아가씨……. 맘은 안다. 분한 기는 다들 똑같데이. 그건……."

"분해……? 분해서 뭐가 돼? 쓸모없는 놈! 강단 없는 자식! 다들, 다들 그래! 왜…… 어째서 아무도, 크루쉬 님을……."

페리스가 숨을 거칠게 쉬며 빌헬름을, 리카드를 노려보다가 그 자리에 무릎을 꿇었다.

울먹이는 페리스의 규탄에 두 남자는 아무 말도 하지 못했다. 그런 두 사람의── 아니, 스바루와 율리우스를 더해 네 명의 시선을 받으면서 페리스는 딱딱한 마루에 손톱을 박았다.

아름답게 다듬은 손톱이, 손가락이 가슴 아프게 삐뚤어졌다. 마치 자기 자신을 벌하듯이.

"뭐가 『청』이야……. 이럴 때에, 하나도 도움이 안 되는데 뭐가 색 보유자야……! 쓸모없는 놈! 쓸모없어, 쓸모없어, 쓸모없어……!"

마루에 눈물을 철철 흘리면서 페리스의 탄핵은 저주처럼 이어졌다.

그 분노의 방향이 주위 누군가를 겨눈 거라면 그나마 나았다. 하지만 그것이 무력한 자기 자신을 겨눈 분노인 것을 알면 아무도 그의 비탄을 씻어낼 수는 없어진다.

약한 자신을, 미욱한 자신을 탓해 본 적 없는 사람은 이 자리에 한 명도 없으므로.

"……돌아온 기가, 형씨. 율리우스도, 수고했구마."

리카드는 맥없이 주저앉은 페리스에게 아무 말도 못하다가 입구의 스바루와 율리우스를 알아채고 소리를 높였다. 그 말에 스바루는 가볍게 끄덕이고 세 사람 곁으로 나아갔다.

"스바루 님……. 무사하셔서 천만다행입니다."

"빌헬름 씨와 리카드도요. 단순히 잘됐다고 할 얘기는 아니지만요……."

"못 볼 꼴을 보여드렸습니다. ……페리스."

"──알아."

빌헬름이 합류한 스바루에게 눈인사하고 페리스를 불렀다. 그러자 페리스는 거칠게 소매로 얼굴을 닦고 좀 전의 착란이 느껴지지 않는 거동으로 일어나 스바루의 몸에 손을 슥 뻗었다. 당황하는 스바루의 몸을 바로 확인하고, 끝으로 눈을 들여다본다.

"……응, 괜찮아 보여. 이상한 분위기도 없어. 자기 이름과 출신, 말할 수 있지?"

"으, 응. 이름은 나츠키 스바루. 출신은 일본이다."

"들어 본 적도 없는 시골이구나. ……그럼 난 크루쉬 님 계신 곳에 있을게."

·페리스는 스바루의 대답을 따분한 농담처럼 흘려듣고 무감정한 눈으로 슥 몸을 돌려서 로비에서 떠났다. 그 가녀린 등에 건넬 말이 떠오르지 않았다.

"스바루 님, 이 자리는 실례하겠습니다. 지금은 저도 크루쉬 님 곁에서."

빌헬름만이 그렇게 말하고는 떠난 페리스의 등을 쫓았다. 그렇게 같은 진영에 속한 둘의 모습이 사라지자 팽팽하던 긴장감이 약간이나마 누그러졌다.

"율리우스의 연락 듣고 형씨 맞으러 왔다만도, 우연히 아가씨캉 빌헬름 씨가 맞닥뜨려 부렀다. 캐서, 저 꼴이데이."

"무리도 아니지. 합류한 뒤로 페리스는 부상자 치료와 크루쉬 님의 용태를 진단하는 데 무엇보다도 집중하고 있었어. ……빌헬름 님께는 가혹한 시간이 되고 말았지만."

말하면서 율리우스가 자기 품속에 갈무리한 『대화경(對話鏡)』의 감촉을 옷 위로 확인했다. 오는 중에 율리우스는 그 『미티어』로 스바루를 데리고 돌아간다는 연락을 전했었다.

그래서 스바루의 예후를 확인하느라 페리스가 내려왔다가, 방금 일이 터진 모양이다.

"힘겹네……."

페리스의 비통한 외침과, 본인이랑 주위를 겨눈 분노의 목소리가 귀에서 떠나질 않는다. 동시에 크루쉬의 용태가 그만큼 심각한가 하는 초조감이 가슴을 내부부터 쥐어뜯었다.

"맞나, 형씨. 떨어뜨린 거다."

"어? 엇, 으어! 이거…….

심각한 표정이던 스바루에게 리카드가 손에 든 뭔가를 던졌다. 창졸간에 잡아낸 그것은 거무튀튀한 광택이 있는 채찍—— 잃어버린 줄 알았던 길티윕이다.

"찾아 준 거야? 고마워. 이걸로 조금은 수단이 느니까."

"내한티 감사 안 해싸도 된다. 원래 형씨가 공작 아가씨캉 흑룡을 매는 데 썼던 기니께네. 나는 그냥 풀어서 맡아놨을 뿐이데이."

"흑룡과 크루쉬 님을 매는 데……? 그건, 뭔 소리야……?"

수중에 돌아온 채찍을 허리 뒤에 차며 스바루는 리카드의 대답에 물음표를 띄웠다.

"당초에 전했던 대로지. 도시청사의 최상층을 날려 버린 흑룡이 『색욕』에게서 너와 크루쉬 님을 도로 빼앗았어. 그때, 너는 의식이 없는 크루쉬 님이 흑룡에서 떨어지는 걸 막고자 자신의 채찍으로 흑룡의 몸과 그분을 묶어 잡아두었던 거야."

"그리고 그렇게까지 했는데 정작 본인은 떨어져서 물에 떠내려간 거야. 크루쉬 씨가 괜찮았더라면 파인 플레이라고 자화자찬할 참이지만……."

"——지금도 페리스가 최선을 다하고 있다. 그러나 썩 좋지 못한 눈치야."

희미하게 망설이던 율리우스가 꺼낸 말은 나쁜 상상을 긍정하는 설명이었다.

스바루와 마찬가지로 카펠라의 피를 받은 크루쉬—— 자기 오른쪽 다리에 생긴 얼룩 같은 검은 종양이 머리에 떠올라 스바루는 입 안이 급속하게 메마르는 감각을 느꼈다.

"썩 좋지 못하다면, 구체적으로는?"

"……『색욕』에게 무슨 짓을 당했기 때문이겠지. 체내에 이물이 들어가서 그게 크루쉬 님을 내부에서 괴롭히고 있다더군. 페리스의 평정 잃은 모습은 본 바와 같아. 두고 보기 어려워."

어조를 낮춘 율리우스의 말에 크루쉬의 상당히 심각한 상황이 걱정됐다.

카펠라의 피를 받은 직후, 스바루 또한 다른 존재에 자신이 침식당하는 공포를 맛보았다.

그건 아픈 것과도 괴로운 것과도 다른, 다른 차원의 끔찍한 감각이다. 혹여 크루쉬를 괴롭히는 게 스바루가 맛본 것과 같은 이물감이라면——.

"——맞아! 용의 피다! 카펠라 녀석, 분명히 그렇게 말했었어!"

"용의 피? 왕국에 전해지는 신룡의 피를 말하는 건가?"

고개를 든 스바루의 말에 율리우스가 눈살을 찌푸리며 물었다.

"신룡 같이 호들갑스러운 얘기인지는 모르겠지만 크루쉬 씨는? 아무것도 못 들었어?"

"아니, 크루쉬 님은 한 번도 의식이 돌아오시지 않았어. 그래서 그 말은 페리스의 귀에도 들어가지 않았겠지."

"의식이 돌아오지 않았다……. 피 얘기를 하면 조금은 단서가 될까?"

"나로는 어림없지만 페리스라면 뭔가 깨달을지도 모른다. 바로 전하지.”

“어, 어어, 그렇지. 그렇다면 서둘러⋯⋯.”

“──형씨는 관두그라. 그 야기라믄 내가 전하고 오긋다.”

“───────.”

상황을 바꾸는데 일조한다. 그럴 가능성에 달려드는 스바루를 리카드가 막았다.

쳐다보니 호쾌함을 그대로 그려낸 듯한 견인인 그가 차분한 표정으로 팔짱을 끼고 나이만큼 깊은 사려가 엿보이는 모습으로 고개를 가로저었다.

“형씨는 아직 못 본 기지. 그라믄 안 보는 편이 낫데이.”

“⋯⋯그건, 무슨 의미야.”

“다른 뜻 없다. ⋯⋯미인이었으니께네. 그편이 더 괴롭다카이.”

불안을 부추길 뿐만 아니라 더 나쁜 상상이 이는 말투── 아니, 리카드는 숨기려고 하지 않았다. 단지 받아들이고 이해하라고 타이르는 것이다.

이 견인은 마음씨 좋지만 그래도 소년의 마음을 무조건적으로 비호하려는 생각은 없다. 그 점에선 그야말로 강자를 존중하는 야성의 자세를 옳게 여기고 있다.

애 취급은 안 한다. 어른의 배려는 해 줘도 싸고돌진 않는다고, 언외로.

“내가 말하고 오긋다. 율리우스, 형씨를 아가씨 있는 데로 데려가 봐라. ──그리고 니답지 않어. 똑바로 못 하긋나, 멍텅구리야.”

"──미안하다. 페리스는 부탁하지."

자기 머리를 긁은 리카드가 율리우스의 어깨를 큰 손바닥으로 꽉 쥐고 말을 남겼다. 따끔하게 다독인 동료의 말에 율리우스가 자기반성을 미간에 주름으로 새겼다.

"형씨, 그리고 말이다. ……무사해서 다행이데이."

그 말만 남기고 건물 안쪽으로 가는 리카드의 큰 등이 멀어졌다.

"위의, 넓은 방을 구호실로 이용하고 있어. 베아트리스 님과 미미 남매도 그쪽이지. 다만 크루쉬 님만은……."

"별실이란 거지. ……너도, 나는 안 만나는 편이 낫다고 하겠어?"

"──크루쉬 님 본인이 바라지 않는다면."

그 점은 리카드와 동감이라고 율리우스는 짤막하게 긍정했다.

솔직한 심정을 말하면 스바루는 자기 눈으로 크루쉬의 안부를 확인하고 싶다. 동료들이 저마다 만나지 않는 편이 낫다고 충고해 줬어도.

하지만 그것은 스바루의 이기심이다. ──아마도 누구 한 명 바라지 않을 형태의, 이기심.

"이쪽이야. 아나스타시아 님을 뵙도록 하지."

결국 마음에 있는 말도 못한 채로 율리우스에게 이끌려 도시 청사 안을 걸었다.

황폐한 상태의 로비를 떠나, 지나가는 통로의 벽과 바닥에도 무의미한 파괴의 흔적이 있었다. 이 건물을 점거하느라 마녀교가 어떤 시위행위를 했는지 눈에 선하다.

그런 피해는 당연히 이 건물만이 아니라 온 도시 온갖 장소에 나왔겠지만, 『색욕』과 『폭식』이 모인 도시청사의 상황은 특히 더 눈꼴사납다.

──『색욕』과, 『폭식』. 그 생각을 하자 부끄러운 감정이 가슴에 치밀었다.

"율리우스, 『폭식』 자식과는……."

"……서로 상처는 입혔지만 결정타는 되지 못하더군. 지상의 싸움과 마찬가지로 흑룡과 수해의 혼란으로 도주를 허락한 모양새였지."

"그러냐……."

율리우스의 답변을 듣고 힘없이 갈라진 목소리가 새어 나왔다.

여태까지 이야기가 나오지 않은 시점에서 『폭식』을 토벌했을 전망은 희박했지만 명확하게 놓쳤다고 듣자 낙담은 생각 외로 컸다.

오늘 하루 만에, 단숨에 네 명의 대죄주교와 인연이 생겼지만 역시 『폭식』── 렘을 깨지 못할 잠에 빠트리고 세계로부터 그녀의 기억을 앗아간 적은 특별하다.

본심을 말하자면 놈만은 스바루가 이 손으로 갈가리 찢어 주고 싶다고 빌 만큼.

"……미안하다. 맡은 역할도 다하지 못하고."

"관둬라. 사과만 해선 버릇 든다. 리카드한테도 안 어울린다고 한 소리 들은 직후잖아. 나까지 멍텅구리 소리 하게 만들지 마."

"──────."

"실수한 거야 우리 전원이지. 그러니까 되찾는 것도 우리 전원이야. ──아니면 『가장 뛰어난』 기사님은 경력에 흠집이 나면 포기하고 그러냐?"

눈을 크게 뜬 율리우스, 스바루는 도발적으로 어깨를 으쓱거렸다. 그 반응에 율리우스는 문득 입술에 웃음기를 머금었다.

"……말 한번 잘하는군. 이 상황에서 그 호언장담. 넌 정말로 두려운 줄 모르는군그래."

"두려움이야 알지. 이 세상에서 가장 두려운 것은 알아. 맛본 적도 있어. 그래서, 난 그것만은 노 땡큐하기 위해서 발버둥 치는 거야."

자각(自覺)은 있다. 자책(自責)도 있다. 자성(自省)도 한다. 그렇기 때문에 발은 멈출 수 없다.

이 세상에서 가장 두려운 것은 소중한 사람들과의 관계가 사라지는 것이다. 틀림없이 있었던 행복을 두 번 다시 함께하며 바랄 수 없어지는 것이다. 그 가능성을 영원히 빼앗기는 것이다.

지금 이 도시에는 그런 최악의 공포가 모든 사람에게 떨어질 가능성이 있다.

그렇기에──.

"아직, 할 수 있는 일이 있을 거야."

스바루는 결의 표명이라고도 해야 할 각오를 말로 표현하고 율리우스에게 끄덕였다.

실패는 다음 행동으로 만회한다. ──분한 건 율리우스도 마찬가지다.

협박 방송이 시작되기 전, 율리우스의 동생인 요슈아는 『폭식』의 정보를 받으러 여관을 떠났다. 그 뒤로 요슈아의 이름이 나오지 않는 걸 보아 안부는 모르는 상황이리라.

그 또한 일종의, 율리우스 형제와 『폭식』의 악연이라고 부를 만한 것으로——.

"——뭐꼬, 생각보다 건강해썄네. 안심했다카이."

사색하는 스바루의 고막을 통로 저편에서 나온 말소리가 때렸다. 스바루는 무심코 눈썹을 세웠다가 복도 끝에서 여성이 모습을 보이자 안도하며 어깨를 으쓱였다.

부드럽고 나긋한 표정의 어여쁜 여성—— 율리우스의 주군, 아나스타시아다.

"뭐야. 듣고 있었냐. 사람이 못됐어, 아나스타시아 씨."

"잠시 생각을 정리하고 싶어서 걸었더니 마침 나츠키 니 목소리가 들린 기다. 한창 중요한 야기 중인 것 같고, 방해하지 말자 캤지."

해사하게 뺨에 손을 짚은 아나스타시아가 대답했다. 그녀는 스바루 옆의 율리우스를 연두색 눈으로 돌아보더니 "수고했다." 하고 위로했다.

"나츠키 쟈를 데려와 줘서 잘됐데이. 인제 가필도 다음에 돌아오믄 침착하게 대화할 수 있긋네."

"하는 말 보니 가필은 여기 없나 보지?"

"거의 안 쉬고 밖을 싸다니고 있데이. 근처 피난소의 안부 확인과 거리 안에 나타난 이상한 짐승의 퇴치…… 무엇보다 소중한 대장님 찾겠다 카드라."

"……날 찾고 있다고."

생각해 보면 당연한 이야기다. 싸움 도중에 스바루는 물에 삼켜져 행방불명됐다.

그런 사실을 아는데 가필이 얌전히 있을 수 있을 리가. 가필이라면 후각에 의지해 스바루를 찾아 온 도시를 뛰어다녀도 이상할 게 전혀 없었다.

"이런 상황이니께네. 리카드도 냄새는 지워진다 섞인다 해쌌고, 그카는 바람에 뮤즈 상회에 보낸 율리우스가 나츠키를 발견한 기는 얄궂은 야기 아이가."

"그럼 가필은 아직 아무것도 모른 채 온 도시를 뛰어다니는 중이란 거냐?"

"일단, 한 시간에 한 번은 일루 얼굴 디밀라고 말은 전했으니 담에 돌아왔을 적에 만날 수 있을 끼다. 그보다……."

거기서 아나스타시아는 의미심장한 침묵을 사이에 두고 스바루를 응시했다. 그 이지적인 눈빛에 몸과 마음이 품평당하는 감각을 받고 스바루는 무심코 등을 곧게 폈다.

그런 스바루의 반응에 아나스타시아는 별안간 입술에 웃음기를 띠고 말했다.

"응, 정말로 무리하는 기도 아인가 보데. 내 눈은 못 속이니께."

"속일 생각은 없어. 그래서, 내가 심신 모두 건강체라면 뭐 어쨌단 건데?"

"──조오─금, 나츠키캉 내캉 중요한 야기를 하고 싶다 카서."

한 걸음, 스바루와 거리를 좁힌 아나스타시아가 숨결이 닿을 거리에서 차분하게 말했다. 그 거리와 목소리의 압력에 스바루는 "중요한 얘기?" 하고 가볍게 몸을 뒤로 젖혔다.

"나츠키도 들었지? 도시청사에서 사라지기 전, 대죄주교의 『색욕』이 이것저것 덧붙이던 거. ──화를 못 참는 기 아이가?"

"아니지 않지. 열 받았고, 뚜껑 열렸어."

용서하기 어려운 '결혼'의 요구를 말한다는 걸 깨닫자 스바루가 이마에 핏대를 세우며 대답했다. 그 답변에 아나스타시아는 만족스럽게 끄덕였다.

"율리우스, 지금부터 나츠키하고 중요한 야기를 하고 올 끼야. 그동안 맡겨도 되긋나?"

"그리 명령하신다면야. 하온데, 이 친구와 중요한 이야기라 하셨습니까?"

"그리 걱정 안 해도 나쁘게는 안 해. ──하모, 진짜로 그렇제."

귀엽지 않은, 뭔가 속 모를 웃음을 띠며 아나스타시아가 밋밋한 가슴을 폈다.

주군의 강한 의견에 율리우스는 더 의문을 거론하지 않았다. 아나스타시아는 그런 기사의 태도로부터 눈을 떼고 스바루 쪽으로 다시 돌아섰다.

연두색 눈에 포착되어 스바루가 숨을 죽이자 아나스타시아는 미소를 지었다.

"그라믄 이야기 하까. 도시의 장래를 좌우할, 중요하기 그지 없는 대화 말이다."

그리고 하얀 여우 목도리를 어루만지면서 무심한 어투로 말했다.

3

──도시의 장래를 좌우할, 중요한 대화.

그 말은 필시 위협도 뭣도 아닌 아나스타시아의 본심에서 나온 발언이다.

그 사실을 곧바로 이해한 까닭에 위협 이상으로 효과적이었고, 스바루의 마음은 긴장에 빠졌다. 무질서한 각오와 결의에 확실한 방향성이 제시됐다는, 그런 감각이 있었기에.

"──그래서, 프리실라 일행이랑 헤어진 뒤 나만 뮤즈 상회로 간 거야. 그리고 그 도중에 율리우스와 합류하고 이렇게 도시청사에 돌아온 참이지."

짤막하게나마 자기 신변에 일어난 사건의 이야기를 마친 스바루는 가볍게 숨을 돌렸다.

현재 두 사람이 대화를 나누는 곳은 도시청사 2층에 있는 회의실이다. 방 중앙의 탁자에는 프리스텔라의 지도가 펼쳐져 있고 몇 가지 문자와 표식이 기입되어 있다.

도시 사방에 있는 제어탑과 대수문. 그리고 자잘한 점은──.

"전부, 도시의 피난소인가. 역시 도시가 크면 피난소의 숫자도 장난 아니군. ……덕택에 물난리 피해는 최소한이지만 대신에 다른 문제가 일어났어."

지도상의 표식을 보는 스바루. 그 뇌리에는 막 보고 왔던 피난소의 혼란이 떠올랐다.

시리우스의 권능 때문에 그 불안의 감정이 증대되어 부정적인 방향으로 폭주하는 도시 사람들. 같은 광경, 문제는 필시 도시 곳곳에서 발생하고 있으리라.

그리고 그 문제에 생각지 못한 형태로 대처하는 것이——.

"——응, 응. ……응. 고맙데이. 뭔가 여러 가지로 수긍이 갔다 안 카나. 모습이 안 보이는 공주님이 예상 밖의 짓을 하고 있는 기도, 예상대로란 느낌이구마."

"아—, 응. 그 감각은 이해해. 예상 밖인 게 예상대로란 거지."

예상 밖의 방향으로 규격 외의 행동력을 발휘하는 프리실라를 언급하며 아나스타시아가 애매한 웃음을 입에 띠었다.

그러나 다시 얼굴을 굳히고 스바루를 곧게 응시하며 물었다.

"그카서, 그 끊어졌다 붙었단 다리 야기 말인데, 괜찮은 기나?"

"다행히 날고뛰고 하는 데는 지장 없음. 겉보기는 고어한데, 일단 볼래?"

"응, 보여 줘."

노타임으로 끄덕여서 스바루는 살짝 놀라면서도 오른쪽 바지 밑단을 걷었다. 가려져 있던 검은 종양의 침식을 보자 아나스타시아가 희미하게 눈살을 찌푸렸다.

"진짜로 아프진 않나? 보기만 해도 지끈거리는디."

"차마 만져 보라고 하진 못하겠지만, 아픔은 없어. 만져도 감촉은 원래랑 같아. 다만 약간, 이 언저리의 상처가 빨리 아물게 됐달까."

"……그것도 대환영할 만한 야기 같진 않구마. 하지만도 날고뛰고 할 수 있는 기라면 다행이라카이. 나츠키는 아직 더 힘써 줘야 하니께네."

아나스타시아도 우려를 남기면서 상황상 이를 감수하고 있는 스바루와 같은 판단을 내렸다. 종양 자체는 제거할 수 없다. 하지만 행동에 지장은 일으키지 않는다.

그렇다면 우선순위 뒤쪽으로 미루고 더 우선도가 높은 문제에 대처해야 마땅하다.

당면한 문제는——.

"——『색욕』의 권능이 낳은 피해자, 파리로 변해뿐 도시청사 사람들 말인디…… 일단 지금은 3층 한곳에 모여 있게 했데이."

"……나나 크루쉬 씨도 없었는데 어떻게 그 사람들 사정을 알았어?"

"크루쉬 씨를 데리고 나간 흑룡, 그 사람이 의사소통할 수 있던 덕분이제. 파리가 된 사람들도 의식은 있어서 지시에 따라 주었고. ……그게 좋은 일 맞는지 자신은 없데이."

아나스타시아가 품은 의문의 답은 스바루도 모른다.

외견과 마찬가지로 머릿속까지 변화했더라면 모습이 바뀐 것을 괴로워하며 고뇌하지 않아도 된다. 하지만 그것은 자아의 상실이며 견디기 어려운 존재의 에러이기도 하다.

그러나 자신의 육체를 잃고 전혀 다른 존재로 변화된 상태, 그걸 두고 자아를 유지하고 있다고 할 수 있는가. 그 답은 다른 사람이 낼 수 있는 게 아닐 것이다.

"몸을 뜻대로 움직이지도 몬하니께, 덕분에 자해하는 사람은 안 나왔데이. 아직 사정을 받아들이지 못한 사람도 있을 끼고. ……그 전에 보호할 수 있어서, 그것만은 다행이다 안 카나."

"자해라면 자살 말이야? 그런 짓……."

"할 걱정 읎다고 생각하나?"

"음……."

그 물음의 답도 역시 스바루가 쉽게 낼 수 없다.

다만 너무나도 상식에서 벗어난 비번 사태에 아나스타시아가 스바루보다 훨씬 냉정하게 대책을 강구하고 있다. 그게 전해졌다.

아나스타시아가 진정으로, 아무도 자해하지 못하고 넘어간 상황을 최소한의 위안으로 삼고 있다는 사실도.

"살아만 있으믄 희망은 있기 마련이데이. 그라카도 몸은 물론, 마음이 죽어 버려도 희망이 사라진다. 살그라. 몬 쓴다. 어떤 상황이든 살그라."

아나스타시아가 나지막이, 스바루가 아니라 자기 자신에게 타이르듯이 중얼거렸다.

쥐어짜는 것 같은, 매달리는 것 같은 그 말이 그녀의 사생관이라면 스바루도 같은 의견이다.

살아야만 한다. 설혹 흙탕물을 마시더라도.

살아만 있으면 저항할 기회는 사라지지 않고 반드시 돌아온다.

그러기 위해서도——.

"문제는 이곳저곳 있데이. 도시에 만연한 『분노』의 권능, 지옥을 보고 있는 『색욕』의 피해자, 거처와 목적을 모르는 『폭식』에, 제일 영문 모를 『탐욕』……."

"순서대로 하나씩 치워 나갈 수밖에 없어."

주먹을 쥐고 그렇게 말한 스바루를 아나스타시아가 쳐다보았다. 지도를 중간에 끼고 탁자 맞은편에 앉은 그녀의 시선에 스바루는 깊이 숨을 내뱉었다.

생각해 보면 신기한 상황이다. 이렇게 아나스타시아와 단둘이 혼란에 빠진 도시의 문제에 대처하고자 대화하다니, 이전이라면 생각도 못할 일이었다.

"──나츠키 니캉 마주 보고 야기하는 기는, 백경 토벌 전날 저녁 이래 맞나?"

"별일이군. 나도 같은 생각했어. 그때도 성가신 적과 싸울 상담을 했었는데…… 뭐야. 그럼 나랑 아나스타시아 씨가 역사의 산증인이 되는 건 이걸로 두 번째인가."

"역사의 산증인이라 카고, 크게 나왔데야. 그라카도, 그래, 응……."

곱씹듯이 연거푸 끄덕이는 아나스타시아. 그 모습에 스바루는 의아해했다. 안 어울린다. 그렇게 느꼈다. 무슨 일이든 솔직하게. 그렇게 행동한다고 여긴 그녀가 망설이는 것처럼 보여서.

"아나스타시아 씨, 에두르기는 없기로 하자고. 나랑 댁 사이 잖아……라고 할 만큼 깊은 관계는 아니지만, 율리우스를 내쫓아서까지 나하고 할 얘기가 있다며?"

율리우스에게 지시를 주고 스바루와 단둘이 된 것은 그럴 필요가 있기 때문이다. 스바루의 그 말에 아나스타시아는 "그렇제." 하고 한숨과 함께 끄덕였다.

그리고 다시금 고개를 든 그녀는 스바루를 곧게 응시하며 입술을 벌렸다.

"솔직하게 물어보긋다. ──베아트리스 갸는 『인공정령』이 맞나?"

"_____."

왠지 확신 어린 아나스타시아의 물음에 스바루는 숨을 죽였다.

──베아트리스의 내력. 그녀가 『탐욕의 마녀』 에키드나의 손으로 탄생한 『인공정령』이라는 사실. 그것은 에밀리아 진영 외에는 알 방도가 없는 정보다.

따라서 아나스타시아의 확신이야 어쨌든 시치미 떼는 건 가능했지만──

"──그래, 맞아. 베아트리스는 인공정령이야. 마녀교 놈들의 표적 중 하나지."

스바루는 얼버무리지 않고 차분히 끄덕여 아나스타시아의 의혹을 긍정했다.

수해가 도시를 덮친 뒤에 '협박 방송'에서 추가된 세 가지 요구── 그중 하나가 『인공정령』의 헌상으로, 쉽게 말해 베아트리스의 신병 요구다.

개소리 말라고 스바루가 놈들에게 중지를 세우는 두 가지 이유, 그중 하나였다.

"출신은 약간 특수하지만 출중하게 귀여운 것 말고 베아코에게 특별한 점은 없어. 놈들이 왜 내 베아코를 원하는지는 의문이야."

불안 요소가 없는 건 아니다. ——여하튼 베아트리스의 부모는 그 악질 마녀니까.

스바루를 꼭두각시로 삼아 자신의 지적 호기심을 충족하는 데 써먹을 인형으로 삼으려던 『탐욕의 마녀』라면, 베아트리스에게 어떤 폭탄을 심어 놨어도 이상하지는 않다.

마녀교가 베아트리스를 노리는 배경에도 그러한 이유가 숨겨져 있을 가능성이 있었다.

"아마 이 도시에서 나 말고 인공정령을 거느린 녀석은 없을 테니까 마녀교가 원하는 건 베아트리스가 틀림없다고…… 아나스타시아 씨?"

거기까지 설명하다가 스바루는 아나스타시아의 모습에 갸우뚱했다. 정면의 아나스타시아가 스바루의 대답을 듣고 놀란 것처럼 눈을 동그랗게 뜨고 있었던 것이다.

그러다가 그녀를 부르는 소리에 "아, 응……." 하고 놀란 기색을 남긴 채로 끄덕였다.

"꽤…… 맞나, 꽤 솔직하게 야기하데. 베아트리스가 위험하다고."

"적이 누구를 노리냐는 얘기잖아. 이걸 숨기고 있으면 그게 이적 행위지. 그리고 상황상 우리가 제일 모두의 힘을 빌리고 싶어. 먼저 속을 까는 건 당연하지."

"이적 행위⋯⋯. 맞네. 응, 진짜로 그 말이 맞데이."

어깨를 으쓱인 스바루의 답변에 아나스타시아가 중얼거렸다. 그 중얼거림은 유독 무거운 실감이 담긴 듯 들렸지만 눈살을 찌푸린 스바루의 추궁보다 먼저 살짝 침착성 없게 목도리를 만진 아나스타시아가 고개를 가로저었다.

"딴 사람들 앞에선 말하기 힘들지도 모르긋다 싶었는디, 괜한 걱정이었던 모양이구마."

"베아코에 관해선 우리 진영의 모두가 알고 있어. 늦든 빠르든 다 알걸. 그리고 테러리스트의 요구는 하나도 들어줄 수 없지. 그 점은 같은 의견이라고 봐도 되지?"

"하모. 그, 테러 뭐시기는 모르긋다만도, 마녀교의 요구는 하나도 몬 받아들인다. 넘기믄 끝장, 도시가 잠수 탈 건 틀림없데이. ──그 짓만은, 하게 몬 둔다."

눈앞의 아나스타시아가 뿜는 위압감에 스바루의 피부는 소름이 돋았다. 이를 지척에서 받으며 스바루는 비로소 아나스타시아가 품고 있는 강한 감정의 정체를 깨달았다.

──아나스타시아는 내내 억누를 수 없는 분노를 불태우고 있다.

그 고운 용모와 나긋한 표정, 침착한 언동 때문에 읽어내기 어려웠을 뿐이지, 그녀는 이 상황에 끝없는 분노의 불꽃을 내내 불태우고 있었다.

그리고 그 분노의 원인은 필시, 도시청사로 도망치기 전에 벌어진 사건에 있다.

"아나스타시아 씨, 뮤즈 상회에서 무슨 일이 있었어?"

뮤즈 상회가 습격 받아 아나스타시아 일행이 사투 끝에 퇴각한 이야기는 율리우스로부터 들었다. 단, 도시의 대표 중 한 명인 키리타카 뮤즈와 그의 사병인 『백룡의 비늘』의 인원은 행방불명—— 사태는 심각하게 악화 일로를 걷고 있었다.

더욱이 항상 냉정침착하던 아나스타시아가 자기 감정을 컨트롤하지 못하고 있다. 보통 일이 아니었을 것이기에 스바루는 신중하게 물었다.

"……율리우스와 리카드, 나츠키가 도시청사를 탈환하러 간 다음이데이."

스바루의 질문에 아나스타시아가 감정을 억누른 음성으로 나직나직 대답하기 시작했다.

도시청사 탈환 작전과 같은 시간, 뮤즈 상회에서 일어난 사건—— 아나스타시아 쪽에 뚝 떨어진 재앙, 그 악랄한 정체를.

그것은——.

"——온몸을 붕대로 가린 대죄주교가 공격해 왔어."

4

"아나스타시아 님, 안 좋은 사정이 판명됐습니다."

낯빛이 안 좋은 키리타카가 그렇게 말을 꺼내서 아나스타시아는 고운 눈썹을 찌푸렸다.

탁자 위, 『대화경』 너머에서 내보낸 전투반이 도시청사를 탈환하고자 마녀교도와의 싸움을 시작한다고 보고해온 직후다.

한 번 싸움이 시작되면 아나스타시아는 낭보를 기다리는 것 말고 할 일이 없다. 답답하지만 싸울 수 없는 처지인 그녀는 늘 이 시간을 기도와 동료에 대한 신뢰로 극복해 왔다.

그렇기에 이때도 평소처럼 『대화경』 앞에서 조용히 대기하고 있었는데──.

"조짐이 안 좋은 야기 같구마. 무슨 일이 있었나?"

"제가 부하에게 십인회 의원을 보호하라고 명령한 것은 아실 겁니다."

"그라케 말했었제. 십인회 사람들이 상대측에 잡히기라도 하믄 다 같이 숨기고 있는 『마녀의 유골』의 장소가 밝혀질 수도 있다믄서. 설마……."

꺼림칙한 예감에 아나스타시아는 표정이 어두워졌다.

"벌써 누가 잡혀 부린 기가? 그래서, 유골 있는 데가 들통났다 거나……."

"……아뇨. 사태는 더 심각합니다. 프리스텔라의 십인회는 전멸했습니다. 저를 제외한 의원 전원이 누군가의 손으로 주검 이 되어 있었다고, 보고가."

"뭐?"

최악의 상정, 그것을 뒤엎는 예상 밖의 보고에 아나스타시아 가 말문을 잃었다.

아나스타시아의 반응을 보고 키리타카도 동요를 숨기지 못하 는 기색으로 고개를 가로저었다.

"전멸입니다. 그들이 자택이나 전장에서 숨겨 있던 것을 제 부하가 확인했습니다. 상황으로 봐서 그들은 첫 방송보다 전에, 이미."

"잠깐. 그라믄 이상하다 안 카나. 왜냐믄 놈들의 목적은 유골일 텐데……."

거기까지 말하다가 아나스타시아는 퍼뜩 깨달았다.

방금 자신은 아무 위화감도 없이 '놈들' 이라고 말했지만, 원래 마녀교── 대죄주교는 도당을 짜서 한 가지 목적을 위해 협력하는 합리성이 없다.

현재, 프리스텔라에는 동시에 세 명의 대죄주교가 확인됐지만 그들이 협조 노선에 맞지 않은 게 도시청사 탈환 작전에 나선 한 가지 근거이기도 했다. 그 사실을 감안하면, 십인회 의원들이 희생된 배경, 그 가설도 떠오른다.

그것은 믿기 어려운 사실이지만──

"십인회 사람밖에 『마녀의 유골』의 소재지를 모른데이. 그 회수가 목적인데 소재지를 아는 인간을 잇달아 처리하다니…… 의도가, 두 가지 있다고밖에 생각 안 된다."

"『마녀의 유골』을 원하는 일파와, 그것을 저지하고 싶은 일파 말입니까."

"……나츠키 야기를 믿는다믄 두 가지 수준이 아닐지도 모르 긋다만도."

같은 결론에 이른 모양인 키리타카에게 아나스타시아는 오싹한 넉살을 부렸다.

솔직히 그게 웃을 이야기로 끝나지 않는 게 마녀교의 악질적이고 불합리한 점이다. 부실한 적의 결속력은 파고들 빈틈이며, 동시에 예측 불가능한 요인이기도 하다.

현황도 『마녀의 유골』을 빼앗겨 이내 도시가 수몰했을 가능성을 모면했다고 생각하면 피해를 입은 십인회 의원에게는 미안하지만 꼭 최악의 상황이라고는 못한다.

단, 이 사실에서 부각되는 점은——.

"키리타카 씨, 아마 알 끼다 싶지만도⋯⋯."

"다음 표적은 저이며, 이 상회겠죠. ——아나스타시아 님, 피난 준비를."

"——키리타카 씨는 우짤 끼고?"

구구절절한 물음 없이 아나스타시아는 솔직하게 키리타카에게 캐물었다. 도시의 대표로서 그가 가진 각오, 십인회 일원으로서 가진 책임감은 이해한다. 이해가 되는 이야기지만——.

"목숨을 소홀히 대하믄 몬 쓴데이. 무슨 일이 있어도 살그라."

그렇게 말한 아나스타시아가 강하게 바라보자 키리타카는 눈썹을 들었다.

"⋯⋯놀랐습니다. 아나스타시아 님은, 사리판단이 더 확실하신 분이실 줄 알았는데요."

"내가 피도 눈물도 읎는 돈의 망자가 아이라 놀랐나? 우리 상회는 친애하는 손님의 이웃이란 모토로 장사하고 있데이?"

"황공합니다. 아름다우신 대상인님. 시간만 허락하면 당신을 식사에 초대해 친교를 다지고 싶은 바지만⋯⋯."

"마음에 둔 『가희』 님이 있지 않나? 바람피우믄 몬 쓰제."

"네, 말씀이 맞습니다. ──그리고 시간도 그것을 허락하지 않고요."

서로 상대를 인정하는 말을 교환하고, 키리타카의 발언에 아나스타시아는 고개를 끄덕였다.

시간이 없다. 십인회 의원을 해친 상대가 다음으로 키리타카를 노린다면 뮤즈 상회는 절호의 사냥터──. 그리고 이곳에는 비전투원이 너무 많다.

"자의적이지만 이미 부하에게 명령해 피난자와 부상자는 근처 피난소로 옮겼습니다. 아나스타시아 님도 『철 어금니』의 인원과 페리스 님을 데리고 피난하시길. 단, 저는 부하들과 함께 따로 행동하겠습니다. ──함께하기에는 위험이 지나치게 커요."

"도망칠 견적은, 있는 기지?"

"물론이죠. 저도 잠자코 죽음을 기다릴 작정은……."

물음에 대답하고 키리타카가 하얀 옷깃을 여미며 웃음을 띠려 했다.

──그때, 충격파가 뮤즈 상회의 창문을 일제히 깨트렸다.

"아──."

유리가 깨지는 소리가 폭풍으로 변해 아나스타시아의 고막을 유린했다. 그 소리에 청각이 망가지는 와중에 아나스타시아는 순간적인 판단으로 바닥에 엎드렸다.

언제 어디서나 경계를. ──어릴 적부터 들인 습관이 없었으면 흩날리는 유리 조각을 뒤집어썼을 참상. 아나스타시아는 반사적으로 잡은 대화경을 품속에 넣고 고개를 들었다.

　마찬가지로 바닥에 엎드린 키리타카가 펄쩍 일어나 방 밖으로 소리를 지르는 참이었다.

　"무슨 일이냐?! 누가, 보고를……."

　"──미안해요? 고마워요."

　목소리가 등골을 오싹하게 쓰다듬는 순간 눈앞의 소매를 힘껏 잡아 내렸다.

　가볍다고는 해도 전 체중이 실리는 바람에 호리호리한 키리타카는 못 버티고 엉덩방아를 찧었다.

　그 머리 위를 석벽째로 쓸어버리며 뚫고 지나간 것은 금빛 띠를 긋는 사슬의 일격이었다. 파쇄음과 먼지를 일으키며 사납게 선회하는 금빛 파괴가 한 층을 송두리째 날렸다.

　"────."

　키리타카는 가까스로 아나스타시아가 소매를 당긴 덕에 살아남았다. 만약 그것이 1초 늦었더라면 몸통이 둘로 나뉠 뻔했다.

　그렇게 한순간이 생사지경을 가르는 사선을 넘은 두 상인에게로 목소리가 날아왔다.

　"아아, 아아, 멋져! 서로 생각하며, 서로 돕고, 서로 기대는 마음이 서로를 살렸다! 매우…… 그래, 매우 멋진 것을 봤습니다. 박수~."

　카랑카랑하고 금이 간 목소리가 유리를 밟는 발소리와 함께 접근했다. 이윽고 숨을 집어삼킨 아나스타시아와 키리타카 앞에 호쾌하게 발로 차여 절반으로 찌그러진 문이 날아왔다.

힘으로 문을 넘고 먼지를 가르며 모습을 드러낸 것은 이형의 괴인── 온몸을 남김없이 하얀 붕대로 가리고 은발과 남보랏빛 눈으로 세계를 낮잡아 보는 추악한 존재감을 가진 자였다.

　그것은 아나스타시아도 특징만은 전해 들은 인물──.

　"……『분노』의, 대죄주교."

　"어머, 자기소개 전부터 알아주시다니 어쩐지 창피하네요. 일방적으로 알고 계실 줄이야. 나쁜 소문이 아니라면 좋겠는데요."

　입가에 손을 짚는 몸짓에 사슬의 쇳소리가 무신경하게 겹쳤다. 창피하단 행동거지에는 거짓이 없고, 수줍음 타는 몸짓이 본심에서 나왔음을 아니 이상성이 두드러졌다.

　그 모습, 자세, 언동. 그야말로 세계의 이물인 대죄주교──.

　"──『분노』 담당, 시리우스 로마네콩티라고 합니다. 앞으로 잘 부탁드려요."

　정중하게 인사하며 거짓 없는 친애를 보내는 괴인── 시리우스. 그 삐뚤어진 존재에 아나스타시아는 영혼의 갈증을 느끼며 호흡을 허덕였다.

　친근하게 미소 짓는 괴인은 불과 십여 초 전에 상회에 대파괴를 초래한 장본인이다. 그 행동에 켕기는 구석 한 점 없는 태도가 비정상인 게 아니다. 그 행동을 심드렁하게 여기는 자세가 비정상이다.

　"아나스타시아 님, 설 수 있겠습니까?"

　괴인과의 거리는 몇 미터. 떨리는 무릎을 질타해 일어선 키리타카의 말에 대꾸하려던 아나스타시아는 자신의 가슴속에 악감정이 부풀어 오르는 것을 느꼈다.

"커, 흐…… 이기 무슨, 같잖게……."

마음에 움튼 약한 마음이 부풀며 일어서려는 의지를 꺾었다. 자신의 가느다란 다리에 투지가 전해지지 않고 허덕거리는 호흡은 서서히, 서서히 괴로움을 늘린다.

어쩌면 서기는커녕 이대로 졸도할지도 모른다. 그런 위기감이 심화된 직후였다.

"우―!" "핫―!"

"흑――?!"

강렬한 충격파가 발사되어 흩어진 유리 조각이 말려들고 흉악한 바람이 실내에 미친 듯이 불었다. 붕대를 감은 괴인이 그 위력을 정통으로 받고서 비명과 함께 배후로 물러났다.

그리고 괴인과 아나스타시아 사이에 천장을 부수고 착지한 것은 두 그림자―― 작은 그들은 주황색 귀와 꼬리를 곤두세운 채 사지를 딛고서 포효하는 자묘인(子猫人) 형제였다.

그 모습에 약한 마음에 휩싸여 있던 아나스타시아가 눈을 부릅뜨고 외쳤다.

"헤타로! 티비!"

"아가씨! 무사하십니까?!" "이게, 대죄주교……!"

시선만으로 돌아보며 높은 소리로 외치는 형제가 아나스타시아의 마음을 격려했다. 힘차게 바닥을 디딘 아나스타시아는 쭈그린 두 사람의 등을 향해 입을 열었다.

"내는…… 이까짓, 아무렇지도 않다! 하지만 느근 괜찮은 기가?"

자묘인 형제, 헤타로와 티비는 중상을 입은 상태로 누워 있었을 터.

둘의 누나, 미미의 아물지 않는 상처를 가호로 넘겨받아 명줄을 잡아 두는 대가를 치르고 있기 때문이었다. 움직일 수 없었을 그 두 사람이 이렇게 움직이고 있다.

설마 미미에게 치명적인 무슨 일이 있었나 싶어 아나스타시아의 마음이 술렁거렸지만.

"아녜요, 아나스타시아 님!"

"——아, 페리스 씨?"

머리 위, 두 사람이 부수고 떨어진 천장에서 아래층을 들여다보는 고양이 귀 소녀—— 바람의 기사, 페리스와 시선이 부딪쳤다.

페리스는 고개를 가로젓고 헤타로와 티비 둘을 손가락으로 가리키며 말했다.

"페리가 금지 수법을 썼어요! 스바루큥의 다리랑 같이 무리하게!"

"나츠키의……."

페리스의 말을 들은 아나스타시아의 뇌리에 공략반으로 출발한 스바루가 스쳤다.

마녀교와 대적하다가 걷기도 어려운 중상을 입은 스바루. 하지만 그래도 싸우겠다고 분발한 그에게 페리스는 특별한 처치로 통증을 속이는 술식을 처방했다.

이 순간, 헤타로와 티비 둘을 이렇게 서게 만든 것이 같은 술식
이라면.

"_____."

두 자묘인의 발밑에 피가 뚝뚝 떨어졌다. 하얀 로브 안쪽, 감
고 있는 붕대에 피가 배며 무통과 맞바꾸어 둘의── 아니, 셋
의 생명을 좀먹는다.

치미는 초조감. 가슴을 쥐어뜯는 그 감정이 생명을 하얗게 달
구지만──.

"──아가씨! 앞을 봐야, 해!"

"헤타로……."

"누나라면 아프고 괴로워도, 우리더러 아가씨를 구하라고 그
랬을 거야! 우리는 그 마음에 부응할 거야! 아가씨는? 아가씨는
어쩔 건데?"

"내는……."

부르짖는 헤타로의 물음에 아나스타시아는 숨을 집어삼켰다.

평소에는 얌전하고 소극적이며 분방한 미미나 호쾌한 리카드
를 말리는 역할로 빠질 때가 많은 헤타로. 그런 헤타로가, 말 그
대로 피를 토하듯 외치고 있었다.

그 말에 아나스타시아는── 아나스타시아 호신은 어떻게 하
는가.

"──헤타로, 티비, 시간 벌그래이. 2분, 되긋어?"

얼굴을 다잡고 아나스타시아가 작은 두 등에 물었다.

그 물음에 둘은 뒤돌아보지 않은 채 긴 꼬리를 좌우로 흔들었다.

"누나라면 맡으셨다— 하고 말하겠지!"

"여기서 해낸다면 멋있다요!"

곤경임에도 웃으며 헤타로와 티비 둘이 바닥을 박차고 벽을 박차며 적에게로 육박했다. 둘이 펼치는 지팡이의 일격을 시리우스가 팔을 쳐들어 막았다.

세쌍둥이 중 두 명, 남자 형제의 연계에 괴인은 남보랏빛 눈을 부릅뜨고 말했다.

"귀여운 형제애, 쌍둥이인가요? 아아, 그것 또한 참으로 아름다워……."

"안됐지만!" "우리는 세쌍둥이 중 남동생 둘이에요!"

금빛 사슬이 이리저리 펄떡거리며 파란 마법의 장벽과 강렬한 타격이 교차한다. 거센 마찰이 이어지는 전장을 자묘인 형제에 맡기고 아나스타시아는 머리 위를 쳐다보았다.

"페리스 씨! 우리 아들 부려서 미미랑 베아트리스를 데리고 나가 본나! 일단 밖에서 합류하재이!"

"——앗, 네, 넷! 알겠습니다!"

고양이 귀가 허둥지둥 빠지는 모습을 지켜본 아나스타시아는 이번에는 키리타카의 소매를 잡아당겨 창가로 뛰어갔다. 방 출구는 전장으로 변모했다. 비전투원인 둘은 지날 수 없다. 그렇다면 긴급용 출입구를 이용해 여기서 떠나는 방법밖에 없다.

"으, 큭……."

창틀을 뛰어 넘어 밖의 발판에 내려섰다. 발판 끝에 있는 비상용 사다리를 이용해 아래층으로 내려갈 수 있는 구조다. 떨리는

손끝을 세게 깨물어 통증으로 떨림을 막은 뒤 아래층으로 내려간다. 두 사람이 있던 곳은 상회의 3층, 바로 2층의 창문을 통해 다시 건물 안으로.

"한숨…… 돌리기엔 아직 일러……!"

머리 위에선 여전히 헤타로와 티비의 분전이 이어지고 있다. 오래 끌면 둘의 신상이 위험한 건 물론이거니와 미미의 생명도 연동해서 위태로워질 것이다.

페리스가 『철 어금니』를 잘 이용하면 4층의 미미 일행을 탈출시키는 건 어렵지 않다. 문제는 습격을 받은 뮤즈 상회를 나가 어디로 도망칠까──.

"──도시청사 사람들이랑 합류하는 게 제일 낫데이."

"동의합니다. 더 말하자면 합류할 수 있을 가능성은 되도록 높게 유지하는 편이 낫고요."

머리를 회전시켜 그렇게 결론지은 아나스타시아 옆에서 키리타카가 숨을 헐떡이며 말했다.

그가 하는 말의 진의는 알겠다. 위층에서 시리우스가 나타나기 전에 읊은 것과 같은 결론이다. 적의 표적은 십인회. 피해의 분산을 위한 도주로는 이미 확보했다고.

그 도주로로 도망치는 게 저 대죄주교 상대로 얼마나 어려울지도, 알고 있다.

"되도록 도시 중앙으로 서두르시길. 저는 부하들과 같이 저것의 주의를 끌겠습니다."

그 결의에 아나스타시아가 할 수 있는 말은 아무것도 없다.

냉정히 생각하면, 냉정히 생각하려고 애써 생각해 보면, 타당한 결론이다. 다 구할 수는 없다. 그렇다면 하다못해 최대수를 건져낼 선택을 해야 한다.

　"도련님, 이쪽 준비는 다 됐수. 화려하게 터트려 주자고."

　통로에 뛰쳐나온 두 사람 쪽으로 키리타카의 부하인 『백룡의 비늘』이 모였다. 이미 전투태세를 갖춘 모습에 키리타카가 의젓하게 어깨를 으쓱였다.

　"화려하게 말입니까? 아시는 대로 저는 소극적이고 침착한 연출을 좋아하는 성미라……."

　"릴리아나 아가씨에게 반한 남자가 소극적이라니 뭔 소리야! 왜 웃기고 그래!"

　사선 위로 뛰어들 명령을 기다리는 남자들이 키리타카의 말에 요란하게 와락 웃었다.

　부하라기에는 친밀하기 그지없는 거리감. 아나스타시아에게는 그 모습이 자신들과 겹쳤다.

　아나스타시아가 『철 어금니』를 사랑하듯 키리타카도 『백룡의 비늘』을 사랑한다. 그리고 사랑하는 동료들과 함께 이 아름다운 도시를 지키고자 목숨을 거는 것이다.

　아무도 비장감은 품고 있지 않았다. 자랑스러운, 사랑하는 것을 위해서 싸우는 남자들의 얼굴이다.

　"……약았데이, 그런 건."

　"──아나스타시아 님, 이 도시를, 프리스텔라를 부탁드리겠습니다."

한발 앞서 전장에 임하는 키리타카가 그렇게 말하고 자신의 역할을 아나스타시아에게 의탁했다.

아나스타시아가 그 진지한 호소를 받아들이고 얇은 입술을 깨물 때, 키리타카는 말을 이었다.

사랑과, 기대와, 사람다운 감정을 담아서, 말을 이었다.

"이 아름다운 물의 도시를. ──제 사랑하는 『가희』를, 악랄한 저놈들로부터 지켜 주십시오."

5

"뒷일은, 키리타카 씨와 『백룡의 비늘』 사람들이 후미를 맡고 헤타로와 티비의 이탈에 맞추어 내도 퇴각했다. ──그게, 상회에서 일어난 일의 개략이데이."

"그래서, 도시청사에 합류했다?"

"응. 도중에 수문이 열린 바람에 고생했지 뭐꼬. 알아채는 기 늦었으믄 지금쯤 우리도 쓸려갔긋제. ……하지만도 그래 되진 않았다."

처절한 경험을 모두 설명하고 아나스타시아가 숨을 내쉬자 스바루도 길고 깊은 숨을 내뱉었다.

뮤즈 상회를 습격한 『분노』의 시리우스── 아나스타시아 일행은 주력이 빠진 상태에서 용케도 희생자를 최소한으로 억누르며 이탈했다.

"도시 대표인 십인회는 괴멸 상태에다 키리타카 씨도 행방불명…… 그 키리타카 씨가 내게 도시를 부탁한다며 의탁했다카이. ──그러니께 그에 부응해 줘야 칸다."

아나스타시아는 스바루의 속마음에 고개를 젓고 깍지 낀 하얀 손에 손톱을 박았다. 그 행위는 마치 의탁받은 책무를 자신에게 새기는 저주 같았다.

그녀가 품고 있는 분노. 그게 어디서 솟는 것인지 스바루도 비로소 이해했다.

"도움받은 기는 빚이데이. 빌리고 갚는 기는 딱 부러지게 해야제. 그게 카라라기에서 상인으로서 일어선 내 긍지고, 호신의 이름을 대는 자가 지닐 의무인 기다."

강하고 날카로운 아나스타시아의 결심. 그 강고한 자세만큼 뮤즈 상회에서 벌어진 공방이 치열하기 짝이 없었다는 사실이 스바루에게도 전해졌다.

지금 이 자리에 없는 키리타카와 그의 부하들의 영웅적 행위가 없었으면 피해가 얼마나 나왔을지 모를 일이다. ──아니, 그 수준이 아니었다.

그가 없었으면 아나스타시아만이 아니라 베아트리스의 신변도 위험했다.

뮤즈 상회에 있던, 스바루가 아는 동료들 전원이 키리타카의 판단에 구원받았다.

"빌리고 갚는 건 딱 부러지게 해야 한다라. ……그럼 나도 그것을 지켜야 도리에 맞겠군."

안부를 알 수 없어진 남자에게 스바루는 진심으로 지금까지 내린 평가를 사죄했다.

전원이 최선을 다하여 스바루 일행에게는 가까스로 다시 일어설 기회가 남았다. ──그럼에도 구하지 못한 사망자가 많이 있어 스바루의 마음은 가책을 느꼈다.

하물며 그 사망자 중에 큰 빚을 만든 키리타카가 포함될 가능성을 생각하자니.

"야기가 오락가락해서 미안하다카이. 암튼 내게는 몬 물러설 이유가 생겨 부렀어. 나츠키도 내캉 같은 처지 아이가?"

"──그래, 당연하지. 왜 『인공정령』을 노리는지 모르겠지만 내 베아코에게 그 개자식들의 손가락 하나 닿게 할까 보냐."

"응, 그라믄 되는 기다."

주먹을 쥔 스바루가 적개심을 당당히 주장하자 아나스타시아가 주억거렸다. 그리고 아나스타시아는 다시금 탁자 위의 지도에 눈길을 주며 도시 사방에 있는 제어탑을 짚었다.

"그라코롬 됐으믄 하던 야기 마저 하자. 마녀교가 요구한 다음 조건 말인디……."

"아나스타시아 씨. 그 일에 관해서 내가 먼저 하나 해 둘 얘기가 있어."

마녀교의 '협박 방송'이 말한 네 가지 항복 조건──『인공정령』에 관해서는 이야기한 바와 같지만 그에 이어지는 내용에도 스바루는 짚이는 곳이 있었다.

왜냐하면 마녀교가 요구한 그것은──.

"『예지의 서』 말인데, 그건 이미 이 세상에 존재하지 않아. 불타서 재가 됐어."

"……자세히 들어 보까. 이 책만이 어데 봐도 정보가 없어서 난감했다 안 카나."

요구받은 『예지의 서』, 그에 관해서 안다는 스바루에게 아나스타시아가 정보를 청했다.

솔직히 스바루에게 『예지의 서』는 진심으로 꺼리는 마서에 불과하다.

그 책의 존재가 『성역』에서 벌어진 로즈월의 암약으로 이어지며, 금서고에서 베아트리스에게 400년의 고독을 강요했다. 좋은 인상을 가지라는 편이 무리였다.

무엇보다 『예지의 서』는 그 성립 과정부터 특수하다.

"뭐랄까, 『예지의 서』라는 건 마녀교도가 가지고 있는 『복음서』의 프로토타입…… 바탕이 된 완성판이라더군. 미래를 알 수 있는 예언서로, 용력석이란 것과 같은 구조라고 해."

"또 퍽이나 허무맹랑한 야기 아이가. 그나마도 불탔다고 그라네?"

"어. 두 권 있었는데 두 권 다 타 버렸어. 그래서 이 세상에는 이제 남아 있지 않을 거야."

"그, 남아 있지 않다는 말은 누구한테 들은 기고?"

"……만든, 『마녀』한테."

쓸쓸한 표정으로 대답한 스바루의 말에 아나스타시아의 눈이 동그래졌다. 그녀는 입 속으로만 "마녀." 하고 확인하듯 되새기다가 물었다.

"그거, 늘 하는 농담이 아이고 진담이가?"

"진담도 이런 진담이 없어. 아나스타시아 씨도 말했잖아. 『질투의 마녀』 외에도 마녀는 있었고 이 도시에도 한 명 죽어서 그 유골이 잠들어 있다고."

"그건 죽은 사람이지 않나. 그나마 용납할 수 있데이. 그라도 나츠키 말투로 보근대 만나서 말도 해쌌단 관계 아이가. 그것도 복잡하단 얼굴까정 하고."

"만나서 말도 해 보고, 속아서 된통 당하고, 이런저런 일이 있던 상대란 말이야. 감안해 주라."

『성역』과 묘소 이야기를 하면 길어진다. 불친절하지만 스바루가 『마녀』── 에키드나에 관해 할 수 있는 설명은 많지 않다. 말을 더 보태자면 그 사정은 설명하고 싶지 않다.

좋든 나쁘든 에키드나는 스바루 안에 사라지지 않는 가시를 깊이, 날카롭게 꽂고 갔다.

"어쨌든 이 세상에 유일하던 두 권의 책은 불탔어. 그래서 마녀교의 요구는 헛짚은 거고 무시해도 OK일 거야."

"──하지만 그것도 그 『마녀』가 하던 야기라는 단서가 달리는 기 아이나?"

"────."

고개를 저은 스바루의 발언을 아나스타시아가 깔끔하게 일도양단했다.

숨을 죽인 스바루는 그녀의 지적에 눈을 부릅뜨고 자신의 사고 정지에 아연실색했다.

"그 『마녀』에게는 감정이 있다. 신용도 하지 않는다. 하지만도 그 상대가 하는 말은 믿는다. 나츠키에게 성가시고 귀찮은 관계인 상대 같네."

"……스스로도, 그렇게 생각했어. 그렇지. 나는 그 녀석을 하나도 믿지 않는다 싶었는데, 이런 건 믿는다니 모순됐어."

에키드나의 말은, 배려는 스바루를 자신의 꼭두각시로 삼기 위한 연출이었다.

그러나 정말로 그 전부가 허위로 치장되어 있었다고 미워해야 하는가.

그런 의문을 느끼는 건 스바루가 그렇게 생각하고 싶어서 그런 것뿐일까. 아직 모든 것을 다 아는 척하는 그 마녀에게 마음이 흔들리고 있는가.

──스바루의 『사망귀환』을, 힘들었겠다며 말해 준 그 마녀에게.

"나츠키랑 그 『마녀』의 관계에 대해 내는 따로 말 안 하긋다. 정보 자체는 받아서 고마운 야기고. 단지……."

"단지?"

스바루가 자신의 진의를 종잡지 못하고 씁쓸한 침을 맛보고 있을 때, 아나스타시아는 눈썹을 찌푸리며 말했다.

"일부러 마녀교가 방송으로 요구했을 정도데이. 책이 불탄 기를 상대가 모를 뿐일 가능성도 있지만도…… 안 그럴 경우도 생각해 두는 편이 낫다고 본다."

아나스타시아의 배려가 보이는 표현에 스바루는 눈을 감았다.

실물은 없다. 스바루가 믿고 싶은 결론은 그쪽이다. 『예지의 서』는 현존하지 않는다. 그 말이 거짓이라면 에키드나는 또 스바루에게 거짓말을 한 셈이 된다.

그렇다고 쳐도 왜 낙담하는 심정이 생기는지 스바루는 자기 자신을 알 수 없었다.

"──나츠키."

사색의 바다에 잠겨 있던 스바루를 아나스타시아의 목소리가 현실의 뭍으로 끌어 올렸다.

"아, 미안. 어, 음, 그래서, 남아 있는 건⋯⋯."

"『마녀의 유골』도 있지만도, 그건 치워 두까. 지금 도시가 물속에 잠기지 않은 기가 뼈가 마녀교 손에 넘어가지 않은 증거⋯⋯. 키리타카 씨가 무사한 증거는 몬 되지만서도."

"그렇⋯⋯지. 그리고 마지막 하나가⋯⋯."

"──『은발 처녀와의 결혼식』이제."

말문이 막힌 스바루를 대신해 아나스타시아가 그 조건을 언급했다.

곧바로 그녀가 스바루에게로 보내는 시선에 깃든 감정은 심플한 의문이었다. 그 의문에 말 이상의 의미는 없다. 그저 순수하게 상대의 의도를 종잡을 수 없기에 생기는 의문.

이 상황에서 은발 처녀가 누구를 가리키는지 모를 사람은 관계자 중에 없다. 그런 판국에 대관절 상대는 무엇 때문에 이런 조건을 들이밀었는가──.

"노림수 따위 없어. 그 자식은 그냥, 진심으로 결혼식을 올리고 싶을 뿐이야.”

“……이, 도시의 상황에서 말이가?”

“아마겟돈 도중에도 하고 싶은 짓을 하는 게 대죄주교야. 덤으로 진짜 열 받게도…… 놈에게는 그럴 만한 힘이 있어.”

스바루의 뇌리에 뚜렷하게, 에밀리아를 옆으로 껴안은 백발 남자의 모습이 떠올랐다.

에밀리아를 데리고 떠나면서 그 가치를 외모가 전부라고 단언한, 한결같이 밉살맞으며 초월적인 힘을 가진 흉인──『탐욕』의 대죄주교, 레굴루스 코르니아스.

다른 요구는 모르겠다. 하지만 이것만은 틀림없이 놈이 바란 『탐욕』이다.

“착각병 환자 자식…… 아니, 그놈만이 아냐. 전원 다 그래. 베아트리스도, 있는지도 모를 『예지의 서』도, 도시의 명운도 에밀리아도! 무엇 하나 그놈 따위에게 줄까 보냐! 까불고 앉았어, 적당히 하시지!”

용케 이렇게까지 같잖은 이야기를 꺼냈다. 전원이 다 스바루 일행과 다른 세상의 상식에서 산다는 생각밖에 안 드는, 이차원의 발상력을 가졌다.

──괴물, 모독자, 괴인, 흉인. 거기에 이미 없는 미치광이 사정령(邪精靈)도 더하자.

그야말로 인간 세상의 죄의 결집. 추악한 본성의 화신. 다시 말해, 대죄주교──.

“……그런 반응을 기대했는디, 너무 딱 맞아서 기분 좋데이.”

격정에 숨이 거칠어진 스바루를 보고 아나스타시아가 도리어 기쁜 듯 뺨에 웃음을 지었다.

하지만 그 웃음은 결코 밝은 감정에서 우러난 것이 아니었다. 그 속내에 확실하게 존재하는, 참지 못할 충동이 만들어낸 그녀 딴의 분노 어린 표정이었다.

"방금 아나스타시아 씨 얼굴이 리카드의 얼굴하고 겹쳐서 보였다고."

"몬 들은 기로 해 주께. 이 도시를 되찾을 때까정 내캉 나츠키끼리 보조 맞춰야 하니께네."

농담 같은 태도로 말한 아나스타시아는 미소 어린 얼굴을 다 잡았다.

"말한 대로 마녀교의 요구는 하나도 몬 들어준데이. 내게는 책임이 있어. 키리타카 씨 것도 그렇고, 에밀리아 씨와 크루쉬 씨도."

"⎯⎯⎯."

"두 사람도, 나츠키 쪽도, 내가 프리스텔라에 초대했데이. 손님인 기다. 그걸 이런 식으로 상처 입히고…… 체면이 망가졌는데 절대 가만 몬 있는다."

연두색 눈이 전의를 띠고 같은 각오를 캐묻듯 스바루를 응시했다.

"제 살을 베는, 그런 결단이 필요하데이. 나츠키도 각오하고 있그라."

"제 살을, 벤다……."

"다들 지는 바람에 움츠러들었다 안 카나. 그라카도 누가 이 형세에 납득하나? 내는 싫데이. 이판사판 발버둥 칠 끼다. 진 거 변명 챙기는 짓이야 저승에서 하믄 그만이데이."

차분하게, 부드러운 생김새에 사나운 귀기를 두르며 아나스타시아가 끄덕였다.

"살아 있는 한, 지금과 다음이 있어. 인생은 안 내던진다. 나 자신이 불쌍하다 안 카나."

작은 소녀의 몸에서 뿜어지는 귀기는 그녀가 전장에 몸을 두는 존재가 아님을 잊게 할 정도의 힘을 띠고 있다. ──아니, 그게 아니다. 이곳이 지금 그녀의 전장이다.

그리고 자신의 전장에서 백전연마인 것이 아나스타시아 호신이다.

"『색욕』본인이라믄 크루쉬 씨나 모습 변형된 사람들을 되돌릴 가능성은 충분히 있데이. 키리타카 씨도 행방만 모를 뿐이제. 나츠키도 소중한 공주님을 가로채려는 놈팡이에게 마냥 맡겨둘 맘은 없으싯긋지?"

"──당연한 소릴. 그래, 맞다고. 놈들이 우리에게 네 가지 조건을 씌우겠다면, 이쪽에서도 보답으로 갈겨 줘야지."

일방적으로, 지시하는 대로, 그런 상황은 이만 질렸다.

"에밀리아를 변태의 손에서 구한다. 『폭식』을 때려눕혀 렘의 기억을 토해내게 한다. 온 도시의 사람들을 불안하게 하는 시리우스를 때려잡고, 카펠라는 머리 박고 변신시킨 사람 전원을 원래대로 되돌리게 한다! 그걸로 도시를 되찾고 해피 엔딩이야!"

"응, 내도 거기 찬동하긋다."

주먹을 꽉 쥐고 스바루가 내밀자 아나스타시아가 손바닥으로 그 주먹을 부드럽게 감쌌다. 생각한 것과 다른 대응이지만 서로의 의사는 확실하게 통했을 터다.

아직 싸울 수 있다. 저항할 수 있다. 아나스타시아의 그 생각에는 스바루도 굳게 찬동할 수 있다.

그렇기에——.

"도시를 구하자, 아나스타시아 씨. 다름 아닌, 우리 손으로."

아나스타시아에게 끄덕이고 스바루는 시선을 다시 탁자 위의 지도로 돌렸다.

도시의, 프리스텔라의 전모가 적힌 지도. 그러나 그곳에 내포하는 사람들의 얼굴은 보이지 않는다. 그렇기 때문에 눈을 감고 머릿속에 그렸다.

에밀리아를, 렘을, 구하고 싶은 모든 사람들을, 이 눈꺼풀 뒷면에 새긴다.

——도시를, 소중한 사람들을, 구하기 위한 싸움을 계속하기 위해서.

6

"아나스타시아 님. 그리고 스바루도, 여기 계셨습니까."

그런 말과 함께 방의 입구에 모습을 드러낸 율리우스가 안도감에 눈썹 끝을 내렸다. 그리고 율리우스는 긴 다리로 바닥의 균열을 훌쩍 넘어 방 안쪽에 있는 두 사람 쪽으로 발길을 옮겼다.

손버릇대로 자신의 앞머리를 슥 만지면서 율리우스는 노란 눈으로 방을── 도시청사 최상층의 이곳저곳 난장판에 검게 타버린 공간을 둘러보았다.

"이런 곳에서 무슨 말씀을?"

"나츠키가 여기서 확인하고 싶은 게 있다고 했데이. 그카서 그걸 보러 온 참이데이."

말하면서 아나스타시아가 턱짓으로 검댕투성이 바닥에 무릎을 꿇은 스바루를 가리켰다. 스바루의 시선은 방 안쪽, 특징적인 『미티어』를 보고 있었다.

도시 전역에 목소리를 보내는 방송용 『미티어』다. 카펠라와의 싸움이나 흑룡의 공격에 말려들었을 테지만 기적적으로 피해를 면한 것 같았다.

기능이 건재함을 확인한 스바루는 가볍게 숨을 쉬었다.

"그렇군요. ……그래서, 스바루와의 대화는 어떠셨습니까?"

"쪼매 오래 끌었지만도, 건설적인 대화가 됐단 느낌이구마. 나츠키도 내캉 같아서 지기 싫은 마음 가득 같데이. 율리우스 니는?"

"지시하신 대로 『철 어금니』의 인원은 교대제로 순찰에 할당했습니다. 좋든 나쁘든 새로운 이야기는 없습니다만……."

"그건 오히려 나쁜 쪽 야기긋제. 명확하게 호전되지 않는 한, 시간이 지나믄 지날수록 상황은 나빠진다. ……불안이란 기런 법이니께네."

옆에 선 율리우스에게 대답하고 아나스타시아가 목도리를 자상하게 쓰다듬었다. 그 대화를 등 뒤로 듣고 스바루는 율리우스 쪽으로 시선을 들었다.

"나도 여기에 오기 전에 한 군데만 피난소에 들렀는데, 다른 데는 어떻지?"

"좋은 얘기를 할 수 없어 괴롭지만 역시 어디도 썩 좋진 않더군. 많은 피난소에서 사람들은 불안에 고개 숙인 채 거동할 수 없는 상태야. 마녀교의 선동이 효과를 미쳤어."

쭈그려 있던 스바루가 일어나서 그 말에 "선동……." 하고 중얼거렸다.

"도시청사를 버리기 전, 『색욕』의 마지막 협박 방송 말이다. 거기서 그녀는 네 가지 거래 조건을 통고하고 동시에 도시청사에 덤빈 우리의 퇴각도 퍼트렸지."

"……패배를 선전했다는 뜻이군. 그 인상 조작이 지금은 제일 빡센데 말이야."

그렇기 때문에 그곳을 정확하게 찌르는 것이 카펠라의 음흉한 책략이다.

시리우스가 지닌 『분노』의 권능과 협박 방송을 잘 겹쳐서 이용한다. 서로 의향의 연계는 못하고 있으면서 도시청사를 양동으로 뮤즈 상회를 노리는 점 등, 중요한 곳곳에서는 최악의 퍼포먼스를 발휘하는 놈들이다.

그 탓에 도시 사람들의 적의는 꺾이고 실의 어린 수렁으로 끌려들어 가는 악순환.

"속이 끓지만 움츠리고 일어설 기력이 없는 것뿐이라면 그나마 요행이지. 개중에는 그 불안이 다른 충동을 일깨워 위험한 폭발을 부를 때도 있어."

"그리된 피난소는, 어떻게 되지?"

"빠르게 달려가 가능한 한 피해를 막기 위해서 진력하고 있지만……."

거기서 율리우스는 뒷말을 망설였다. 하지만 그것만으로도 충분히 기다리고 있는 어두운 결론의 암시가 되고 말았다.

그러나——.

"——한 번 터진 것은 수습 몬 한다. 몬 쓰게 된 피난소도 있어. 죽은 사람도 적잖게 나왔어. 그걸 머뭇대는 기는 비겁하다 생각 안 카나?"

"……아나스타시아 님."

또렷하게 희생을 직시하게 하는 아나스타시아의 말이 듣는 이의 마음을 찔렀다.

그 말에 율리우스가 우려 섞인 표정을 지었다. 그것을 목격한 아나스타시아는 더욱 강한 힘을 얼굴에 담으며 자신의 기사를 노려보았다.

"안 보려 해도 거기 있는 기가 없어지는 기는 아이다. 언제든 현실은 우리 주위에 굴러다니는 마련이데이. ……우예 된 기고, 율리우스."

"저는, 결코……."

"진짜, 안 어울린다카이."

처음에는 강하고 딱딱하게, 그러나 목소리는 서서히 부드럽고 연약하게, 아나스타시아의 눈이 일렁거렸다. 거기에는 율리우스를 걱정하는, 아나스타시아의 본심이 딱 한순간 머물러 있었다.

그러나 그녀는 그 일렁임을 눈 한 번 깜빡여 숨기고는 다문 입을 다시 열었다.

"……희생은 나왔다. 앞으로도 나올 끼야. 크게 구하긋다 결심한 이상, 잘게 덜어가는 기야 몬 피한데이. 손도 부족해. 그러니께 최소한 눈까지 감으믄 안 돼."

"_____."

"적어도 지금은 나츠키 쪽이 단디 서 있데이. 희생을 받아들이고, 다음 각오도 있고. 율리우스는 어떻나?"

아나스타시아의 물음에 율리우스의 노란 두 눈에 망설임이 생겼다. ──아니, 그것은 생긴 것이 아니다. 줄곧, 덧없고 미덥잖게 방황하던 것이다.

율리우스의 눈에 생긴 그 미혹을 보고서야 비로소 스바루는 깨달았다.

──『분노』의 권능이 가진 효과는 확실히 이 도시청사에도 영향을 끼쳤다고.

비탄에 젖은 페리스가, 자책에 얽매인 빌헬름이, 의분과 짜증이 송곳니에 담긴 리카드가, 불안한 충동에 쫓겨 거리를 돌아다니는 가필이, 맡은 책임에 부응하고자 기염을 토하는 아나스타시아가, 그리고 망설임을 풀지 못하는 율리우스가 그러했다.

전원이 그 마음을, 감정을 권능에 영향 받아 바깥에 여실히 드러내고 있다. 필시 스바루 본인부터 적지 않게 그런 낌새가 있으리라.

"_____."

그 사실을 깨달은 스바루 앞에서 율리우스와 아나스타시아 주종은 마주 보았다. 망설임이 가시지 않은 율리우스는 단정한 옆얼굴에 고뇌를 띠며 눈을 감았다.

아나스타시아의 말은 정론이다. 현실에 정면으로 마주 서서 일어났을 상황에서 눈을 피하지 말라고, 희생을 전제한 싸움에 도전할 각오를 바라고 있다.

그 말을 들은 율리우스도 자기 안의 갈등에 종지부를 찍고자 함을 알 수 있었다. 그 또한 방금 한마디로 각오를 다지려 하고 있었다.

많은 희생 끝에, 그럼에도 승리를 거머쥘 길을 주군과 함께 걷자고.

다 안을 수 없는 양의 삼과를 들면 그 손에서 흘러 떨어지는 건 피할 수 없다. 끝내는 봉지가 찢어져 모든 삼과가 굴러떨어진다.

그 사태를 피하기 위해 삼과를 선별한다. ──어린애라도 할 수 있는 계산이다.

하지만──.

"──한 가지, 잘못 생각하고 있는데, 아나스타시아 씨."

여기서 처음으로 참견한 스바루에게 둘의 시선이 돌아갔다. 둘의 시선은 머금은 감정에 차이는 있을지언정 모두 이지적인 눈초리를 받으며 스바루는 말을 이었다.

"이 도시를 구한다는 맹세는 아까 아나스타시아 씨와 주고받은 것과 같아. 근데 그건 크게 구하기 위해서 작은 희생에 눈을 감는다는 의미가 아냐."

"……큰 목표는 정했어. 아까 그렇게 말한 줄 알았는디."

스바루의 말을 듣고 아나스타시아의 눈이 가늘어졌다.

"나츠키까지 말귀 어두운 소리 하나? 그라코롬 하믄 처음에 성에서 하던 짓과 다를 바 없데이. 명색이 기사가 됐던 기 아이었나."

"그래. 나는 어엿한 기사. 그래서 기사니까 양보 못해. 양보해선 안 된다고. 여기서 그걸 양보하면 기사의 간판이 흠집투성이가 된단 말이지."

말하면서 위치를 바꾸어 스바루는 율리우스 옆에 섰다. 그리고 우두커니 눈을 부릅뜬 율리우스에게 어깨를 으쓱이고 가슴을 폈다.

삼과를 가득 안으면 언젠가 못 버틸 건 당연한 이야기다.

하지만 스바루가 기사로서, 율리우스도 기사로서, 그 양손에 떠안고 있는 건 삼과가 아니다. 더 존엄한, 대신할 게 없는 존재다.

떨어졌다고 체념할, 말 못하는 삼과가 아니다. 울기도 하거니와 화도 내는 인명이다.

가족이 있고 친구가 있으며 사랑하는 사람이 있다. ——인명이다.

"하나도 포기할 마음은 없어. 각오라고 하면 멋있지. 하지만 그건 체념이야. 그래서야 멋이 없다고."

"──윽, 또 바보 같은 소릴 꺼내고……. 백경 때도, 그 뒤의 마녀교와의 싸움에서도 희생은 났을 끼다. 그때, 나츠키는 미련 남는 소리 안 하지 않았나."

"──우습게 보지 마, 아나스타시아 씨."

백경과의 싸움을, 페텔기우스와의 싸움을, 각각 들먹인 아나스타시아에게 스바루는 날카로운 시선을 보냈다.

그 지적은, 의견은, 아무리 그래도 못 들은 척할 수 없다. 번지수를 잘못 짚었다.

"그때 싸워서 희생된 사람들에게는 각오가 있었어. 죽은 사람이 있는 건 슬프고 죽은 사람들도 죽고 싶었던 건 아니지만 각오는 있었지. 각오가 있고 없고는 전혀 달라. ──이 도시의 사람들에게 그 각오를 따질 의무는 없을 텐데."

자기 편한 의견인 건 알고 있고 도리에 안 맞을지도 모른다.

각오를 부정한 직후에, 또 다른 각오를 긍정하는 스바루의 의견을 이중 잣대라고 비난할 수도 있으리라.

그러나 그때 희생된 사람들에게는 생사를 걸고 싸울 것을 각오할 장면이 실제로 있었던 것이다.

"이곳을 전장으로 삼은 건 전장으로 삼은 놈들 형편이지. 그 형편에 휘둘려서, 평범한 사람에게 각오니 뭐니를 따지는 건 잘못됐어."

"싫어해도 그 놈들은 각오하지 않는 사람들을 상처 입힌다. 그리되믄 그 사람들도 각오를 다져야 한데이. 안 그러나?"

"아니야. 각오를 마친 녀석들은 똑같이 각오를 마친 녀석들이 맞서야 해. 그걸 항상 의식하고 각오를 끝낸 게 기사라고 나는 생각해. 나는 기사란 것에 그렇게 기대하고, 마을 애들에게도 그렇게 폼 잡고 말았어."

기사 서훈을 받고, 살짝 이곳저곳에서 치켜세우는 바람에, 상상에 불과하던 기사가 된 스바루는 자연스럽게 자신의 목표를 정했다.

어린애들이 그렇게 맹세하는 스바루를 향해 반짝이는 눈을 보냈기에, 되도록 그 맹세에 부끄럽지 않게 살고 싶었다.

──곁에서 그 말을 듣던 에밀리아 역시 눈을 반짝이고 있었으니까.

"나는 에밀리아의 기사야. 에밀리아를 위해서 싸우고 싶어. 하지만 그건 에밀리아만을 지키면 그만이란 얘기가 아냐. 율리우스는 댁의 기사야, 아나스타시아 씨. 누구보다 댁을 위해서 싸우고 싶을걸. 명령 또한 제대로 들어주고 싶을 테고. ──하지만 그것만으론 만족 못하는 거야. 기사란 생물은 폼에 죽고 사는 데다가 욕심쟁이니까."

"＿＿＿＿."

"죽을 때까지 사선에서 잘난 척할 거라고, 율리우스도. 누가 뭐래도 이 녀석은 가장 뛰어난 기사잖아. 즉, 누구보다 자기 멋을 살리고 싶단 뜻이지."

침묵하는 아나스타시아 앞에서 스바루는 엄지로 율리우스를 가리켰다. 그 즉시 잠자코 이야기를 듣던 율리우스가 숨을 집어삼키고 눈을 크게 떴다.

어안이 벙벙해진 두 사람이 고소해서, 스바루는 생뚱맞은 사악한 웃음으로 볼을 일그러뜨렸다.

"아나스타시아 씨는 제 살을 벤다고 말했었지. 하지만 나는 그 뒤, 도시를 구하자고도 그랬어. 도시나 나라란 건물이나 토지를 말하는 게 아니야. 사람이라고. 뭐, 여러 만화랑 게임에서 나온 말 빌린 거지만."

처음부터 버리는 선택지를 고르는 것과, 결과적으로 거두지 않는 것하곤 이야기가 다르다.

전부 자기만족의 세계라고, 그렇게 맺고 끊는 건 간단한 이야기지만——.

"——그 자기만족을, 남에게 전염시키겠다고 하니까 질이 안 좋아. 그건 많은 사람을 싸잡아서 풍덩 빠트리는, 영웅 환상이란 거라고."

"_____."

달콤한 이상론을 이상론으로 덮어쓰는 스바루를 그 제3자의 목소리가 엄하게 찔렀다.

숨을 죽이며 뒤돌아보았다. 들린 것은 희미하게 탁한 들은 적이 있는 목소리였다.

목소리에 깃든 것은 어딘가 비꼬는 듯하며 삐딱한 염세적인 달관—— 그것은 뒤돌아본 스바루 일행의 시선을 받고 칠흑의 투구를 흔들어 목을 그렁거린 남자의 것이었다.

"그렇게 뜨거운 눈초리 보내도 선물 하나 없어. 내 웃는 얼굴로 참아 주시구랴. 하긴 이런 꼴로는 안 보이겠지만."

"──알."

익살스러운 언동으로 어깨를 으쓱이며 방 입구에 모습을 보인 쇠투구의 남자── 알이다.

도시청사 공략 시도 전에 스바루 일행과 별도 행동을 택하고 그 뒤 행방을 알 수 없어졌던 남자. 그런 알이 천천히 바닥을 밟고 다가왔다.

알의 등장과 발언에 직전의 감정을 남긴 아나스타시아가 딱딱한 소리로 물었다.

"퍽이나, 빨리도 돌아오셨구마?"

"엄밀하겐 다른 곳이지만 나갔다 돌아와서 겸연쩍은 기분인건 나도 똑같다고. 신선미가 없는 얼굴이라 미안하지만 나도 좋아서 돌아온 게 아냐."

명백하게 험악한 아나스타시아에게 알 쪽도 표표하지만 가볍지 않게 응수했다.

왠지 모르게 팽팽한 분위기. 거기에 스바루는 "이봐." 하고 끼어들었다.

"여러 가지로 하고 싶은 말은 있지만, 무사했었군. 물살에 쓸려갔나 걱정했었다."

"……어쩌다 보니 물이 흘러왔을 때엔 높은 데 있어서 산 거야. 그래서, 어쩌다 덤이라 뭐하지만 형제에게 전언이다. 즉, 나는 메신저지."

외팔의 어깨를 으쓱이며 가벼운 어조로 내뱉은 알에게 스바루는 눈살을 찌푸렸다.

이 도시의 상황에서 메신저라고 들어도 바로 느낌은 딱 오지 않는다.

"메신저? 전언이라니, 이럴 때에 누구로부터……."

"──형제의, 소중하기 그지없는 공주님 말이야."

"윽──?! 에밀리아의?!"

벼락을 맞는 듯한 충격, 생각도 못한 알의 발언에 스바루가 눈을 까뒤집으며 사실이냐고 그를 주시했다. 투구 속이라 알의 눈도 진의도 뚫어 볼 수 없지만 그는 끄덕였다.

"아무리 나라도 그렇게까지 악취미한 거짓말이나 농담은 안 해. 하나도 틀림없이 형제네 아가씨의 전언이야. ──진짜로 적진에서 무리하고 있어. 겁나더만."

못 당하겠다며 알이 외팔 어깨를 으쓱이고 한숨을 내쉬었다.

평소처럼 경박한 것도, 이 상황에 따끔하게 터트린 비꼼도 아니다. 순수한 탄식. 그에 이어 스바루를 바라보고 말했다.

"결혼식을 앞둔 신부께서는 납치해 줄 백마 탄 왕자님을 기다리고 있댄다. ──샘나는데, 형제."

제3장 『가장 새로운 영웅과 가장 오래된 영웅』

1

"――아, 괜찮은데 그래. 역시 너는 생각대로 하얀색이 잘 어울려."

"……고마워."

하얀 드레스로 갈아입은 에밀리아를 보고 레굴루스는 명랑한 표정으로 말했다.

옷을 갈아입고서 의상실에서 벗어난 에밀리아는 184번에게 이끌려 레굴루스가 기다리는 방으로 발을 들였다.

"_____."

실내 장식은 일그러진 화려함으로 장식되어 있어 건물 전체의 무기질적인 인상과는 동떨어진 것으로 교체되어 있다. 레굴루스의 취미인 것일까 하며 에밀리아는 눈썹을 찌푸렸다.

그리고 레굴루스의 복장도 복도에서 보던 것과는 다른 것을 깨달았다. 온통 하얀색인 건 같아도 이번 복장은 소위 예복, 의장 축에 드는 것이다.

에밀리아의 시선을 알아채고 레굴루스는 자기 옷의 깃을 가볍게 펼쳐 보였다.

"중요한 결혼식이니 말이야. 평소대로 꾸미지 않는 나도 괜찮겠지만, 알량한 고집으로 네게 망신을 주고 싶진 않아. 서로를 배려하고, 양보하는 관계가 이상적인 부부지. 물론 이 정도 일로 네가 배려를 받았다고 무겁게 여길 필요는 없어. 하지만 널 위해서라면 다소의 변화도 받아들일 도량이 있는, 나의 그 넓은 마음은 이해해 줘."

변함없이 듣는 쪽이 정신이 없을 정도로 레굴루스는 곧잘 떠들었다.

이야기하는 내용 자체는 정론으로 여겨지는데, 끄덕이는 데 망설임을 느끼는 건 왜인지 에밀리아는 잘 알 수 없었다.

단지 분명히 할 수 있는 말은, 눈앞의 남자가 대죄주교 중 한 명이라는 확신——'협박 방송'과 184번 덕분에 판명된 사실이지만, 그것을 이해한 다음에 당사자와 마주하면, 그가 뿜는 기이한 존재감을 무시할 수 없는 이유를 여실히 알 수 있다.

——이것은 생명의 위기를 전하는 본능의 경종이다.

생명을 위협하는 중증의 위험이 눈앞에 있다고, 그 사실에 에밀리아의—— 아니, 모든 인간의 영혼이 공포에 움츠러들어 목숨을 구걸한다. 그로 인한 이물감인 것이다.

"내켜하는 얼굴이 아닌걸. 네게 침울한 얼굴은 안 어울려. ……아니, 슬픈 얼굴은 그건 그거대로 귀엽지만 제일은 아닌데. 뭔가 마음에 걸리는 거라도 있어?"

"_____."

한순간 몸을 굳힌 에밀리아의 뺨을 레굴루스가 만졌다. 눈을 뗄 작정은 없었는데 몇 미터나 있던 거리가 순식간에 사라져 있었다.

여전히 표정이 풀리지 않는 에밀리아에게 레굴루스는 한쪽 눈을 감고 말했다.

"184번, 옷을 갈아입는 중에 그녀에게 무슨 일이 있었나?"

"──외람되오나 조금 전에 들린 카펠라 님 방송의 영향이 아닐까 합니다."

"방송? 아아, 그거 말이야. 변함없이 그 고기녀의 목소리는 귀에 거슬린다 싶어 흘려듣고 있었지만 여자애가 처음 들으면 기분 나빠질 법도 한가. 그건 깜빡했었군."

침묵한 에밀리아를 대신해 그 옆에 선 184번에게 레굴루스가 캐물었다. 순간적인 대답을 준비하고 있었는지 술술 대답하는 184번에게 레굴루스는 납득한다.

그 표정에 혐오와 모멸을 새기고 "싫단 말이지." 하고 코웃음 쳤다.

"열등감의 덩어리로, '자신'의 이해가 부족한 해독녀의 폭언 따위 신경 안 써도 돼. 그딴, 아무에게도 사랑받을 가치가 없는 여자와 다르게 네게는 내게 사랑받는 얼굴이 있어. 너는 날 때부터 그치보다 상위의 생물인 거야. 자신감을 가져도 돼."

"어어, 저……."

"아직 기분은 안 풀리나. 정말로 쓸데없는 짓을 해 줬군, 그 고기녀. 그 추한 얼굴을 보는 건 마음이 안 내키지만 나중에 직접

불평해 주지 않으면 안 되겠군. 자, 그건 그렇다 치고…… 식이 목전인데 신부는 어떡하면 마음을 회복할 수 있을까?"

에밀리아는 레굴루스가 갸우뚱하며 던진 질문의 답을 사색했다.

──현재, 에밀리아가 취할 수 있는 선택지는 크게 둘을 고려할 수 있다.

하나는 '협박 방송'의 내용으로 알아낸, 인질과 다름없는 입장에 있는 자신의 상황을 타파. 솔직히 184번의 감시를 뿌리치고 도망치는 건 그리 어렵지 않을 것이다.

다만 그 경우, 수문이 열려서 도시가 수몰한다. 에밀리아 하나 때문에 그렇게까지 하겠냐고 하면 할지도 모른다는 게 레굴루스를 본 에밀리아의 소감이다.

도박에 나서기에는 잃을 것이 너무 크다. 그 때문에 이 계획은 기각할 수밖에 없다.

변화구적으로, 이 자리에서 에밀리아가 레굴루스를 쓰러뜨린다는 기책도 있지만── 아마 그것은 불가능하다. 에밀리아 단독으로는 레굴루스에게 이기지 못한다. 본능으로 안다.

궁극적으로 수단이 한정적인 게 문제다. 따라서 에밀리아는 또 하나의 선택지를 택했다.

──성급한 결론을 피하고 정보 수집과 기회를 보는 데 전념하는, 고뇌의 선택을.

"떫은 표정인걸. 나는 지금 어떡하면 네 기분이 회복할지 묻고 있는 상황인데, 대답은 없는 거야? 확실히 식을 치르지 않은 이상 나와 너는 아직 정식으로는 부부가 아냐. 하지만 사실상으론 거의 같은 입장일 텐데. 그럼 남편을 위해서 아내는 어떡하지? 앞으로의 원활한 관계를 위해서도 너는 네 책무를, 의무를 다해야 하지 않을까?"

"아, 미안해. 그러네. ……조금 피로할지도. 쉬어도 돼?"

"피로?"

에밀리아가 말이 없자 이내 속을 끓이며 어조가 빨라지던 레굴루스가 눈썹을 치켜들었다. 그는 자신의 턱을 손을 대고 "피로, 피로라." 하고 몇 번쯤 주워섬기다가 말했다.

"──그렇군. 그건 내가 미처 생각하지 못했어. 미안해. 진짜 반성할게. 여러모로 갑작스러운 사건이 겹쳤으니 피곤한 것도 당연하지. 그렇다면 방에 돌아가 잠시 쉬어. 결혼식 전용 신부 의상은 따로 있으니까, 그 드레스 입고 누울 때 주름 잡힐까 걱정하지 않아도 돼. 식장 준비는 나랑 아내들끼리 진행해 둘게."

"식장……."

"응. 이 건물 바로 옆이 성당이거든. 소박한 점이 우리에게 어울리더군. 거기서 나와 네 결혼식 준비를 하고 있어. 아내들이 다 나서서 새로운 식구를 환영하고 있지. 너도 든든하지? 기특하고 아름다운, 내 자랑스러운 아내들이야."

레굴루스가 뽐내듯이 연거푸 고개를 끄덕이고는 방 창문을 활짝 열었다. 그 손짓에 따라 옆에 서자 창밖으로 옆 건물의 모습이 내려다보였다.

그곳에 있는 것은 성당── 바로 결혼식 등의 예식이 거행되는 건물이다.

열린 건물 입구와 벽에 있는 큰 채광용 창문으로 안의 상황이 엿보인다. 성당에는 뭔가에 쫓기듯 돌아다니는 인영이 여럿 있으며, 장식이나 비품 반입 등, 식을 위한 준비가 조용조용 진행되는 걸 알 수 있었다.

그리고 그 작업에 종사하는 것은 누구나 아름답게 꾸며 입은 미모의 여성뿐이고.

"내 아내는 다 합쳐 291명…… 서글프게도 사별한 아이도 많아. 지금 내 슬하에 남은 아내는 53명, 너를 넣어 54명이 되지. 그 전원에게 나는 평등하게 사랑을 주고 있다고 생각해. 당연하지. 누군가 한 명을 편애하다니, 남편이 사랑하는 방식으로서 이만저만 일그러진 게 아냐. 나는 그런 의리 없는 짓은 절대로 하지 않아. 고정된 사랑을, 고정된 몫만, 고정된 방식으로 줄 거야. ──나는 너나 그녀들이나 균등하게 사랑해 보이겠어."

"고, 고마워. ……기억해, 둘게."

어떻게 대답하는 게 정답인지 쭈뼛쭈뼛 모색하며 대답한 에밀리아는 퍼뜩 정신을 차렸다. 이래서는 마치 레굴루스에게 공포를 느끼는 184번의 태도와 똑같다.

무시무시하게 폭압적인 이 기척과 계속 접하면 꿋꿋한 마음마저도 닳아 버린다. 이것이 바로 레굴루스의 아내들이 저항할 기력을 빼앗긴 원인일 것이다.

"착하구나. 방에 돌아가 있어 준비가 마치면 누군가 부르러 보낼 테니까."

다행히 에밀리아의 독기 없는 대답은 레굴루스의 신경을 거스르지 않은 모양이라 순순히 몸 상태를 걱정받으며 방에 돌아가라고 지시받았다.

에밀리아는 그 말에 거역하지 않고 레굴루스의 곁을 떠나 184번과 함께 문으로 갔다. 그대로 침실로 돌아가서, 거기서 어떻게든 상황을 타개할 방도를——.

"그런데, 생각해 봤지만 말이야. ——신부의 피로를 깨닫지 못한 건 내 실수이기도 하지만, 가장 가까운 곳에 있던 누군가가 깨달아야 마땅했다고, 그렇게 생각하지 않아?"

"흡——."

그 목소리는 문에 손을 대려던 에밀리아의 등 쪽에서 날아왔다. 그때, 오싹한 한기가 등을 치달아 에밀리아는 창졸간에 뻗은 손으로 다른 것을 잡았다.

"——위험해!"

"어?"

목소리와, 팔이 잡힌 사실에 184번의 눈이 동그래졌다. 에밀리아는 놀라는 그녀의 가벼운 몸을 세게 끌어당겨 껴안고는 바로 옆으로 뛰었다.

——직후, 184번이 서 있던 공간을 바람이 쓸고 거인의 손바닥으로 패인 것처럼 벽과 문이 산산이 터졌다. 바닥이 까뒤집히고 석재 통로로 파괴가 전파되어 일직선으로 내달렸다.

"＿＿＿＿＿＿."

파괴가 공간을 잡아 찢고 방 입구가 힘에 유린됐다. 184번을 안고 그 압도적 파괴를 지켜본 에밀리아는 말도 나오지 않았다.

184번도 그 파괴가 무엇을 노렸는지 알아채고는 에밀리아의 품속에서 굳은 몸을 웅크리고 말았다.

그리고 그런 두 명에게 오른팔을 가볍게 휘둘렀을 뿐인 레굴루스가 갸우뚱하며 말했다.

"미안, 미안해. 그만 실수했지 뭐야. ──너희에게 아무 일도 없어서 정말 다행이야."

"──────."

"그럼 나는 용무가 있으니까 다른 방에 있을게. 아아, 너도 결혼식 전까지 머리를 묶어 올리는 편이 낫지 않을까. 그편이 훨씬 매력적일 거야. 그대로라도 충분히 예쁘지만 더욱 예뻐질 노력은 빼먹어선 안 되지. 물론 충족된 현재에 만족하는 나이긴 하지만 더욱 좋아지려고 하는 너를 부정하지는 않고말고. 자신을 좋아해 주는 상대에게 잘 헌신하는 건 인간으로서 최소한의 예의라고 생각하거든."

레굴루스는 지금의, 한순간의 파괴를 아무것도 아닌 것처럼 말하며 에밀리아에게 미소 지었다. 그러고는 서로 부둥켜안은 아내와 아내 후보를 두고 냉큼 방을 나가 버렸다.

"방금 그거, 뭐였어⋯⋯?"

하얀 등이 멀리 사라지자 에밀리아는 긴 숨을 내뱉으며 그렇게 중얼거렸다.

정말로, 의미를 모르겠다. 흉행의 이유도, 파괴의 수단도, 두 가지 의미로 의미불명이다.

"⋯⋯살려 주셔서, 감사합니다."

그렇게 말하고 멍하게 있는 에밀리아의 품속에서 184번이 빠져나갔다. 그녀는 직전의 동요를 표정에서 지우고는 자신의 흐트러진 머리를 정돈하면서 일어섰다. 그리고 레굴루스에게 파괴당한 방 입구를 치우기 시작했다.

"잠깐! 그런 거, 이상해! 당신은 방금 죽을 뻔했는데!"

조금 전 흉행을 수용하며 다른 작업을 시작하는 184번의 자세에 에밀리아는 항의했다.

확실히, 레굴루스의 존재는 위협적이고 그 행동과 발언에는 다른 사람이 알지 못할 약속을 깔고 있을 가능성이 다분히 있지만, 그렇다고 하더라도.

"내가 안 잡아당겼으면 온몸이 빵 터졌을 거야. 몸도 떨고 있었는데."

"떨고 있는데, 뭐죠? 살려 주신 데 대한 감사는 표했어요. 그 이상을 제게 바라지 마세요. 그 이상은, 권리의 침해가 아닌지?"

"권리나 의무 얘기는 안 했어! 더 중요한, 소중한 것을 얘기하는 중이라고!"

184번은 에밀리아와 정면으로 마주 보는 것을 고집스럽게 피했다. 그렇게 마음에 자물쇠를 채운 것이 그녀의 자위 수단임을 에밀리아도 알고 있다.

알고 있지만, 아는 것과 받아들이는 건 이야기가 다르다.

"레굴루스는 평등이라고 그랬었지. 그렇다면 성당에 있는 부인들도 다들 그래? 다들, 레굴루스의 태도에 겁먹고 눈치를 살피며 웅크리며 지내고 있어? 부인이니까, 죽을 뻔했어도 잠자코 받아들이고…… 그런 건 이상해!"

"그런, 부부의 형태도 있다는 것뿐이에요. 같은 처우가 되면 당신도 조만간 익숙해질 거예요. ……익숙해지지 못하면, 그뿐이고요."

필사적으로 호소하는 에밀리아에게 대꾸하는 184번은 고개를 돌려 쳐다보지도 않았다. 이미 보는 세상이 다르다고 말하는 듯한 거절을 그녀의 등에서 느낄 정도로.

"그런 건 이상해……. 결혼이란 행복하고 행복해서, 행복한 사람들이 하는 게 아니야? 내게는 당신도, 다른 사람들도 행복하게는 안 보여. 내가 틀렸어?"

"──네. 틀렸어요. 행복하지 않아도 결혼은 할 수 있어요. 부부는 서로 사랑하지 않아도 될 수 있죠. 줄곧 함께 있으면 부부가 될 수 있어요. ──부부에, 익숙해져요."

184번은 자신이 원해서 이 자리에 선 것은 아님을 부정하지 않는다. 그러고서 지금의 처지는 긍정한다. 그것은 삐뚤어지고 잘못된 자세다.

결혼은, 부부는, 되고 싶은 것이지 익숙해지고 싶은 게 아닐 텐데.

"서방님의 말씀에 따라 주세요. 방에 돌아가 쉬시길. 드레스는 벗어도 상관없어요. 식 전에 머리를 묶으러 뵐 테니까요."

"──────."

그 말을 끝으로 184번은 잔해를 정리해 방을 청소하는 작업에 집중했다. 그 등에 말을 걸려고 해도, 올바른 말이 에밀리아의 머릿속에서 떠오르질 않았다.

무슨 말이든 레굴루스에게 손도 발도 못 내민 지금의 에밀리아로는 설득력이 없다.

그것을 분해하듯 에밀리아는 뻗으려던 손을 거두고 세게 주먹을 쥐었다.

──세게, 주먹을 꾹 쥐었다.

2

"──좋아. 이걸로 준비 다 됐어!"

세게 쥔 주먹으로 이마를 닦은 에밀리아는 눈앞의 자기 작업물에 만족스레 끄덕였다.

184번에게 거절당해 처음 침실로 돌아온 에밀리아는 그대로 자신의 무력함에 맥을 추지 못하고 홧김에 자거나 하는 식으로 귀염성 있게 풀 죽지 않았다. 물론 자신의 무력함에 풀 죽은 것은 사실이지만 그 이상으로 기운을 냈다.

시키는 대로 하도록 힘으로 강요당하는 184번이나, 레굴루스의 아내가 된 다른 여성들, 그 사람들을 그대로 놔둘 수는 없다. 그렇게, 마음이 타올랐다.

하지만 아우성치고 날뛴다고 레굴루스의 고집을 꺾을 수는 없겠지. 힘에 힘으로 대항해 봤자 더 강한 힘에 눌릴 뿐이다.

그래서 에밀리아는 스바루를 본받아 다른 방책을 찾기로 했다.

"스바루라면, 아무것도 생각 안 하고 부딪치진 않는걸. 우선 준비를 해야 해."

말하면서 에밀리아는 눈앞의 침대── 그 위에 눕힌, 에밀리아 입장에선 자신과 똑 닮은 얼음상에 시트를 덮고 자는 모습을 위장했다. 이걸로 일단 입구에서 안을 엿보는 정도라면 진짜 에밀리아가 아니라고 들키지는 않을 터.

그렇게 식을 치를 시간까지 쉬는 자신을 연출한 에밀리아가 무엇을 하느냐면──

"어, 영차."

방 창문에서 쏙 빠져나온 에밀리아는 정보 수집에 나섰다.

손을 들어 건물 외벽에 얼음의 발판을 만들고는 그것을 뛰듯이 사뿐히 건너 쉽사리 방에서 탈출했다. 이대로 도망치는 것도 가능하지만 그것은 여타 사정 때문에 기각하고 주위 환경의 탐색에 임했다.

"역시 여기는 수문의 제어탑이었구나."

일단 맨 처음 건물의 꼭대기로 간 에밀리아는 자신이 잡혀 있던 장소의 전체상을 파악하고 그것이 기억에 있는 제어탑과 일치함을 확인했다.

──제어탑이 점거되어 대수문의 개폐 수단이 마녀교에 넘어 갔다. 그 사실을 과시하듯 탑 옥상에는 보기만 해도 흉흉한 붉은 깃발이 걸려 있다.

그리고 저 붉은 깃발은 아무래도 다른 세 제어탑에도 걸려 있는 듯했다.

"네 탑을 한꺼번에 빼앗기는 바람에 움직일 수가 없구나……."

에밀리아는 남보랏빛 눈을 가늘게 떠서 아득히 먼 곳에 있는 다른 제어탑의 상태를 육안으로 확인하고 골똘히 생각했다.

문 하나만 열려도 그만한 대수해가 발생했다. 지금 에밀리아가 이 탑을 얼음덩이로 만들어 말 그대로 기능을 동결시켜도 다른 세 탑이 있다.

"내 몸이 네 개 있으면 좋았을 텐데……."

그러면 네 곳의 제어탑을 한 번에 얼릴 수도 있었다. 그리고 자신이 네 명 있으면 둘이서 공부를 서로 가르치면서 한 명은 요리를 배우고 한 명은 스바루와 대화할 수 있다. 한 번에 여러 문제가 해결되는데, 세상은 그렇게 쉽지 않은 법이다.

"속 썩여 봤자 내 몸은 하나밖에 없어. ……그러니까 누군가와 힘을 합치는 법인걸."

에밀리아의 믿음직한 동료들과, 왕선 후보자들은 도시 탈환을 위해서 움직일 터다. 누구나 에밀리아보다 훨씬 머리가 잘 돌아가고 힘도 강하고 할 줄 아는 것도 많다.

하지만 깜빡 적에게 잡힌 사람은 에밀리아밖에 없을 것이다. 즉, 적을 내부에서 탐색할 수 있는 사람은 에밀리아뿐이다.

──자신은 한 명이다. 자신은 깜빡 실수로 고립했다. 자신은 적진 안에 있다.

그런 절망적인 상황을 머릿속에서 역전시켰다. 그것이 나츠키 스바루에게 배운 것.

"바로 옆에 성당이 있으니 이 제어탑은 3번가에 있는 탑일 거야……. 대죄주교가 많이 있으니까 누가 어느 탑에 있는지 알면 도움이 될 거고."

에밀리아 생각에 싸움의 우열은 실력 차이보다 상성 문제 쪽이 더 크다.

레굴루스와 시리우스는 강대한 적이지만 아군의 조합에 따라서는 승패가 변동한다. 아쉽게도 레굴루스만큼 강대한 존재를 어떻게 쓰러뜨릴지 에밀리아에게는 상상이 가지 않지만.

"있는 걸 알면, 스바루 쪽이 무찌를 방법을 고민해 줄 테니깐."

거기에는 절대적인 신뢰를 두고, 에밀리아는 자신의 역할을 다하고자 옥상에서 날았다.

하얀 드레스 옷자락을 펄럭이며 얼음의 발판을 구사해 단숨에 하강했다. 그 모습은 옆에서 보면 그야말로 상식을 초월한 마녀의 소행으로 생각했겠지만 지금 이 도시에서 고개를 들어 마녀교의 깃발이 걸린 탑을 응시할 용기가 있는 이는 적다.

그 덧없는 은혜를 입으면서 에밀리아는 제어탑을 날 듯이 날려나갔다.

3

"──저기 말이야. 내가 지금, 그런 시답잖은 얘기나 하고 싶은 줄 알아?"

그 짜증 어린 목소리가 들린 순간, 에밀리아는 큼직한 얼음 발판에 착지하고 외벽에 등을 기대며 숨을 죽였다. ──바로 배후, 성당의 어느 방에서 레굴루스의 목소리가 났다.

——이 단시간, 제어탑 주위를 뛰어다닌 에밀리아는 몇 가지 수확을 얻었다.

우선, 제어탑 주변에는 레굴루스 외의 마녀교도—— 그의 아내들을 예외라 치면, 그러한 인영은 하나도 눈에 띄지 않았다. 설마 싶지만 몰래 대수문의 제어 장치가 있는 방에도 다가가 봤으니 탑의 경비는 구멍투성이라고 해도 무방하다.

방심인지 여유인지, 레굴루스 단독의 힘을 생각하면 당연한 경계도인지. 어쨌든 레굴루스 외를 경계하지 않아도 되는 건 분명히 낭보라고 여겨진다.

그러나 이것만으로는 아직 보람이 적다. 더, 뭔가 결정타가 될 정보를 입수해야 한다. ——목소리가 들려온 것은 그렇게 생각하자마자였다.

방의 창문 밖, 에밀리아는 그 바로 아래에 발판을 만들고 숨어서 실내 상황에 귀를 붙였다. 레굴루스와 누군가의 대화지만 창졸간에 뛰어들 수 있게 긴장을 높였다.

만약 짜증을 내는 레굴루스의 대화 상대가 아내 중 누구라면, 184번에게 겨눈 흉악성이 그 사람을 덮칠지도 모른다. 그것은 꼭 막아야 한다. 만약 에밀리아의 반항이 들키더라도.

"_____."

에밀리아는 입술을 다물고 손안에 얼음 거울을 만들어 내어 방 안을 엿보았다. 차가운 거울면에 비친 것은 성당 2층에 있는 관계자의 대기실이었다.

제어탑과 달리 성당의 실내 장식은 식장에 어울리는 장엄한 것이어서, 그 대기실도 화려함은 없을지언정 어딘가 장려하고 온화한 인상을 빚어내고 있다.

──그 중심에 하얀 옷을 몸에 걸치고 살벌한 분위기를 풍기는 인물이 서 있지만 않았다면.

"……아무도 없어?"

얼음 거울을 기울여 실내를 둘러본 에밀리아는 눈살을 찌푸렸다. 실내에 레굴루스 말고 다른 인영은 눈에 띄지 않았다. 그렇다면 방금 그건 커다란 혼잣말이었나. 그렇더라도 전혀 의외가 아니었지만 시력을 집중한 에밀리아는 바로 그렇지 않다고 알아차렸다.

레굴루스는 분명히 누군가와 대화하는 중이었다. ──자기 손바닥의, 거울을 보면서.

"몇 번씩 말했잖아? 나는 단지 운명의 신부를 맞으러 왔을 뿐이라고. 그리고 그 신부와 만났으니 결혼식을 올린다. 결혼은 축복받아야 할 일이지 실수로라도 훼방당할 게 아냐. 그런 음습한 짓을 하는 건 남의 행복을 시샘하는, 천한 정신성을 가진 작자뿐이지. 물론 너희가 그런 쓰레기인 건 아는 바다마는."

상대에 대한 배려가 전혀 느껴지지 않는 발언으로 레굴루스가 거울 너머에 있는 누군가와 대화 중이다.

그 거울은 『대화경』── 멀리 있는, 한 쌍을 이루는 거울의 주인과 대화할 수 있는 『미티어』다. 그 거울을 이용해 레굴루스는 이곳에 없는 누군가와 말을 나누고 있었다.

"딱히 너희의 움직임 따위에 관심없다고, 나는. 다만, 수문의

개방…… 그건 탐탁지 않군. 예정에 없었던 일이야. 멋대로 그
딴 짓을 해서 내 신부를 불안하게 하다니, 좋은 결혼식을 망치
고 싶은 거야? 신부의 얼굴을 어둡게 하고 행복한 결혼이라는
내 인생에서 가장 떳떳한 무대를 더럽히다니…… 내 권리의,
중대한 침해다."

이야기하면서 짜증이 깊어지는 레굴루스. 그 기척에 뒷목이
지져지는 감각을 맛보면서 에밀리아는 레굴루스의 대화 상대
가 마녀교라고 예상했다.

그것도 아마 조금 전 도시에 일어난 대수해와 관계가 있는 상
대로──.

"흡──."

"네 탑은 여기서도 마침 일직선으로 잘 보여."

거울과 대화하는 레굴루스가 갑자기 창문을 열어젖혔다. 그
창문 바로 밑에 있던 에밀리아는 느닷없는 그 행동에 목구멍에
서 나오려는 비명을 참았다. 그대로 머리 위의 레굴루스가 알아
채지 못하기를 기도하면서 숨을 죽이고 엿듣기에 정신 집중.

다행히 레굴루스는 에밀리아의 존재를 알아채지 못한 채 창틀
에 몸을 기대 대화를 이었다.

"이 정도로 보이는 거리라면 이 위치에서도 네 탑을 날려 버릴
수 있어. 충고해 두겠는데 나와 너를 동격이라고 생각하지 마
라. 이게 명령인 걸 몸에 새겼으면…… 뭐?"

저편의 정경을 응시한 레굴루스의 발언, 거기서 거울의 대화
상대가 도시 맞각에 있는 제어탑에 있다고 에밀리아는 파악했

다. 그 상대는――

"수문을 연 건 네가 아니야? 이봐, 이봐. 그건 웬 발뺌이래? 아까 방송으론 그토록 잘난 척 협박질도 했었잖아. 그런데 그런 말을 해 봤자 설득력이 없지. ……속 검은 거짓말하지 마라, 추한 고기녀가."

"―――."

"뭐 됐어. 내 요구는 전했다. 네 허접한 연설로 도시 녀석들도 나와 신부의 결혼식을 훼방 놓자고는 생각 안 하겠지. ……식장 준비가 끝나는 대로 나는 결혼식을 하고 이런 도시에서는 퇴장할 거야. 그때까지 열심히 자기 목적을 이루라고."

레굴루스가 내뱉듯이 말하고 대화경의 덮개를 닫았다.

그리고 레굴루스는 홀로 창 저편의 정경에 눈을 가늘게 뜨고서 자신의 앞머리를 잡고는 뇌까렸다.

"뭐가 쥐새끼가 쫄랑거리고 있단 거야, 어이없군. 자기 주의력이 못 미친 걸 뒷전에 두고 충고 비슷한 발언을 하다니, 참으로 소인배의 긍지란 느낌이라 속이 훤히 보인단 말이지. 자기가보기 좋게 당했다고 근성이 썩은 것에도 정도가 있군. 썩은 건근성만이 아닌가."

진정 밉살스럽게, 같은 쪽에 소속된 상대에 대한 욕설을 내뱉는 레굴루스.

창밖에서 그 뇌까림을 듣는 에밀리아만이 레굴루스가 품는 타인과의 단절, 누구와도 절대로 양립하려고 하지 않는 어두운 절망을 확실하게 감지했다.

그리고 그때──.

"──서방님, 지금 괜찮으신지요?"

"……들어와."

문을 노크하는 소리가 나고 레굴루스의 대꾸를 들은 여성이 대기실에 발을 들였다.

184번과는 다른 사람인, 그러나 아름답게 꾸민 여성이다. 감정이 얼어붙은 눈과 표정이라 그녀 또한 레굴루스의 아내 중 한 명이라고 한눈에 알았다.

"식장의 준비가 진행되고 있습니다. 실내 장식에 착수했습니다만…… 내부는 서방님께서 직접 지시하신다고 하셨기에 모시러 올라왔습니다."

"아아, 벌써 그렇게 시간이 지났나. 그렇구나. 그랬지. 그러기로 하자."

치마를 잡고 고개를 조아린 여성에게 중얼거리면서 레굴루스가 끄덕였다. 창문 곁을 떠나 레굴루스는 그 여성과 동행해 대기실에서 나갔다.

문이 닫히는 소리가 나고 레굴루스의 기척이 멀어졌다. 대기실에 정적이 내려앉았다.

"하아…… 위험했어. 조금만 더 있었으면 목소리가 나올 뻔했어."

가슴을 쓸어내리고 정적을 가늠하던 에밀리아가 폴짝 창문에서 방으로 들어왔다. 아직 마나에는 여력이 있지만 방금 공방 때문에 정신적인 소모가 크다. 한고비 넘은 기분으로 심호흡하면서 에밀리아는 훔쳐 들은 내용을 정리했다.

"여기서 일직선으로 보이는 제어탑…… 여기가 3번가일 테니까, 정면에 있는 건 1번가의 제어탑이지. ——아까 얘기로 보면, 거기에 있는 건 『색욕』의 대죄주교."

레굴루스가 있던 위치에 서서 창문으로 같은 정경을 바라본 에밀리아는 그렇게 확신했다.

직접적인 이름은 나오지 않았지만 '방송을 하던 당사자'라는 점이나, '고기녀'라는 멸칭으로 생각하면 대화경의 상대는 『색욕』의 대죄주교임이 틀림없으리라.

이걸로 1번가의 『색욕』과 3번가의 레굴루스의 거처는 특정했다. 이걸 아는 것만으로도 다소는 스바루 쪽에 이바지할 수 있을 것이다.

문제는——

"어떻게 이 사실을 스바루 쪽에 전하면 되느냐구나."

에밀리아는 팔짱을 끼고 어째야 하나 갸우뚱했다.

손에 넣은 정보의 공유, 여기가 가장 큰 난관이라고 할 수 있었다. 기왕 쓸모 있는 정보를 입수했음에도 불구하고 이것을 전할 수 없어서야 아무런 의미가 없다.

에밀리아에게 떠오르는 수단은, 예를 들면 제어탑 꼭대기에 큰 얼음판을 만들어 거기에 전언을 큰 글씨로 쓰는 정도지만 그건 여러 사람에게 들켜서 실패할 것 같다.

차라리 에밀리아가 직접 황급하게 모두에게로 찾아갔다가 아무 일도 없던 것처럼 제어탑에 돌아온다는 건 어떨까.

"아무리 그래도 그렇게 오래 나가 있으면 들킬 거야……."

확실히 레굴루스의 경계는 구멍투성이지만 그걸 기대한 행동은 무궤도나 무계획과 아무 다를 바 없다. 그런 불리한 도박에 많은 사람의 생명을 걸면 안 된다.

"뭔가, 제대로 된 수단이 있으면…… 어라?"

열심히 골머리를 썩이면서 자기도 모르게 대기실을 둘러보던 에밀리아가 눈썹을 치켜세웠다. 얼음의 손거울 너머로 엿본 인상과 다를 바 없는 방, 그 안쪽의 서무 책상에서 신경 쓰이는 것을 발견했기 때문이다.

그것은 책상 위에 번잡하게 내던져져 난잡하게 구르던 『대화경』이다.

방금까지 레굴루스가 사용하던 것이지만 불필요해져서 내던지고 간 모양이다. 책상 위의 그것을 들고 에밀리아는 찬찬히 감촉을 확인했다.

"이 『미티어』가 아무 거울과도 연결된다면 편할 텐데……."

공교롭게도 대화경은 그렇게까지 편리한 『미티어』가 아니다. 대화 가능한 대상은 어디까지나 쌍을 이루어 운용하도록 술식을 새긴 대화경뿐이다. 개중에는 한 쌍이 아니라 여러 거울을 대상으로 삼은 대화경도 존재하지만, 기본적으로 거울의 대화 상대는 항상 일정.

이 대화경을 기동해도 연결되는 상대는 『색욕』의 대죄주교뿐이다.

"『색욕』 사람과도 한번 얘기해 봤으면 좋겠는데."

지금은 침착하게 대화도 할 수 없고 에밀리아의 단독 행동이 들킬 뿐이다. 그러므로 현실적으로 생각해 대화경을 이용한 정보 공유 작전은 체념할 수밖에 없다.

혹은 이 자리에서 거울을 깨 버리면 레굴루스가 다른 마녀교도와 연계를 취할 수 없어질 가능성은 있지만——

"하지만 안 깨도 별로 협력하는 분위기가 아닌데, 어쩌지."

괜한 위험을 무릅쓰고 레굴루스에게 '쥐새끼'의 존재를 확신하게 하는 것도 바람직하지 않다. 그런 고뇌에 에밀리아가 머리를 감싸 안고 있으려니, 변화가 일어났다.

——책상에 둔 대화경이 기동해 하얀빛이 닫힌 거울을 덮개 안쪽에서 비춘 것이다.

"와."

놀란 에밀리아는 무심코 책상으로부터 한 발짝 거리를 벌렸다. 하지만 그동안에도 대화경의 빛의 호소는 그치지 않았다. 이것은 거울 너머의 상대가 응답을 요구하는 반응이다.

나머지는 단순히 거울 덮개를 열면 상대와 연결된다. ——에밀리아는 판단하기 곤궁했다.

당연하지만 거울 너머에서 응답을 요구하는 상대는 마녀교의 관계자, 그것도 『색욕』일 가능성이 높다. 응답할 이점 없는 건 방금도 고찰한 바와 같다. 하지만 대화경에서 이것저것 누설한 레굴루스의 예도 있다. 무조건 이 상황에 눈을 감는 것도 생각할 여지가 있다.

그렇게 고민하고 생각한 끝에 에밀리아가 고른 선택은——

"――에잇."

대화경을 반대쪽으로 돌리고 자신이 비치지 않도록 덮개를 여는 행위였다. 이로써 대화경끼리는 접속하지만 에밀리아의 모습은 상대에게 보이지 않는다. 상대도 바로 이변을 깨달을 거라고는 생각하지만 뭔가 깜빡 실수로 흘릴 이야기가 있으면 행운이다.

그런 에밀리아의 꿍꿍이는 예상과 전혀 다른 방향에서 거둬졌다.

『――이크, 반응이 있었군. 근데 아무도 안 비치잖아. 뭐야? 듣던 얘기랑 다른데. 뭔가 실수했나?』

"어?"

연 대화경에서 들린 것은 예상과 다르게 남자 목소리였다. 철석같이 『색욕』의 연락이라고만 여기던 에밀리아는 허를 찔렸다.

하지만 놀람은 그뿐만이 아니다. 그 들린 목소리를 들은 기억이 있었기 때문이다.

오늘 아침도 숙박한 『물의 날개옷 여관』에서 들은 목소리로――.

"――알? 알 목소리 맞지?"

『……이보셔, 진짜냐. 이 패턴은 고려 안 했다고.』

대화경을 뒤집고 거울면에 비친 상대를 본 에밀리아는 남보랏빛 눈을 깜빡였다. 그곳에 비치던 것은 칠흑의 투구로 머리를 가린 프리실라의 시종, 알이었다.

당연히 알 쪽에서도 에밀리아의 얼굴이 보인다. 대화경을 손에 든 상대가 에밀리아였다는 사실에 표정은 보이지 않을지언정 알 또한 동요하고 있었다.

『아─, 우연인걸, 아가씨. 왜 이 대화경을 들고 있어?』

"실은 지금, 몰래 이것저것 조사하는 참이었어. 그래서 마침 대화경을 조사하는 중이었는데…… 맞다!"

『뭐, 뭐야?』

"저기, 알. 스바루 일행과 연락은 돼? 전해 줬으면 하는 말이 있어."

지인이 대화경을 든 기적에 눈을 빛내며 에밀리아는 이 기회를 유효하게 활용하려고 몸을 기울였다. 그 기세에 "어, 엉." 하고 알은 뒤로 몸을 젖혔지만.

『그……렇지. 아가씨가 무사하다거나, 구해 주길 바란다거나 형제에게 전하고…….』

"3번가의 제어탑에는 레굴루스라는 하얀 머리 남자 대죄주교가 있어. 그리고 1번가의 제어탑에는 『색욕』의 대죄주교가 있나 봐. 3번가에 다른 마녀교도는 없지만 레굴루스는 엄청 강한 느낌이 있어. 방심하지 말라고 해 줘."

『─────.』

"다른 탑에 대해서도 조사했으면 좋았겠지만 시리우스가 어디에 있는지는 모르겠더라. 하지만 방송 문제가 있으니 베아트리스는 제대로 지켜 달라고 해 주고. 응, 저, 그리고 또……."

『──잠깐만.』

손가락을 꼽으며 전해야 할 말을 입에 담는 에밀리아에게 알이 제동을 걸었다.

그의 나지막한 부름에 에밀리아는 어리둥절한 표정으로 "왜?" 하고 되물었다.

『아가씨가 터프하고 하이퍼 포지티브한 건 알았어. 근데, 그 왜, 그 밖에 달리 더 할 말이 있잖아. 지금의, 자신이 놓인 상황을 생각하면.』

"열심히 생각하고 행동한 결과인데…… 더 좋은 방법이 있었어?"

『그게 아냐! 그게 아니라…… 그런 식으로 드세게 이것저것 안 해도 되는 거 아니냐는 소리야. ……붙잡힌 공주님이잖아?』

"응……."

거울 너머로 강하게 주장하는 알, 그 서슬에 에밀리아는 숨을 집어삼키고 눈을 일렁거렸다.

『그렇게, 강하지 않아도 되잖아. 형제…… 나츠키 스바루에게 도움을 청해도…….』

"알, 미안해. 걱정 끼쳐서. 으응, 고마워. ──하지만 괜찮으니까."

『괜찮다니…….』

"나, 강한 척하는 게 아니야. 그리고 이런 말하면 이상할지도 모르지만."

거기서 말을 끊고 에밀리아는 꿋꿋하게── 아니, 자연스럽게 미소 지었다.

적지에서, 단 혼자서, 강대한 존재가 가까이 있고, 인생 최대의 궁지임이 틀림없는데도.

"──스바루가, 나를 구하러 올 건 의심 안 해. 그러니까, 구하러 와 준 스바루가 위험하지 않게, 내가 해 둘 수 있는 일은 다 해 두고 싶거든."

『────.』

그것은 에밀리아의 의심할 여지 없는 본심이다. 스바루는 반드시 에밀리아를 구하러 온다.

그런 그에게 그저 구해지기만 해서는 안 되는 법. 그것이 에밀리아가 결심한 각오다.

"알, 부탁해. 프리실라에겐 나중에 제멋대로 부탁한 거 내가 사과할 테니까……."

『……진심으로 나중이 있다고 의심 안 하는군. 아아, 제길, 대단하기도 하셔.』

알이 투구 이음매와 걸쇠를 만지면서 깊은, 정말로 깊은 한숨을 쉬었다.

『알았다. 아까 얘기, 형제 패거리에게 똑바로 전해 주지. 아가씨는 안심하고 얌전히 붙잡힌 공주님 노릇이나 해. 뒷일은 백마 탄 왕자님이 어떻게든 해 줄걸.』

"왕자님이 아니라, 스바루가 어떻게 해 줄 거라고 생각하는데……."

『아─ 그러게! 형제지! 내가 잘못했다! 분위기 잡다가 실수했어, 부끄럽다! ──진짜로, 얌전히 있으라고. 조크가 아니라고.』

"응, 알았어. 알도 조심해. 부탁할게."

까부는 어조로 말한 뒤, 진지한 음성으로 충고하는 알에게 에밀리아는 끄덕였다.

그 마지막 말을 듣고 알은 "헹." 하고 콧방귀를 뀌고 대화경을 닫았다. 그걸로 에밀리아가 가진 대화경에서도 빛이 꺼지고 단순한 거울로 변화했다.

"……다행이다. 이걸로 스바루 쪽에 똑바로 이야기가 전해지겠어."

생각지 못한 형태로 정보를 공유할 좋은 기회가 생겨서, 에밀리아는 웬일로 자신의 행운에 감사했다.

대화경을 책상에 도로 놓고 대기실에 자신이 있던 흔적이 남지 않았나 확인했다. 그리고 다시 창문으로 몸을 날려 성당에서 제어탑에 있는 침실로 되돌아갔다.

일단 정보 수집 목적으로 에밀리아가 뛰어다니는 건 이쯤이 한도일 것이다. 대화경이 우연히 알과 연결되는 우연이 다시 한 번 오리라고 생각할 수도 없다.

그리 생각하니 정말로 운이 좋았었다. 마녀교가 아닌 누군가에게 전언을 부탁한 것만으로도 파격적인 행운이지만, 그 상대가 알이었으니 더할 나위가 없다.

──알이라면 반드시 해내 줄 게 틀림없다.

"……어라? 왜 나, 그렇게 자신만만한 거지."

알에게 맡겨 만전의 대비를 갖춘 기분이 드는 자신에게 에밀리아는 의문을 품었다. 그러나 바로 그 의문의 답은 멍하니 떠올랐다.

알에게는 어딘가, 스바루와 비슷한 인상과 분위기가 있다. 아마, 그 때문일 것이다.

──그리고 다음에 있을 일을, 허둥지둥 얼음 발판을 건너는 에밀리아는 깊이 생각하지 않았다.

4

──신부가, 데려가줄 백마 탄 왕자님을 기다리고 있다.

메신저를 자칭한 알이 에밀리아가 전하는 말이라고, 그렇게 장담했다.

그 말에 스바루는 숨을 집어삼켰다. 그리고 천천히 그 말을 꿀떡 넘기며 말했다.

"뭐가 거짓말이고 농담이고 안 한단 거야, 이 자식이, 에밀리아가 그렇게 센스 있는 발언할 리 없잖아, 날려 버린다."

"나 참, 주종 모두 혼신의 유머가 안 통하고 그러냐. 자신감 잃겠다, 진짜로."

"네 자신감 따위 알 바냐! 그쪽이야말로 장난은 그만 치고 슬슬……."

어깨를 툭 떨구고 낙담을 숨기지 않는 알을 스바루가 호통쳤다. 그대로 진의를 짚지 못할 그의 본심을 캐내고자 앞으로 한 걸음을 내디딘 순간.

"──대장!"

"워어?!"

방에 굴러들어와 일직선으로 달려든 충격에 가로막혔다.

강렬한 위력에 억 소리를 낸 스바루는 크게 뒤로 물러서서 홀랑 넘어가는 것을 막았다. 가까스로 충격을 받아 흘리고 허리를 쳐다보니 거기에 매달린 금발의 뒤통수가 보였다.

부르는 소리와 그 머리를 보고 그게 몇 시간 만에 보는 아우임을 금세 알았다.

"가필, 무사했냐! 너, 엄청 갑작스럽게……."

"그건 이 어르신이 할 소리지! 대장이야말로 위험한 줄 알고 이 어르신은, 나는……!"

"야, 야야, 설마 너, 우는 거냐……?"

"안 울어! 그냥, 조금 마음이 위험할 참이었을 뿐이지…… 대장도, 오토 형도, 에밀리아 님도 베아트리스도, 다들 말이야…….."

푸들거리는 목소리와 머리를 붙이고 얼굴을 내보이지 않는 자세를 보고 혹시 우는 것인가 우려하는 스바루. 그런 그를 향해 가필이 고개를 들고 엉망진창인 표정으로 말했다.

가까스로 눈에 눈물은 없지만 귀까지 벌건 얼굴은 한계가 코앞인 상태다. 하지만 그걸 놀려 먹을 상황도 아니다. 실제로 가필의 심적 고통은 짐작하고도 남았다.

가필과 함께 프리스텔라에 왔던 멤버는 전원이 의식 또는 안부가 불투명한 상태다. 하물며 호위인 그 혼자만 건재한 상태로 남겨졌다니, 가필이 맛본 절망은 상상만 해도 딱하다.

그 결과 가필은 이 몇 시간, 아나스타시아 일행의 의견도 듣지
않으며 스바루를 찾아 도시를 내달리는 상황이 됐으니까.

"걱정 끼쳐서 미안했다. 보다시피 난 무사해. 일부, 검어지긴
했지만……."

"허? 검어져? 건 또 뭔데……."

"일단 그냥 흘려들어. ──그래서 너와 가필이 거의 같은 타
이밍에 이곳에 얼굴 내민 건 우연이냐?"

스바루는 물음표를 띄우는 가필의 머리를 쓰다듬고, 그 머리
너머에 서 있는 알에게 물었다. 그 질문에 알은 "그래도 되냐?"
하고 갸웃거렸다.

"아우와의 감동 어린 재회잖아? 딱히, 찬찬히 해 줘도 얼마든
지 기다려 줄 건데?"

"그럴 순 없다고 내 안의 성급쟁이가 야단 피워서 말이야. 그
래서 어떤데?"

"성급쟁이 양반이 그런다면 별수 없지. ……그래. 형제 생각
이 맞아. 공주님의 메신저를 맡은 건 좋지만 나로선 좀체 자유
롭게 도시 안을 어슬렁거릴 수가 없어서. 알잖아?"

스바루의 질문에 끄덕이면서 알이 언외로 도시의 위험함에 동
의를 요구했다.

그의 말이 가리키는 건 사냥감을 찾아 도시를 방황하는 아수
등의 적성 존재일 것이다. 혹은 시리우스의 권능으로 충동에 지
배되어 이성을 잃은 도시의 주민도 포함할지 모른다.

"그래서, 도시청사로 가던 알 경을 가필이 발견했다고?"

"……이 어르신은 어디까지나 물에 쓸려간 대장을 찾고 있었는데. 수문이 열린 바람에 도시가 단숨에 씻겨나가서 대장 냄새도 지워졌더군. 그래도 필사적으로 냄새 쫓다가 겨우 그럴싸한 냄새를 발견한 줄 알았더니……."

"나였다고. 아니, 그 풀 죽은 모습은 형제에게도 보여주고 싶더라. 아무 잘못도 안 했는데 내 죄책감이 장난 아니었다고."

알은 스스럼없이 말하지만 가필에게는 웃을 이야기가 못 되리라. 아니나 다를까 가필은 속이 뒤틀린 표정으로 날카롭게 알을 노려보았다.

"시끄러워, 겁쟁이 자식. 애초에 이 어르신은 니를 데리고 올 맘도 없었어. 니가 에밀리아 님한테 전언을 맡았단 말만 안 했으면."

"그건 피차일반이지. 나도 그 아가씨의 메시지가 아니면 일부러 여기까지 오잔 생각도 안 했을걸. 공주도 못 찾았으니까."

지난번 알의 별도 행동 선언도 있어서 가필과 그의 상성은 꽤 나쁘다. 스바루는 물어뜯는 가필을 손으로 제지하고 일부러 둘 사이에 끼어들었다.

"자기 나이의 반도 안 되는 상대를 놀리는 게 아니야. 그리고 프리실라 말인데, 여기가 아니라 4번가 쪽에서 내가 만났다. 릴리아나…… 도시의 『가희』와 함께 있고, 그 슐트란 애를 찾느라 피난소 돌고 있더군."

"진짜냐. 나랑 형제의, 주인님과의 엇갈림이 미쳤네. ……건강하디?"

"신바람 난 것 같더라. 그건 좀 수수께끼더군."

프리실라에게 시리우스의 권능이 먹히지 않는 건 타인과의 공감성이 없어서인 줄 알았지만, 어째 완전히 그런 것만도 아님을 마지막에 알았다.

그리되면 권능이 미치는 효과는 개인마다 차이가 있거나, 아니면——

"그카서, 아까부터 계속 미루던데…… 결국 알 씨는 에밀리아 씨의 전언을 받은 기가? 아니믄 장난치는 기가?"

진전이 없는 화제에 참다못한 아나스타시아가 마침내 알에게 직접 물었다.

그 말에 알은 "전자야." 하고 투구의 걸쇠를 손가락으로 만지작거리면서 대답했다.

"도움을 기다린다, 그렇게 말하던 것도 거짓말이 아니야. 근데 핵심은 딴 거야. 그 아가씨, 상대의 소굴에 있단 걸 이용해서 적의 배치를 누설하시더라고."

"적의 배치를 누설하다니…… 에밀리아땅이? 그렇게 똑똑한 짓을?"

"스바루, 너는 에밀리아 님의 기사일 터 아닌가. 주군에 대한 말에 주의하도록."

저도 모르게 반사적으로 튀어나온 말을 율리우스가 나무랐다. 어쨌든 알이 가져온 에밀리아의 전언은 모든 각도에서 의외성으로 넘친 것이었다.

그리고 실제로 그 정보가 내려 준 은혜는 헤아릴 길 없다.

"1번가의 제어탑에 『색욕』이 있고, 3번가에는 백발의 대죄주교가 있다고. 그놈은 마녀교도를 데리고 있지 않다고도 했었어. 그리고 베아트리스는 소중히 하라대."

"마지막 부분 포함해서 꽤 중요한 얘기군. ……엄청 도움되잖아."

대죄주교의 배치 정보를 긁어모아 어떻게든 알에게 건넸다.

그러려고 에밀리아가 얼마나 위험한 도박에 나섰을지, 전혀 말이 통하지 않는 레굴루스를 아는 스바루가 보자면 그녀의 결사적 분전은 상상하기 어렵지 않다.

그건 그렇고——

"알, 너는 에밀리아와 어떻게 연락을 취한 거야? 지나가다 떡 마주쳤다, 같은 상황이 아닐 거잖아."

"말했잖아. 어쩌다 그런 거야. 운이 따른 좋은 거지. 거리를 걷던 때에 마녀교 놈들의 대화경을 주웠거든. 그게 아가씨 쪽에 연결됐을 뿐이야."

"그거, 뭔 강운이래……?"

성실하게 대답할 마음이 없는지 알의 이야기는 이만저만 구체성이 결여된 게 아니었다.

단지 몽땅 거짓말도 아닐 것이다. 넉살이나 농담도 아니다.

왠지 확고한 진지성도 느껴진다고, 스바루는 믿을 수 있었다.

"데려온 이 어르신이 말하기도 뭐한데, 대장. 이 자식 믿을 수 있는 거야?"

"믿어. 마지막의 베아트리스 걱정이 무지무지 본인 같았어."

"_____."

"물론 그것만이 근거는 아니지만…… 이런 상황에서, 그런데도 포기하지 않고 자신의 최선을 다해 주고 있어. 나는 에밀리아의 그런 점을 믿고 싶어."

에밀리아는 긍정적으로, 우직하게 애쓰고 있다. 그 사실만 믿을 수 있다면, 스바루는 그녀를 구하기 위해 일어설 수 있다. 그녀처럼 긍정적으로, 우직하게, 발버둥 칠 수 있다.

"뭐, 너무 힘내다가 앞뒤 안 가리지만 않으면 고맙겠지만……."

"그건 나도 동감이군. 적진인데 너무 기운차다 싶더라, 그 아가씨."

실제로 에밀리아와 말을 주고받은 알의 반응을 보자면, 붙잡힌 공주님이 그토록 어울리는 외견이면서도 전혀 그렇게 굴지 않은 모양이다.

그런 게 정말 에밀리아다워서, 스바루는 자랑스러웠다.

"그래서 아가씨의 메시지를 전한 차에 내 일은 끝냈는데…… 여기는 무슨 모임이고, 뒤에 있는 커다란 『미티어』는 뭐에 쓸 거지?"

"모임은 당연히 마녀교로부터 도시를 되찾자 부대 본부. 뒤쪽의 『미티어』는 온 도시에 목소리를 보내는 방송용 아이템이자…… 상황을 바꿀, 히든카드야."

"허어."

물음에 고개를 든 스바루가 일종의 확신을 담아 말하자 알이 웃었다. 하지만 그 알 대신에 옆의 가필이 화들짝 놀란 표정을 지었다.

그는 와들와들 날카로운 송곳니를 떨며 스바루를 바라보다가 물었다.

"상황을 바꾼다니, 뭔가 떠오른 거냐, 대장."

"그래, 별것 아닌 방법을. ──아나스타시아 씨, 이 『미티어』 사용법은 알겠어? 모르겠으면 아는 사람이 있어 주면 고맙고."

"……이 정도라믄 내라도 움직이는 기야 어렵지 않데이."

가필에게 대답한 스바루가 시선을 돌리자 『미티어』를 바라본 아나스타시아가 대꾸했다. 스바루는 그 대답에 "좋아." 하고 끄덕이고서 빙글 주위를 둘러보았다.

실내에 있는 건 가필과 알, 그리고 율리우스와 아나스타시아 네 명── 상담역으로서 충분히 자격이 있는 이들이다.

"알다시피, 현재 도시의 피난소는 『분노』의 권능 영향으로 폭발 직전의 화약고야. 연기만 나는 거라면 괜찮지만 언제 불이 붙을지 모를 노릇이지. 안 그래?"

"엉, 틀린 말이 아냐. 대장 찾느라 이 어르신도 여기저기 피난소를 둘러봤지만……."

단시간에 도대체 뭘 목격했는지 가필의 낯빛은 어둡고 표정은 침침했다. 동료 외에 다른 이들도 염려되는지 조마조마한 낌새가 애처롭다.

그 모습을 흘긋대며 스바루는 일단 이야기 쪽을 우선했다. 스바루의 의도대로 풀리면 가필이 떠안고 있는 염려도 동시에 해결될지도 모르기 때문이다.

"마녀교의 방송하고 지금 도시의 상황…… 호전할 조짐이 없는디 숨어만 있으믄 불안이 자꾸자꾸 커지는 게 당연하데이. 그게 남과 함께 있으믄 확 부풀고. 피난소의 구조가 악화를 불러서…… 아이다. 피난소가 없어도 사람이란 서로 다가가기 마련이니께네."

"그렇기에 『분노』의 힘은 악질이다. 고독을 깊어지게 하고 마음이 닳게 하며 생명마저 위협해. 도저히 용납할 수 없다."

아나스타시아의 말을 받아 율리우스가 목소리에 고요한 분노를 띠며 말했다.

그 모습을 힐끔 쳐다본 아나스타시아가 여우 목도리를 어루만지면서 스바루를 응시했다.

"──나츠키가 뭘 하고 싶은지 내도 얼추 알았다카이."

"하긴 그렇겠지. 이 방에, 『미티어』의 무사까지 확인했다면 알다마다."

머리를 긁으면서 스바루는 아나스타시아의 연두색 눈에 쓴웃음 지었다.

두 사람의 대화를 보고 율리우스와 알 두 사람도 이해가 된 눈치로, 방 안쪽에 자리 잡은 『미티어』로 눈길을 돌렸다.

딱 한 명, 아직 스바루의 의도를 모르는 가필만이 고개를 갸우뚱했다.

"뭐야……? 대장, 대체 뭘 저지를 작정인데?"

"요컨대, 형제는 이렇게 생각한 거야. 이, 『분노』의 권능을 역이용해 주겠다고."

"역이용이라니, 그건 무슨⋯⋯."

"──시리우스의, 『분노』의 권능이 도시 사람들의 불안한 마음을 조장하고 있어. 그 계기는 『색욕』의 성격 더러운 방송이지. 그렇다면."

"마녀교가 불안을 부추겼듯, 우리가 희망을 되살리면 되지."

율리우스의 말에 스바루는 힘차게 끄덕였다.

시리우스의 권능은 감정의 공유 · 증폭── 그렇다. 어디까지나 공유와 증폭에 불과하다. 원래 있는 감정을 증감이야 할 수 있어도 없는 것을 심는 힘이 아닐 터다.

그렇다면 한 번이면 족하다. 불안이 만연한 도시를, 희망으로 덧칠할 수만 있으면.

"그 희망을 퍼뜨려 비슷하게 온 도시를 뒤덮을 수 있을 거야."

"아──! 그, 그런 뜻이냐! 확실히, 그거라면 서로 죽이는 사태는 안 벌어져! 고개 숙이던 놈들도 기죽은 채로 있을 수 없어져⋯⋯!"

스바루의 결론에 눈을 빛내며 가필이 가슴 앞에 주먹을 맞부딪쳤다. 대기가 호쾌하게 터지는 소리가 나고 가필이 "해 보자고!" 하고 큰 입을 벌렸다.

"『미티어』라면 여기 있잖아. 시간이 아까워. 당장⋯⋯."

"잠깐. 그라케 쉬운 야기가 아이야. 내도 생각 안 해 보진 않았으니께."

"아앙? 왜 막고 그래. 니도 지금 도시가 어떤 상황인지 알 거 아냐."

"알고 있고, 가필에게 안 질 맨치 내도 생각한다. 그라카니 쉽게 결단을 몬 한다. ……방송을 들은 마녀교가 우째 움직일 끼 같나?"

아나스타시아의 신중한 질문에 가필이 "으." 하고 목이 메였다.

"도시청사를 공격한 보복으로 마녀교는 본보기처럼 수문을 열었데이. 그거랑 같은 일이 일어나믄 이번엔 문을 안 닫을지도 모른데이."

"나도 그게 무서워. ……다만 그 얘기에도 한 가지 의문점이 있단 말이지."

불안점의 지적에 동조한 다음 스바루는 율리우스를 쳐다보았다. 그 시선에 율리우스는 "뭐지?" 하고 눈을 가늘게 떴다.

"들려 다오. 의문점이란?"

"……나는 의식이 없었으니 애매한데, 카펠라 있는 곳에서 나와 크루쉬 씨를 데리고 나온 게 흑룡으로 모습이 변형된 사람이었지. 그리고 그 직후쯤에 수문에서 물이 흘러나와 싸움은 중단, 내가 물에 떨어져서 떠내려갔다는 게 맞아?"

"그럴 거야. 일련의 흐름은 내 기억과 일치해. 그게 왜?"

"순서가 이상하지 않아? 그리고 열린 수문은 어디 수문이었어?"

"어느 수문이라니, 확실히 그건 1번가의…… 아."

기억을 헤집어 의문에 대답하려던 아나스타시아의 눈이 동그래졌다. 그에 뒤늦게 율리우스도 "그렇군." 하고 작게 중얼거렸다.

"열린 건 1번가의 수문이었어. 에밀리아 님 말씀이 옳으면……."

"그때, 『색욕』은 탑을 비웠을 거잖아? 수문의 타이밍도 이상해. 왜 우리가 도망치는 걸 거드는 것처럼 물이 흐르고 바로 문이 닫힌 거지? 마녀교 놈들이 하는 짓은 확실히 지리멸렬하지만…… 룰은 있을 거야."

마녀교가 하는 짓이라며 생각을 관두는 것은 어리석은 짓이다.

대죄주교는 확실히 모두가 상식의 틀 밖에서 행동하는 이차원의 사고를 가지고는 있다. 하지만 그래도 놈들은 놈들 딴에 자신의 조리에 맞는 행동을 하고 있음이 분명하다.

그러한 비상식에 비추어 봐도 수문 개방이라는 사건은 납득이 가지 않는다. ——거기에는 마치 마녀교와는 다른 의사가 작용한 것처럼 느껴져서.

물론, 이게 완전히 헛짚은 생각일 가능성도 있지만——

"놈들은 『미티어』를 부수지 않고 방치하고 갔어. 우리가 없어졌으니까 놈들은 이곳을 떠나기 전에 추가 방송을 하고도 부술 시간이 충분히 있었는데."

"즉, 우리가 『미티어』를 쓰는 건 이미 감안했다는 기가? 그런 짓 해싸서 그노마들에게 무슨 이득이……."

"——이유 따윈 없어."

아나스타시아의, 몰이해에 떨리는 목소리를 알이 막았다. 그는 낮은 목소리로, 무심코 말해 버렸다는 투로 혀를 차다가 스바루 일행의 눈초리에 느릿느릿 고개를 가로저었다.

"놈들은 우리가 하는 짓에 아무 생각도 없어. 진 적이 없고 지는 건 생각해 본 적도 없지. 용이 발밑 개미의 작전을 왜 신경 쓰겠어?"

알이 내뱉은 말은, 스바루에게는 유독 확신이 있는 것처럼 들렸다.

"―――――."

쓸데없는 말을 했다는 듯 알이 스바루 일행으로부터 시선을 돌렸다.

오늘은 도통 그의 그답지 않은 태도가 자주 눈에 띈다. 이것도 『분노』의 권능 탓인가. 그렇다면 그것은 분노와 슬픔 중, 무엇이 증폭된 결과인가.

한 가지 확실한 것은, 알은 스바루 일행이 도시청사 공략에 나서기 전, 『폭식』의 대죄주교에 관해 조언해 줬다. ――알은, 마녀교에 대해 뭔가 알고 있다.

다만 그 부분을 캐물어 봤자 대답하지 않을 것임을, 알의 태도로 알 수 있다.

그렇게, 스바루가 생각한 순간에――

"――방송 제안, 찬성해도 된데이."

"아나스타시아 씨……."

스바루와 같은 결론에 이르렀는지 아나스타시아가 반대 의견을 고쳤다.

이 작전의 장애물은 마녀교가 어떻게 나올지 모른다는 것뿐이었다. 그 장애물이 해소됐다면 남은 관문은 하나뿐.

"누가, 뭐라고 말해서 도시 사람들을 북돋을까데이."

"누가 뭐라고 말해야 한다면……."

스바루는 아나스타시아의 말에 눈살을 찌푸리며 『미티어』에 시선을 돌렸다.

이 도시청사에서 방송해서 도시에 있는 사람들을 희망을 북돋고 그 마음에 똬리를 튼 불안을 내쫓는다. 그러기 위해서 가장 어울리는 건——

"그야, 여기는 아나스타시아 씨가 나설 때지. 왕선 후보자에, 지명도도 있잖아. 아나스타시아 씨 입으로 싸우자고 의사 표명을 하면……."

"이런 걸 지가 말하기도 뭐하지만도, 내 말에 그만한 효과를 기대하긴 어려울 끼다. 진짜, 역부족을 인정하는 것 같아서 성질난다만도."

"————."

아나스타시아가 스바루의 제안을 기각하고 고개를 저었다.

그 의미를 모르겠다. 왜냐면 아나스타시아의 입장은 왕선 후보자이며, 이 프리스텔라에 사는 사람들도 당연히 공식적으로 발표된 그녀의 입장을 알고 있으니까.

그 지명도는 수문도시는커녕 왕국에서도 비견할 사람이 거의 없다.

"지명도 야기만 갖꼬 된다믄야 확실히 내는 조건이 좋제. 그 걸로 잘 풀린다믄 내도 기꺼이 먼 말이든 다 한다. 근디 그게 안 그렇데이. 현재 내 이름에 마녀교의 불안을 쫓아낼 힘은 읎어.

무명의 누군가보다는 기대할 수 있다, 정도가 한계구마."

"그, 그래도!"

"그래선 의미없데이. 나츠키도 알잖나? 필요한 기는 희망. 불안에 지배된 사람들의 마음을 단숨에 떠밀고 끓어오르는, 그런 희망."

아나스타시아의 자기 평가와 단언에 스바루는 뒷말을 잇지 못했다.

본심을 말하면 그런 그녀의 저자세를 질타하고 생각을 바로잡고 싶다. 그러나 다른 누가 아닌 아나스타시아 본인이 지금의 자신의 무력함을 분하게 여기고 있다.

"_____."

하얗고 조그만 주먹이 자책감에 떠는 모습을 보고 스바루는 답답한 기분을 곱씹었다.

아나스타시아 역시 생각 없이 이런 말을 꺼내는 건 아니다. 그 반대다.

생각에 생각을 거듭했기에 자신으로는 이 역할에 부족하다고 옳게 판단했다.

"주둥이로 속이믄 된다는 야기라믄 몬 할 끼야 없제. 열 명 중 다섯 명이라믄 내가 속여도 상관없데이. 근디 나츠키가 하고 싶은 긴 고거하고 다르지 않나. 제 살을 벤다는 판단을 싫다며 부정한, 나츠키의 생각하곤."

"그건…… 그럼, 크루쉬 씨라면 어때? 왕선 자리에서도 백경전 때도, 크루쉬 씨의 말에는 힘이 있었어. 그 사람의 말이라면……."

"……하모야. 크루쉬 씨 말이라믄 분명히 있었데이. 하지만 도 그것도 전까지의 크루쉬 씨 야기. 지금의 크루쉬 씨에게 그 힘은 옰어. 하물며 지금의 크루쉬 씨를 여기에 끌고 나와서『미티어』앞에 세우기는 불가능하데이."

"_____."

스바루만이 이 눈으로 크루쉬의 용태를 확인하지 못했다. 그렇기에 아나스타시아의 침통한 표정을, 율리우스와 가필이 보인 연민을 이해할 수 없었다.

페리스와 빌헬름의, 비통한 기색이 뇌리에 어른거렸다.

"그럼 율리우스는 어때? 너라면 그 자격이……."

"……미안하다. 네 기대에, 나로선 부응할 수 없어."

"응…… 율리우스는 내 자랑스러운 기사, 근위기사단의 정예이기도 하데이. 하지만도 율리우스 본인의 무훈이 마녀교한테 울매나 통하긋나? 지명도란 의미라믄 내가 더 낫고, 말주변도 포함한다믄 역시 내 쪽이 승산 있을 정도데이."

크루쉬는 일으켜 세울 수 없고, 율리우스의 추천도 당사자와 주인 둘로부터 튕겨났다.

그렇다면 남은 가능성은 빌헬름이나 리카드가 될까. 혹은 지금도 도시 내의 피난소를 돌고 있는 프리실라와 릴리아나를 데려오면──.

"……저기 말이야."

기껏 떠오른『분노』대책이 모조리 부정당해 괴로워하는 스바루 옆에서 가필이 손을 들었다.

그는 녹색 눈을 동그랗게 뜨며 그 맑은 눈초리로 스바루를 보더니, 말했다.

"──그거, 대장이 하면 안 되는 거야?"

"……뭐?"

가필의 한 말에 스바루는 완전히 허를 찔려서 얼빠진 소리를 냈다.

입을 쩍 벌리고 뭔 소리를 떠드느냐고 어안이 벙벙했다. 설마, 이 상황에서 가필이 농담이나 장난을 시작하다니──.

"_____."

그런 생각은 곧게 자신을 응시하는 아우의 눈빛에 산산이 부서졌다.

생각이 부서져 사고에 공백이 생겼다. 거기서 가필은 세게 발을 내디뎠다.

"대장밖에 없어. 왕선 후보자라도 부족하고, 왕국의 근위기사도, 모두가 이름을 아는 『검귀』도 아냐. 대장이라고. 그도 그럴 게, 그렇잖아?"

"가필……."

"마녀교의 대죄주교를, 『나태』를 쓰러뜨렸단 명함, 다른 누구도 못 가졌어. 그게 지금, 이 도시에서 제일…… 제일 큰 의미가 있어."

가필의 말에 열기가 담기고 시선에도 조금씩 힘이 깃들었다. 소년은 이빨을 딱 한 번 세게 부딪히고 우러르듯 스바루를 바라보았다.

"마녀교에 점거당한 도시에, 마녀교의 대죄주교를 쓰러뜨린 남자가 있다. 이보다 더 어울리는 누가 있을까 봐. 있다면 그놈은 『검성』 라인하르트거나 나츠키 스바루뿐이야! 대장! 댁뿐이라고!"

"웃──."

다가선 가필이 두 팔을 펼치며 포효하듯 말했다.

그 기세에 눌려 스바루는 무심코 뒤로 한 걸음 물러섰다. 그 등이 바로 등 뒤에 서 있던 누군가와 부딪혔다. 힐끔 보니 호리호리한 장신이 스바루의 등을 받치고 있었다.

율리우스다. 그 또한 가필과 비슷하게 스바루를 바라보며 주억거렸다.

"내도 같은 의견이었데이. 누구더러 시킬 거믄 나츠키밖에 읎다고."

"아나스타시아 씨까지……."

율리우스 뒤에선 아나스타시아가, 목도리에 자신의 입가를 묻으며 고개 숙이고 있었다.

그 표정에는 방금 이야기하던 자신의 역부족에 대한 분개가 있으며, 그럼에도 동시에 도시를 지키고자 하는 의사를 높이 가진 책임자로서의 고요한 이해가 있었다.

일이 이 지경에 이르러서야 스바루는 비로소 자신이 짊어진 큰 기대, 그 존재를 깨달았다.

"너도 마찬가지냐? 율리우스. 너까지, 진심으로?"

"──기억하고 있나, 스바루. 네가 왕성에서, 왕선 자리에서, 많은 기사들 앞에서 큰소리쳤던 일을. 그 뒤, 내가 너를 연병장에서 때려눕힌 일을."

스바루의 물음에 한 박자 띈 율리우스가 되물었다. 그 말에 스바루는 가볍게 숨을 집어삼키다가 그대로 그 숨을 내뱉으며 대꾸했다.

"공교롭지만 세 손가락에 꼽힐 대반성과 굴욕의 시간이라고. 잊으려 해도 잊을 수 있을까 보냐."

"나도 똑똑히 기억하고 있고말고. 네 근거 없는 선언도, 기사를 저주한 추태도, 그 뒤에 백경과의 싸움에 참가해 종국에는 『나태』 토벌마저 이뤄낸 것도."

"_____."

"이 도시에 있는 누군가의 목소리가 불안에 떠는 사람들에게 일조한다면…… 너야말로 적합하다고 나는 생각한다. 적어도 네가 손을 거들라고 말하면 나는 거들겠어. 네 요구에 응할 사람은 가필을 비롯해 많이 있겠지만 그 안에 나도 있을 거다. 그 사실을 기억해 주도록 해."

그것은, 그것들은, 터무니없을 만큼 무거운 신뢰 위에 성립한 서약이었다.

"_____."

스바루는 자신에게 모인 기대의 크기에 놀라 숨을 죽였다. 눈앞이 아찔했다.

고개를 돌려 아나스타시아를 보았다. 그녀가 끄덕였다.

뒤돌아 이번에는 가필을 보았다. 그는 이빨을 보이며 주먹을 내질렀다.

율리우스 또한 변함없이 스바루를 보고 있다. 돌아서니 우아하게 고개를 끄덕였다.

——이런 과대평가가 어디 있는가.

"_____."

빌헬름이나 크루쉬, 라인하르트에게서도 느낀 적이 있다.

그들은 스바루의 존재를 지나치게 착각하고 있다. 오해하고 있다.

그 사람들이 훨씬 더 훌륭하고, 훨씬 더 노력하고 있으며, 까마득히 존귀한데.

그들이 당연한 것처럼, 지당하다는 듯이 스바루를 칭찬하고 손을 뻗어서 친근하게 말을 걸어 주는 것이 스바루를 줄곧 괴롭히고 있었다.

존경하는 상대에게, 대등하게 대해 준 상대에게, 결코 닿지 않는 상대에게, 그런 식으로 인정받는 것이 기쁨만을 선사하지는 않는다.

불안했다. 언젠가 진짜 자신이 폭로된 순간, 필시 그들을 실망시킬 거라고.

진짜 스바루가 한심하고, 약하고, 속절없는 존재라고 깨달은 순간, 필시 그들은 서글픈 눈을 하고 여태까지의 언동을 후회한다.

줄곧 그렇게 생각해왔다. 그런데도——

"——대장."

가필이, 아나스타시아가, 율리우스가 여전히 스바루에게 그 것을 기대한다.

스바루는 언제나 무게에 찌부러질 것 같아 필사적인데, 필사적인 것만으로는 부족하다는 듯이 잇달아 무게 추가 얹혔다.

이것이, 이것이 나츠키 스바루가 걷는 길.

──과거, 단 한 명의 소녀에게 맹세한, 그 소녀만의 영웅이던 소년이 걷는 길.

언젠가는 그 소녀만의 영웅일 수 없어질 스바루가 짊어져야할──.

"──망설일 거면 관둬 버려, 형제."

그, 뺨이 굳어 가는 스바루의 고막을 갈라진 호소가 때렸다.

고개를 들었다. 정면, 어두운 눈초리가 스바루를 보고 있다.

"이 자식, 이 마당에 이르러서도 여전히 그딴 소리나 나불거리냐……!"

끼어든 알에게 가필이 분노까지 드러내며 앞으로 나섰다. 그대로 거리를 좁혀 가필의 팔이 알의 굵은 목을 움켜쥐었다. 그렇게 언제든 목을 부러뜨리겠다는 듯한 자세로 가필이 알을 노려보았다.

"닥치고 있어! 니가 대장의 뭘 알아? 안다는 투로 지껄이지 마!"

"너야말로 안다는 투로 입을 털고 있지. 대장이란 건 마법 주문이냐? 어떤 상황이든 타개해 주는, 슈퍼맨의 이름이냐고."

"으──."

차가운 어조로 내뱉은 알이 자신의 목을 잡은 가필의 팔을 만졌다. 그 순간, 가필이 안색을 바꾸며 알을 잡고 있던 팔을 날래게 거두었다.

그, 자기 반응의 이유를 모르겠단 표정의 가필에게 이번에는 반대로 알이 얼굴을 들이대어 검은 투구와 가필의 이마가 충돌했다.

"퍽 기대기만 하는 것 같은데, 여기에 있는 놈이 그렇게 거창한 남자냐. 치고받으면 네가 더 세. 꾀를 비교해도 저기 아가씨한테도 기사한테도 못 이겨."

"시끄러워! 니가 대장에 대해 왈가왈부하지 마! 이 사람이, 이 어르신에게 얼마나……."

"죄다 등에 지고, 그래서 어떻게 된다면야 대단한 거지. 주역의 그릇이야. 근데 대다수의 보통 사람은 그런 역할은 지고 있질 않아. 나는 물론 형제도 그래. 그런데 왜 그렇게 등에 얹지 못해 안달이야. ……불쌍하지도 않냐."

마지막에 덧붙이는 듯한 한마디에 가필의 표정이 흔들렸다.

방금 알의 말에 무슨 생각을 했는지, 득달같이 물어뜯으려던 기세가 한풀 꺾였다.

"이봐, 형제. 형제한테는 그 아가씨가 가장 중요한 거 아니었냐고."

몸을 뺀 알이 가필 너머로 스바루에게 물었다.

답변을 듣기 전부터 알의 목소리에는 실망한 듯한 감이 있다. 이미 답을 아는 질문을 한 것 같은, 전혀 기대하지 않는다는 듯 흥이 가신 감이.

"_____."

아나스타시아와 율리우스 두 사람은 아무 말도 하지 않고 말 없이 둘의 대치를 지켜보았다.

이미 할 말은 다 했다. 남은 판단은 스바루가 해야 마땅하다고 맡겼다.

"이, 이 어르신은…… 아, 대, 대……."

고개를 들자마자 바로 내리며 가필이 할 말을 헤맸다. 망설였다. 평소처럼 대장이라고 스바루를 부르려다가 그 말이 품은 의미를 떠올리고 구체화하지 못했다.

유일하게 스바루에게 아무런 기대도 하지 않으려는 남자가 말을 거듭했다.

"나는 공주를…… 프리실라를 위해서 행동한다. 그래서 다른 녀석들은 전부 뒤로 젖힐 심산이야. 나와 공주, 그 밖에는 슐트나 구하면 대박이지."

"알……."

"형제도 그러라고. 아가씨…… 에밀리아만 구하고 헌신하면 돼. 어차피 마녀교 놈들 따위 밟아도 밟아도 솟아나는 해충이야. 묻지마 범죄 같은 거라고. 상관할수록 손해만 보지."

알의 그 말은 왠지 매달리듯 미덥지 못한 목소리였다.

알의 생각은 또 하나의 답이긴 했다.

마녀교 놈들이 해충이라는 건 스바루도 완전히 동감이다. 얽혀 봤자 아무런 이득이 없다. 그 말도 부정할 도리가 없는 사실이었다.

하지만 상황은 얽히고 놈들은 스바루 일행과 관계해 왔다. 튀는 불똥을 털기 위해서라도 스바루는 행동해야만 한다.

알이 보자면 그게 왜냐는 의문으로 연결될 것이다.

물론 에밀리아가 잡혀 있다는 절박한 상황이 있는 건 사실이다. 다만 만약 에밀리아와 무관계하다고 해도 아마 스바루는 도망치는 선택지를 택하지 않을 것이다.

그건 필시——

"횡단보도가 빨간 불일 때 아이가 도로로 튀어나가면 이유를 생각하기 전에 손을 잡아당겨 인도로 데려오잖아. ……아마 그런 느낌일 거야."

"————."

스바루의 답변에 알이 숨을 집어삼켰다. 알만이, 숨을 집어삼켰다.

다른 세 사람에게는 의미를 모를 대답, 그것이 유독 스바루의 가슴에 착 와 닿았다.

"복잡한 생각은 안 해. 내가 여기에 있었으니 할 수 있는 만큼 하고 싶어. 손이 못 미치는 일이 많은 것도 이 도시에서 충분히 맛봤어. 근데."

전부 손이 미치지 않았다고 치는 건 비겁하다는 생각이 든다.

그것은 나츠키 스바루가 해서는 안 되는 일이라고 생각한다.

"——만약 할 거라면, 형제. 형제가 지금부터 짊어질 건 영웅 환상이다."

——영웅 환상.

처음에 이 방에 들어오자마자 알이 스바루에게로 던진 들어 본 적 없는 단어.

알은 끝까지 스바루로부터 눈을 피하지 않으며 말을 이었다.

"져선 안 된다. 꼭 이겨야 한다. 희망을 떠메고 기대를 짊어지고 미래를 가리키며 싸우는 거야. 여기서 결단하면 그래야만 해."

"……지면 안 되는 거야 늘 그렇잖아."

"무게가 달라. 형제의 패배는, 형제의 패배만으론 안 끝난다고."

알의, 말뜻을 잘 모르겠다.

스바루의 싸움은 늘 그랬다. 스바루가 졌을 때, 잃어버리는 것은 스바루만이 아니다. 스바루가 패배하면 스바루가 지키고 싶은 모든 것을 잃는다.

언제나 그렇다. 그러지 않을 때라곤 없다.

패배해도 잃지 않고 넘어갈 수 있다면 애초에 싸우고 싶지 않다.

그런데도 스바루가 싸우는 건 싸워야만 지킬 수 있는 게 있기 때문이다.

그리고 그것은 오늘 이 순간, 터무니없이 크고 많다.

"뭐야. 그럼 평소랑 다를 게 없네."

"———."

숨을 내뱉고 결심했다.

방금까지 그토록 술렁이던 가슴이 가라앉고 유난히 시야가 맑았다.

얼굴이 보이지 않는 데도 눈앞에 선 알이 숨을 죽이며 멍해진 걸 알 수 있었다.

"가필, 망설이지 마. 하던 대로 불러."

"——아."

"처음에는 낯 뜨겁다 싶었는데, 지금은 이미 정착했어. 그 기대에 부응할 수 있을지 없을지까진 보증 못하겠지만 할 수 있는 한은 야무지게 할게."

직전의, 망설이던 가필의 심정에 배려해 스바루는 그에게 웃어 줬다.

어쩐지 유난히 자연스럽게 웃은 느낌이다. 그 웃음을 보고 가필은 숨을 집어삼키다가 입을 벌렸다.

"대장…… 그래, 대장, 대장이야! 역시, 대장은 대장이야……!"

"못 알아먹겠다, 인마."

주먹을 쥐고 이빨을 떨며 곱씹듯이 연거푸 호칭을 주워섬기는 가필. 그 모습에 쓴웃음 지은 스바루는 등 뒤의 두 사람, 아나스타시아와 율리우스를 돌아보았다.

"아나스타시아 씨, 할게. 내 목소리로 어떻게 할 수 있다면 내가 하겠어."

"……괜찮은 기제? 여기서 한 번 희망이 되는 쪽을 고르믄."

"내가 할 일은 변함없어. 영웅, 괜찮네. 아니, 솔직히 쑥스러운 데도 정도가 있고 그렇게 자칭하는 건 좀 뭣하지만."

각오를 묻는 아나스타시아에게 스바루는 자신의 코끝을 가볍게 손가락으로 문지르고 말을 이었다.

"영웅 노릇이라면 1년 전부터 결심했었다고. 그러지 않으면 날 보는 애한테 부끄럽고, 내가 보는 애를 못 따라가니까."

"——그라나. 하믄 좋데이. 우짤 수 읎네. 머스마는 폼에 살고 죽는 법이니께네."

아나스타시아가 별수 없다는 듯 웃고 스바루의 가슴 앞에 주먹을 내밀었다.

그것은 아래층에서 하다 만, 미묘하게 헛물켜고 끝났던 의사를 공유한 증거—— 스바루는 그 주먹에 곧게 자신의 주먹을 맞댔다.

"삑사리 내도 웃지 마. 한숨도 쉬지 말고. 가능하면 묻지 마."

"웃지 않는다. 한숨도 안 쉬어. 끝까지, 자세를 바로 하며 경청하겠다."

"쳇."

아나스타시아 옆의 율리우스에게 쏘는 말을 던진 다음에 혀를 찼다. 그리고 스바루는 등 뒤, 우두커니 서 있는 알 쪽으로 고개만 돌리고 말했다.

"걱정해 줘서 고맙다, 알. ——덕분에, 각오가 섰어."

그 이상의 말은 걸지 않았다. 지금의 인사 또한 아마 알이 바란 것이 아니다.

하지만 필요하게 여겨졌기에 전했다.

"_____."

방 안쪽, 화제의 중심에 있음에도 침묵을 지키는 『미티어』와 마주 섰다.

이것 앞에 서서 무슨 말을 해야 할지 머릿속으로 고민했다.

물론 해야 할 내용은 정리되지 않았다. 정답이 있는지 없는지 알 수 없다.

그렇지만 불안과 고민은 왠지 어디에도 없다. 그게 신기했다.

평소랑 같다. 그리 생각하고 있기 때문일까.

——평소와 같이, 폼을 잡아야만 한다고 알고 있기 때문일까.

5

——피난소에는 침울한 정적이 깔려 있었다.

"————."

흐느끼는 것 같은 희미한 숨소리. 안절부절못하는 꿈지럭거리는이나 옷 스치는 소리.

정적을 불편하게 흐트러뜨리는 잡음을 들으면서 소녀는 무릎을 끌어안고 고개 숙이고 있었다.

금빛 머리의 작은 소녀다. 소녀는 안은 자신의 하얀 무릎에 턱을 싣고 바로 옆에 있는 무게—— 왼쪽 어깨에 기댄 어린 소년의 몸을 끌어안았다. 바로 좀 전까지 실컷 흐느끼던 소녀의 남동생이다. 지금은 울다 지쳐 부은 얼굴로 푹 잠이 들었다.

그 머리를 쓰다듬어 주려다가 소녀는 동생이 깰 가능성에 손바닥을 멈칫했다. 아마 잠들어 있을 수 있다면, 지금은 잠든 편이 훨씬 낫다.

잠든 숨결만은 편안한 동생의 얼굴을 바라보며 최소한 꿈속에서는 평온하기를 소녀는 빌었다. 꿈 밖의 현실은 아직 어린 동생에게는 가혹하기 그지없다고 여겼기에.

──도시 프리스텔라의 대수문, 그 제어탑을 빼앗았다는 선고가 있고 반나절이 지났다.

방송이 있던 아침, 동생과 외출했던 소녀는 도시 광장에서 그 선고를 들었다. 귀를 의심할 내용과 추악한 저주에 가득 찬 받아들이기 어려운 선언── 그 방송에 부모의 신변을 걱정하면서 소녀는 불안해하는 동생의 손을 끌고 주위 어른들과 함께 피난소로 도망쳤다.

예측 못한 사태가 발생하면 유도에 따라 피난소로 이동하라. 매일 아침 정례 방송에서 들어온 지시가 이런 형식으로 도움이 됐다. 솔직히 아침 방송은 『가희』의 노래 말고 성실하게 듣지 않던 소녀지만 어른의 선견지명에 순순히 혀를 내두를 판이다.

다만 피난소에 도망친 이후의 사건은 모든 어른들에게도 너무나 미지수였다.

──마녀교의 출현. 제어탑의 점거. 대수문의 지배와 요구, 그리고 대수해.

악랄한 여자의 욕설이 불안에 겁먹는 사람들의 마음을 혐오감으로 쥐어뜯기 시작했다. 들어 주기 힘든 욕지거리에 섞인 불온한 말들에는 도시를 절망으로 지배하기에 충분한 힘이 있었다.

어두컴컴한 피난소에 갇혀 외부와의 연락도 취할 수 없다. 호전할 조짐도 안 보이는 채로 한 번은 대수문이 열려 도시가 물에 삼켜지는 굉음마저도 들은 판국이다.

원래 도시의 피난소는 수해 대책을 위해서 지어졌다. 그렇기에 대수문이 열린 피해는 미미하긴 하나── 그래도 그것은 불안에 떠는 사람들의 마음을 산산이 깨트렸다.

처음에는 서로 격려하던 어조가 약해지고, 차츰 침묵에는 불안과 짜증이 섞이기 시작했다. 정신이 들고 보니 주위에 확연히 알 만큼 언짢음을 드러내는 사람이 나타나고, 그 분위기가 전염해 갈 곳 없는 불복과 불만, 고요한 광기가 가시로 변해 만연했다.

거기에, 대수문의 개문이 부른 대수해, 긴장의 실은 쉽게 끊어지고 붕괴를 불렀다.

서로 노려보며 욕하고 상처 입히고, 혹은 그대로 살인으로 발전할지도 모를 폭력적인 기운이 부풀어 올라 피난소의 분위기는 일촉즉발로 물들었다.

"앗──."

그리되지 않은 건 긴장의 실이 끊기기 직전에 소녀의 동생이 목청 높여 울부짖었기 때문이다.

폭발하려던 어른들에게도 짧은 금발을 흔들며 흐느끼는 어린애에게 행패를 부리지 않을 정도로는 양식과 긍지가 남아 있었다. ──그것도 아슬아슬한 지경이긴 했지만.

결과적으로 감정의 폭발은 동생의 울음소리로 미뤄졌다. 그걸 해낸 동생을 뒤에서 껴안고 소녀는 그 머리를 쓰다듬어 주면서 살짝 울었다.

그 뒤로 이 피난소에 다툼은 일어나지 않았다.

하지만 그것도 위태로운 균형 위에 성립한, 임시적인 평온에 지나지 않음을 다들 알고 있었다.

다음에 격발할 기회가 오면 이번엔 어린애의 울음소리로는 멈추지 못한다.

그걸 알고 있었기에 운명 공동체일 터인 피난소의 사람들은 서로 거리를 벌리고 서로를 자극하지 않을 환경에 둠으로써 자타의 방위에 애썼다.

자신을 위해서, 상대를 위해서, 관심을 끌지 않으며 고독 속에서 견디는 게 최선이라고.

심각한 표정으로 시간 경과를 기다린다. 기다리다 보면 뭔가 변할 거라고, 덧없는 희망에 몸을 맡기며.

"＿＿＿＿."

문득 그 예조를 알아챈 소녀는 고개를 들었다.

조용히 변화를 고대하던 소녀는 사소한 공기의 변화를 알아챈 것이다.

그와 같은 감각을 눈치채고 주위 사람도 몇 시간 만에 머리를 움직였다. 이 도시의 주민에게는 친숙한 감각, 이것은 도시청사의 『미티어』를 이용한 방송의 전조다.

그 감각을 맛본 소녀가 몸을 굳히고 목구멍에서 갈라진 날숨을 참았다.

변화는 바랐다. 하지만 그건 어디까지나 상황의 호전을 의미하는 변화다. 지금 이 도시에서 방송이 전하는 건 끔찍한 마녀교의 악의에 지나지 않는다.

다음은 그 날카로운 음성이, 무슨 생트집을 욕설과 함께 도시에 뿌려 대는가.

그러나 그런 소녀의, 도시 사람들의 비관적인 예상은──

『──아─, 어어, 음, 이걸로 제대로 모두에게 목소리가 들리나? 마이크 테스트 마이크 테스트, 원투 원투.』

뒤이어 들린, 왠지 미심쩍은 소년의 목소리에 뒤집혔다.

"──────."

그때까지의 방송에서 돌변해 자신감 없는 듯한 소년의 목소리. 매일 아침 귀에 익은 높은 남성의 목소리도, 야단스러운 『가희』의 목소리도 아닌, 들은 적 없는 목소리였다.

눈이 동그래지는 소녀. 주위 어른들도 무슨 일인지 얼굴을 서로 쳐다보았다.

그런 이쪽의 감개를 깨닫지 못한 채 소년은 그 뒤에도 몇 번쯤 확인하는 목소리를 넣다가 방송이 나간다는 확신을 얻은 다음 헛기침. 그리고──

『들리는 것 같아서 다행이야. 그래서 말인데, 일단 먼저 놀라게 해서 미안해. 이번엔 무슨 말을 들을까 봐 긴장하거나, 불안해진 사람이 많이 있었을 거야. 하지만 안심해 줘. 지금 이 방송 중인 나는 마녀교 인물이 아냐. 먼저, 그걸 말해 둘게.』

"……마녀교가, 아니야?"

『미티어』를 쓰는 데 익숙지 않은 소년의 목소리 음량이 자잘하게 오르락내리락했다.

다만 그 호소의 내용에 대한 놀라움이 앞서서 사소한 사실을 따지는 목소리는 전무하다. 방송이 울리는 머리 위를 쳐다보며 사람들의 어둡던 표정이 변화했다.

"그, 그럼, 살아난…… 건가?"

희미한 희망이 싹터 변화에 대한 기대로 누군가가 불쑥 중얼거렸다.

그 중얼거림이 의미하는 희망에 피난소의── 아니, 도시 거의 전원이 당도했다.

그래. 그 말이 맞다. 도시청사의 『미티어』를 마녀교가 아닌 인간이 이용하고 있다면, 누군가가 도시청사를 탈환했다는 뜻이다. 도시청사에서 마녀교를 쫓아낸 누군가가 있다면, 혹은 제어탑이나 도시 전체에서도 마녀교를──

"놈들을, 여기서 내쫓고……!"

『그리고 기대하게 해서 미안하지만 마녀교 놈들의 위협은 아직 사라지지 않았어. 도시청사는 되찾았지만 제어탑은 여전히 놈들 수중에 떨어진 채야. 도시가 수몰할 위험도, 그러기 위한 놈들의 요구도 아직 살아 있어. 미안하다. 그 사실도 전해 두겠어.』

"────."

그러나 그런 덧없는 희망은 싱겁게, 다름 아닌 방송하는 소년 자신이 깨뜨렸다.

그 소년의 말주변은 마치 피난소에 있는 사람들의 마음을 간파한 것처럼 정확했다. 싹트려던 희망을 즉시 꺾다니, 너무 무정한 행위가 아닌가.

불안에서 해방될 조짐이 착오라고 지적받아 희망이 서렸던 사람들의 눈이 다시 어두워졌다. 천재지변 같은 마녀교 대신 방송 중인 소년에게라도 분노의 창끝을 돌리려고 했다.

『──미안해.』

하지만 소년은 그런 화풀이 같은 군중의 감정마저 앞서 읽고 있었다.

『지금, 모두 어디서 이 방송을 듣고 있어? 피난소에 있는 사람들이나, 어쩌면 피난소에 도망치지 못한 사람들도 있을 거야. 다들 불안으로 한계일 테지. 무섭다고 무릎을 부둥켜안고 싶어질 기분도 이해해. 그런데도 일부러 모두의 기대를 부추기는 짓을 하는 너는 대체 뭐 대단한 놈이냐고 여기는 사람도 있을 거야.』

"_____."

『나는 대단한 놈도 뭣도 아니야. 모두와 마찬가지로 상황에 휘둘리며 부조리에 찌부러질 것 같고 쫄아서 다리를 떨고 있어. 그런 녀석이야. 이렇게 모두에게 호소하는 역할도 한바탕 옥신각신 한 다음에야 맡았어. 내게는 짐이 과하다고 지금도 생각 중이야. 원래라면, 이렇게 모두에게 얘기하기에 어울리는 사람은 달리 있어. 분명 그럴 거야.』

불안과 공포에 빠진 주민의 마음을 다 안다는 것처럼 대변하는 소년의 목소리는 떨리고 있었다.

이어서 이야기하는 것은 자기 자신의 가치를 의심하는 소년의 나약한 속내였다.

소녀를 포함해 군중의 태도는 미심쩍음과 낙담을 넘어서 오로지 의혹뿐이었다.

지금, 누구나 희망을 원하고 있다. 거짓이라도, 한때나마, 믿음직한 말을 바란다.

　그런데 어째서, 왜, 이런 소년이 『미티어』 앞에 서 있는가.

　그 밖에 어울리는 누군가가 있을 거라고, 방송하는 소년 본인도 말하지 않는가.

　그런데, 왜 그가――

　『하지만 지금, 이렇게 내가 얘기하고 있지. 나 따위보다 훨씬 대단한 사람들이 내가 해야 한다고 그렇게 말해 줬어. 그러는 데 의미가 있다고. ……내 목소리, 떨리지 않아? 남 앞에 서는 건 나에게 맞지 않거든. 훌륭한 말도 못하고 모두를 이끌어 갈 카리스마도 내게는 없어. 약하고 속절없어서, 이렇게 중대한 국면, 지금도 도망치고 싶어 못 견디는데…….』

　어조는 서서히 가라앉으며 듣는 쪽의 마음까지 나락 밑으로 끌고 들어간다.

　허약하게 쉰 목소리에 불안에 시달리는 가슴이 삐걱거리고 위장이 옥죄는 것 같았다. 목소리가 닿는 장소에, 손이 닿는 거리에 이 소년이 있다면 아예 입을 막아 버리고 싶다.

　"누나……."

　어느새 자고 있던 동생이 깨어나 소녀를 부르고 있었다.

　자신을 부르는 그 목소리에 소녀는 동생을 껴안으며 열심히 품속에 감쌌다. 동생의 귀에 이 약골의 목소리가 스며들지 않게끔, 약한 마음에 찌부러지지 않도록, 필사적으로.

　그렇게 동생을 지키는 대가로 목소리는 소녀의 고막을 흔들고 약한 마음의 길동무로 삼았다.

　소년의 목소리는 이어졌다.

『뭘 할 수 있을지 모르겠어서 귀를 막고, 머리를 감싸고, 웅크린 동안 남이 전부 해결해 주면 좋겠다는 소원을 진심으로 빌고…….』

　"——시, 러."

　눈을 꽉 감고 소녀는 실망과 비탄을 거부하듯 도리질했다.

　소년의 말은 피난소에 있는 사람들의, 이 도시에서 마녀교의 위협에 겁내는 모든 사람들의 마음을 읽고 대변한 것이나 마찬가지다.

　그것은 소녀 안에 똬리를 튼 약한 마음이며, 어른들의 마음 깊은 곳에 뿌리박은 나약함이고, 아직 작은 동생의 정신을 괴롭히는 공포이자, 누구도 손쓸 수 없는 절망이었다.

　그렇기에 그 대적할 수 없는 현실을 직시하게 하는 소년의 목소리가 소녀는 견디기 어렵다.

　견디기 어렵고, 무서워서, 그래서——

『——그런데도 도망칠 수 없으니까, 싸운다. 나는, 그저 그런 녀석이야.』

　그렇게 단언한 소년의 목소리가 여전히 떨리고 있었다는 걸 소녀는 믿을 수 없었다.

　"——어."

잘못 들었을까 소녀는 감던 눈을 부릅뜨고 머리 위를 쳐다보았다. 그곳에 목소리의 주인은 없다. 그저 주위도 비슷하게 얼떨떨한 표정을 짓고 있었다.

한 박자, 말을 고르며 목소리를 가다듬을 시간이 있었다.

그리고——

『한 번 더, 가르쳐 줘. 이 목소리를 듣는 사람은 지금 어디에 있어? 피난소에 도망쳤어? 자기 집에 숨어 있어? 혼자서 떨고 있진 않고? 누군가와 함께 있을 수 있어? 함께 있는 건 소중한 사람이야? 모르는 얼굴이라도 이 몇 시간에 낯 정도는 익혔어?』

"————."

『내가 멋대로 하는 말이고, 어려울지도 모르겠지만, 제발 혼자 있지 말아 줘. 혼자 있으면 시답잖은 생각만 떠오르는 법이야. 경험으로 알아. 이해해. 그러니까 혼자 있지 말아 줘. 누군가와 함께 있어 줘. 그리고——』

한 호흡 쉰 희미한 목소리가 망설임을 혀에 실으면서 말했다.

『그리고 가능하다면 함께 있는 누군가의 얼굴을 봐 줘.』

"————."

말에 인도받듯이 소녀는 느릿느릿 시선을 품속으로 내렸다.

동생이 자신을 바라보고 있었다. 불안하게 흔들리는 녹색 눈동자와 눈이 마주쳤다.

『지금, 누구 얼굴을 봤어? 소중한 사람일까, 아니면 이 몇 시간을 함께 지낸 모르는 상대일까. 친구일 가능성도 있겠지. ……아마 지독한 표정일 거야. 우는 얼굴이거나 괴로워하는 얼굴이

지, 웃는 얼굴은 없을 테지. 어쩌면 걱정 끼치지 않으려고 에써
웃으려는 사람이 있을지도 몰라. 있다면 그건 대단한 사람이야.
소중한 누군가가 만약 그렇게 웃고 있으면 자랑스럽게 여겨도
돼. 그렇게 생각한 다음에 알고 있는 웃음과 비교해 보면 돼.』

동생의 얼굴은 우는 얼굴이다.

엉망진창 구겨진, 다시 당장에라도 울기 시작할 듯한 얼굴이다.

그 동생의 눈에 비친 자신은 표정을 잃어버린 것처럼 공허한
얼굴이었다.

『──그걸, 용서할 수 있겠냐?』

"……싫, 어."

자그맣게, 가냘픈 목소리가 소녀의 입에서 굴러 나왔다.

허약하고 쉰, 자기 자신에게도 또렷하게 들리지 않을 음성이다.

그런데도.

『나는 용서 못해. 용서하기 싫어.』

이어지는 소년의 목소리는 마치 그것을 주워들어 준 것처럼
힘차게 울렸다.

──소년의 목소리가 이어진다.

『내게도 소중한 사람이 있어. 소중한 동료가 있어. 나는 그 소
중한 사람들이 괴로운 표정이나 슬픈 표정을 짓게 하는 놈들을
용서 못해. 억지로 웃음을 꾸미게 하는 것도 사절이야. 까불지
말라 그래. 사람을 물로 보고 있어. 내가 아는 이 애의 웃음은,
원래는 더 귀엽다고 따끔하게 큰소리치고 싶다고.』

"누, 나……."

『지고만 있을 순 없어. 내던지기만 해선 멋이 없어. 당하고만 있을 순 없어. 잘못된 건 저놈들이야. 잘못된 놈들에게 지는 건 못 참아. 그런 놈들에게 패배를 인정하는 짓, 난 하기 싫어.』

"프레드……."

힘없이 자신을 부르는 동생을 살며시 끌어안아 이마를 맞댔다.

전해지는 열이 있다. 뜨겁디뜨거운, 살아 있는 열이 있다.

동생의 것인지, 아니면 자신의 것인지 모르겠지만 열이 그곳에 있다.

──소년의 목소리가 이어진다.

『도망치고 싶어, 근데 도망칠 수 없어. 울고 싶어, 근데 울고 있을 수 없어. 적은 위험한데, 근데 지기 싫어. 그래서 싸울 거야. 약한 것도 머리가 나쁜 것도 전부 알지만 싸워 주겠어. 저놈들이 잘못됐어. 내가 좋아하는 사람들에게 울 것 같은 표정 짓게 하는 저놈들이 잘못이야. 그러니까 싸운다. 나는 싸울 거야. ──모두도 싸워 줬으면 해.』

"흑──."

숨이 막혔다. 순간적으로 목이 막혔다. 그런 자신의 약한 마음이 한심하다.

방금까지 있던 떨림이 사라지고 힘차게 길을 제시하는 소년의 목소리가 들리기 때문에 더욱.

마음은 이해한다. 소년의 말뜻도, 쓰라릴 정도로 전해진다.

소녀의 본심도 소년의 뜻과 똑같다. 싸우고 싶다. 도시를 덮친 나쁜 놈들을 쫓아낼 수 있으면 그러고 싶다. 하지만 자신도 동생도 조그맣고 어려서 손은 닿지 않는다.

　무력하고, 무지하고, 울보고, 그래서──

　『──착각하지 말아 줘.』

　그런, 약한 자신을 탓하는 소녀의 마음에 소년의 목소리가 다가들었다.

　──소년의 목소리가 이어진다.

　『싸워 줬으면 한다고 해도 별달리 몽둥이 들고 치라는 말이 아니야. 오히려 그런 무모한 짓은 피해 줘. 마녀교 상대로 뭉쳐서 혈안이 되어 싸워달라는 말이 아니야. 내가 모두에게 바라는 건 고개를 숙이지 말아 달라는 거야.』

　"고개를, 숙이지 말라…….."

　『바닥을 빤히 노려봐도 변하는 건 없어. 시선으로 구멍이 뚫릴 리 없고 만약 뚫려도 타개책으로 이어지는 것도 아니고…… 그러니까 고개를 들고 앞을 봐 줘.』

　시선을 들었다. 자신의 무릎도, 동생의 금발도 아니라 피난소가 보였다.

　그 피난소의 광경 중, 소녀와 마찬가지로 절망에 맥을 못 추던 사람들과 눈이 마주쳤다.

　모두가 무의식중에 소년의 말에 따라 소녀와 똑같이 고개를 들고 있었기 때문이다.

　──소년의 목소리가 이어진다.

　『주위를 둘러봤으면 아마 누군가랑 눈이 마주칠 거야. 그건 똑같은 불안이나, 똑같이 도망치고 싶단 마음을 떠안고 있는 누군가겠지만…… 똑같이, 지기 싫단 마음을 떠안은 누군가이기도 해. 함께 있는 소중한 누군가와, 그렇게 지금 눈이 마주친 누군가. 자신도 넣으면 그것만으로도 세 명. 장소에 따라선 더 많은 사람이 있을 테지.』

소년의 말대로 얼굴이 보이는 많은 사람들과 시선이 오갔다.

그 눈에 깃든 감정은 복잡해서, 아마 그것은 소녀 자신도 틀림없이 같을 것이다. 그렇지만 어느 틈에 그저 공포에 떨고 있을 뿐인 감정이 아니게 된 듯도 했다.

——소년의 목소리가 이어진다.

『혼자가 아니라는 사실을, 그걸로 실감해 주면 기쁘겠어. 혼자가 아니라고, 그것만으로도 힘이 되는 법이지? 소중한 누군가의 슬픈 얼굴을 보기 싫다. 눈이 마주친 누군가에게 흉한 모습 보이기 싫다. 그런 얄팍하고 약해빠진 고집쟁이가 설마 나쁘이진 않지?』

"————."

호소하는 목소리는, 부르는 목소리는, 사람들의 용기를 북돋으려 하고 있다.

그런데도 소년에게는 소년 자신이 도움을, 매달릴 것을 찾는 것처럼 들렸다.

그렇게 새삼스럽게 깨달았다.

소년의 마음은 이 방송이 시작된 순간부터 한 번도 변하지 않았다.

약한 자신을, 모자란 자신을, 분하고 원망스레 여기면서도 포기하지 않았다.

그것만이 무기라며 자기 자신에게 타이르고, 그것만은 다 똑같을 거라고 모두에게 타이르고 있다.

──소년의, 목소리가 이어진다.

『믿게 해 줘. 약하고 한심한 나는 아직 포기하질 못해. 끈질긴 약골이 나만이 아니라고…… 그렇게 믿게 해 줘.』

비겁한 목소리였다. 비열한 부름이었다.

이 목소리는 다름 아니다. 모두가 도움을 바라는 이 상황에서, 누구보다 먼저 부끄러운 내색도 없이 '자신을 받쳐줘.' 하고 목청 높여 외치고 있으니까──.

『아니면 나 혼자인가?』

목소리가 자신감을 잃었다. 아니다. 애초에 소년의 목소리에는 자신감이 없었다.

초조함이 치밀었다. 말려라. 뭐라고 소리쳐야 할지 몰라도.

"……아, 냐."

모깃소리 같은, 구체화되지 않은 허약한 목소리가 목을 비집고 나왔다.

그런 목소리로는 닿지 않는다. 더 크게, 대답해 주어야만 한다.

한 명이라는 사실에 겁내는, 이 약해빠진 누군가를 위해서──.

『아직 할 수 있다고…… 아직 싸울 수 있다고, 그렇게 생각하는 사람은 나뿐인가?』

"──아냐!"

입을 벌리고 소녀는 부르짖듯이 외쳤다.

피난소에 울려 퍼지는 목소리. 그것은 소녀 한 명만의 것이 아니었다.

"_____."

소녀와 그 밖에도 비슷하게 고개를 든 누군가가 소리를 지르고 있었다.

그것은 슬픔에, 약한 마음에, 공포에 저항하는 목소리였다.

그것이 소년의 의도였다, 고스란히 넘어간 것이다.

계산적이다. 그랬다고 해도 상관할쏘냐. 저 약해 빠진 목소리의 떨림이, 미덥지 못한 질타가, 처량한 격려가, 매달리는 신뢰가, 거짓말쟁이 연기라고 단언할 수 있다면.

그렇게 교묘한 선동이라면 넘어가더라도 별수 없다.

──하지만 만약 이것이 서투른 약골의 본심이라면, 어떻게 혼자 둘 수 있겠나.

『아니지?』

"아냐!"

『모두 아직 싸우고 있지? 약한 마음에 삼켜지지 않았지?』

"지지 않아……. 지기 싫어!"

가슴속이 뜨겁다. 잇몸이 떨고 분노와는 다른 감정이 끓어올랐다.

그 감정을 품는 것은 소녀만이 아니다.

그것은 주위 모두의 같은 감정을 삼키고 하나의 불꽃이 되어 타오르는 격정이다.

불과 얼마 전, 불안이 일체화하던 모두의 마음이 그것보다 훨

썬 열량이 높은 감정으로 하나가 됐다.

——소년의 말이 이어진다.

『옆에 있는 게 소중한 사람이라면 그 손을 잡고 믿어 줘. 이웃
이 잘 모르는 누군가라면 같이 힘내자고 끄덕여 줘. 자신도, 그
사람도, 지지도 꺾이지도 않으며 싸우고 있다며. 모두가 꺾이
지 않고 있어 준다면 나도 포기 안 하고 싸울 거야. 싸우고——
싸워서, 이겨 내겠어.』

"————."

어차피 여기는 도시청사에서 떨어진 피난소 중 하나다.

여기서 아무리 소리를 질러도, 마음은 같다고 외쳐도 소년에
게는 들리지 않는다.

그런데도 소년의 목소리는 사람들의 목소리가 들린 것처럼 안
도하며 받아 냈다. 그리고 고조된 감정을 떨리는 목소리에 담아
서 장담해 줬다.

——싸우고, 이겨 내겠다.

그게 가능하겠느냐고 의심하지는 않는다.

가능할 게 틀림없다고, 그리 믿는 것이다.

소녀와 도시 사람들이 절망에 지지 않는다고 소년의 목소리가
맹세해 주듯이.

사람들 또한 이 목소리의 소년이 제일 위험한 싸움에 이겨 줄
거라고 믿는 것이다.

왜, 그것을 믿을 수 있는가. 그것은, 이 목소리가 분명——

『——내 이름은 나츠키 스바루. 마녀교 대죄주교, '나태'를 토벌한 정령술사야.』

여기까지 숨기던 소년의 내력, 밝혀진 그 이름에 술렁임이 일었다.

소녀에게는 의미를 알 수 없는 선언. 하지만 주위 사람들에게는 그렇지 않다. 떨어진 충격은 크지만 결코 부정적인 인상이 아니다.

처음에는 경악, 이어서 이해—— 그리고 희망과 신뢰가 폭발적으로 퍼져나가 소녀의 마음까지도 그 감정의 물결에 삼켜져 끓어올랐다.

『도시의 마녀교는 나와 동료들이 어떻게 할게! 그러니까 모두는 믿고 싸워 줘. 소중한 사람의 손을 잡고 질 것 같은 약한 마음을 날려 버려 줘. 그러면.』

"———."

『——뒷일은 전부, 내가 맡겠어!』

'와' 하고 목소리가 퍼지고, 하나의 희망이 무수한 희망으로 일거에 확대된다.

소녀는 품속의 동생을 내려다보고 동생의 녹색 눈에 확실하게 깃든 희망을 찾아냈다.

그것을 확인하고 다시 세게 동생의 몸을 껴안았다. 쭈뼛쭈뼛 동생의 손이 소녀의 몸을 마주 안고, 소녀는 포옹의 열기를 느끼면서 천장을 쳐다보았다.

자신의 공포도, 불안도, 전혀 숨기지 못한 채, 그럼에도 도시에 있는 사람들의 희망과 기대를 한 몸에 지고 싸우겠다 명언한 소년.

얼굴도 모르는, 그저 마음에만 그리는 그 영웅에게 생각이 나는 모든 행운이 깃들라고 소녀는 기도하듯이 눈을 감았다.

그래 주지 않으면 소년도 아마 찌부러질 게 틀림없다.

──왜냐하면, 그 소년도 소중한 누군가를 위해서 부조리에 저항하는 어디에나 있을 평범한 소년임이 틀림없으므로.

6

"──하아."

스바루는 파이프 오르간 같은 모양의 『미티어』로부터 떨어져 숨을 깊게 내쉬었다.

이마에 흐르는 땀, 불안과 긴장이 표현된 그것을 닦고, 뒤늦게 찾아온 다리 떨림을 실감하고 얼굴을 실룩했다. 방금 보인 자신의 한심한 꼬락서니가 목소리에 드러나지 않았으면 좋으련만.

"아아, 힘들었다……."

한숨과 함께 중얼거린 스바루는 상상 이상의 소모에 고개를 내돌렸다.

솔직히 말하는 도중에는 정신이 없어 무슨 말을 했는지 자세한 내용도 기억이 안 난다. 기억 전부가 날아간 건 아니지만 곳곳이 애매하게 뚝뚝 끊긴 느낌이다.

방송 초안은 아나스타시아에게 메모로 잘 받았지만.

"응?"

한껏 반성하던 스바루는 방이 유난히 고요함을 깨달았다.

방송을 지켜보던 이들, 아나스타시아 일행이 말이 없다.

"――――."

이 자리에 있던 것은 아나스타시아와 가필, 그리고 율리우스와 알. 그곳에 어느덧 합류한 리카드도 더해서 평소에는 말수가 많은 멤버가 다 같이 침묵을 택하고 있었다.

설마, 어지간히도 허접하고 지리멸렬한 방송을 저지르고 말았나.

"――나츠키."

"우와핫! 죄송합니다! 다음엔 더 잘하겠습니다!"

"좀, 와 사과하나? 진짜, 별난 아다카이."

불안해서 쭈그러든 스바루가 무심코 사과하자 그 반응에 아나스타시아는 난처하게 웃고 해사하게 자신의 볼에 손을 얹었다.

"별난 아라고 한 김의 평가이긴 한디, 나츠키는 혹시."

"혹시?"

"원래는 사기꾼 같은 거라도 해쌌던 기 아이나?"

"할 말이 따로 있지 뭔 소리를 해?! 보다시피 아무 특이점 없는 평범한 학생…… 아니, 어떻게 보면 학생 미만이었다고!"

"아아, 고게 아이라. 악담이 아이야. 방금 방송, 너무 말재주가 반듯하기에…… 떨어뜨렸다 띄우고, 화술이 완벽하게 먹혔다 아이나."

스바루의 대꾸에 손을 내젓고 아나스타시아가 감탄과 칭찬을 반반 섞어 연거푸 끄덕였다.

아나스타시아의 말에 스바루 쪽이야말로 "뭐어?" 하고 갸우뚱했다.

"화술이고 자시고 없어. 머리가 새하얘서 빠른 말로 뭘 떠들었는지 알지도 못해. 메모의 글자가 흐릿하게 보여서 읽는 걸 포기한 부분까지밖에 기억이 없다고."

"그래서 내하고 짠 초안은 싹 무시한 기구나. 협의한 거캉 전혀 다른 야기 시작하니께 옆에서 내가 얼매나 가슴 졸였는지……."

"으극…… 그건 미안하다고! 하지만 대강은 메모와 같지 않았어? 너무 망쳤으면 그건 그거대로 아나스타시아 씨가 스톱했을 거잖아?"

중대 국면에서 존재가 잊힌 메모에는 도시 사람들의 불안을 불식하기 위한 아나스타시아의 교섭술과 스바루가 아는 멋들어지고 위트 있는 조크가 수북하게 담겨 있다.

설령 낭독에 실패했어도 이 내용을 제대로 따랐다면 괜찮았을 텐데——.

"이리 말하믄 머한디, 나츠키의 아까 야기, 그 원고의 내용을 전혀 안 건드렸거든. 진짜, 스치지도 않았다카이."

"엉."

그런 스바루의 희망적 관측을 아나스타시아가 선뜻 부정했다.

저도 모르게 경직된 스바루는 일의 진위를 다른 이들에게 시선으로 확인했다. 하지만 동석한 다른 네 사람은 각자의 반응으로 아나스타시아의 말을 긍정했다.

"아나스타시아 님 말씀이 맞아, 스바루."

네 사람 중에서 한 걸음 앞으로 나선 율리우스가 엄숙하게 주억거리고 말했다.

"너는 협의하지 않은 내용을 방송에서 말했어. 특히 이내 밝힐 예정이던 『나태』 토벌의 실적을 후반까지 숨긴 의도, 그건 무슨 작정이냐고 따져 묻고 싶을 정도였지."

"진짜냐! 그거 말 안 했으면 난 완전 어디 누구인지 영문도 모를 놈이잖아! 그 지경이었으면 도중에 말려라 좀! 이상한 상황이 되어도 재정비하는 편이 낫다고 생각했으면 그건 그냥 다시 하는 편이 나을 때라고!"

"재정비한다? 그거야말로 터무니없는 얘기고말고."

방송의 의의 그 자체가 의심스러워질 실태, 여태까지 들은 이야기로 자신의 행동을 그렇게 판단한 스바루에게 율리우스가 성실하기 짝이 없는 얼굴로 고개를 가로저었다.

그 표정은 스바루에게 일종의 경의를 품고 있는 것처럼도 보였다.

"——훌륭한, 연설이었다."

"……아앙?"

"원고 내용을 잊어버린 것쯤 문제가 아니야. 너는 자신의 말로 기대받은 것 이상의 성취를 얻었어. 그 공적은 칭찬할 수밖에 없다. 백경과 『나태』의 토벌, 그 싸움 때 느꼈던 것과 같은 감정을 지금의 네게 품지 않을 수가 없군."

미심쩍어하는 스바루에게 율리우스가 호들갑스럽기 그지없는 칭찬을 읊었다.

율리우스답지 않은 그 태도에 스바루는 『가장 뛰어난』기사의 고요한 흥분을 보았다. 그것을 느끼자마자 뭔 어처구니없는 소리냐고도 생각했다.

"놀리지 마. 전부터 생각했지만 네 농담은 별로 재미가 없어."

"농담이라고 느끼는 건 네가 자기 자신을 지나치게 낮춰서 보기 때문이야. 하지만 방금 연설은 그렇기 때문에 가능한 연설이라고도 할 수 있지. 너 말고 아무도 못할 얘기였어."

"역시 너, 날 놀리는 거지?"

절박한 상황에서 굽히지 않는 율리우스의 태도, 그것이 스바루의 짜증을 돋웠다.

율리우스의 비꼼은 귀에 익었지만 지금은 그런 쓸모없는 대화에나 집중할 때가 아니다. 연설을 실수했다면 조급히 다른 대책을 제시할 필요가 있다.

"모두의 불안을 걷어낼 의도였는데 반대로 불신감을 심은 거면 끝장이야. 역시 다음은 다른 누군가가 대신해서……."

"나츠키, 자기 비하도 적당히 하그라? 들으믄서 기분 좋은 기 아이데이."

그렇게 염려하는 스바루에게 아나스타시아가 옆에서 참견했다. 이지적인 눈에 불만을 드리우며 어여쁜 용모임에도 매섭게 스바루를 노려보았다.

"기억이 쏙 빠져서 실감이 안 나나 보니께 똑똑히 말해 주께.

——나츠키의 연설은 내가 생각한 것보다 훨씬 완벽했데이. 타고난 선동자구마."

"내도 아가씨하고 같은 의견이제! 허이고, 겁나부리데! 뭐꼬 그 말주변! 얍실하긴, 형씨! 아가씨들에 여아에 지룽 꼬셔댄 값을 지대로 하지 않나!"

"꼬시지 않았고, 선동자라니 듣기 안 좋네!"

아나스타시아와 심술궂게 편승하는 리카드의 발언에 스바루는 눈이 휘둥그레졌다.

그러나 정작 두 사람은 얼굴을 마주 보며 악의 없는 기색으로 동시에 어깨를 으쓱였다. 실로 호흡이 딱 맞는 연계. 하지만 장난만은 아닌 모양이다.

그것은 숨을 죽이고 가만히 스바루를 바라보는 가필의 표정을 봐도 명백하다.

"가필, 넌 어땠어? 내, 그, 방송은."

"……대장은, 역시 대장이더라. 이 어르신이『성역』에서 나와서, 대장을 따라온 건 실수가 아니었어. ……그래, 그렇게 느꼈어."

"……네 기대는 내게는 늘 무겁다."

"하지만 그것도 대장이 행동한 결과라고."

숨을 내뱉고 웃음기와 함께 이빨을 내비친 가필에게 스바루는 머리를 긁었다.

"그럼 책임에서 발뺌하는 건 포기하기로 할까. 그런 얘기를 방송에서 했던 것도 같으니."

"그랬었지."

가필이 이렇게까지 말하니 실감이 없을지언정 끄덕이는 스바루. 그런 스바루에게 아나스타시아가 웃고 예상 밖의 성과에 목도리를 손으로 어루만졌다.

"오히려 사기가 너무 올라서 다들 무모하게 굴지 않을까 그쪽이 더 걱정일 정도데이. 여기에 있는 우리도 『분노』 영향을 받았는지 기합 팍 들어가는걸."

"그렇게까지 말하면 역시 거짓말 같은데……. 원래라면 『말빨의 가호』 수준이잖아."

그런 넉살을 섞으며 스바루는 어느새 방 한구석으로 이동해 있는 알을 보았다. 스바루의 시선을 깨닫자 그는 말없이 고개를 돌리고 노골적으로 어깨를 축 떨어뜨렸다.

스바루의 방송에 반대하던 알이다. 그 알이 저런 태도를 보이는 이상, 모두가 하는 말대로 방송 자체는 제대로 마친 모양이다.

"이로써, 도시 사람들이 조금이라도 진정한다면 아주 고맙지. 그 밖에, 할 만한 일은?"

"이보다 더 바라자면 남은 건 원인 자체의 배제밖에 없을 끼네. 지금의 나츠키 방송으로 마녀교 놈들에게도 이쪽 의도는 전해졌을 테지만도."

"그 경우에도 그들은 자신들이 설정한 목적에 따르고자 행동하겠죠. 그 점은 그들의 비합리성에 기대하는 것 같습니다만, 이쪽도 빠른 결판을 위해서 움직여야 하겠군요."

연설의 완성도에 관계없이 마녀교가 도시를 괴멸시킬 수단을 지닌 상황은 변함없다.

――그 최악의 전개가 실현되기 전에 이번에야말로 놈들을 격파해야만 한다.

"그러기 위해서는 제어탑 네 곳 동시 공략인가."

"대죄주교가 네 명에, 거기 협력하는 실력자가 두 명. 아수 대처도 포함해서 우리 전력을 어떻게 나눌지 공략 의견을 주고받아야 한데이."

점거된 네 제어탑의 동시 공략이 도시를 구하기 위한 필수 조건이다.

도시청사 때처럼 전력을 집중하기는 어렵다. 그 방법으로 제어탑을 탈환하겠다면 이번에야말로 다른 세 곳의 제어탑에서 대수문이 개방된다.

그런 도박에 연속으로 도전하는 것도, 연속으로 이기는 것도 가능하다는 생각이 안 든다.

주요 적의 수는 여섯 명. 이쪽 전력은 크루쉬가 준 만큼, 가진 패가 팍팍해서――.

"――그럼 필승패를 한 장 보태면 어떨까요?"

"―――."

수중의 전력을 손꼽아 헤아리던 스바루의 고막에 느닷없는 목소리가 날아들었다. 무심코 돌아서서 방 입구를 쳐다보았다. 그곳에 선 인영을 보고 스바루는 어깨를 쳐들었다.

그리고 땅이 꺼져라 숨을 내쉬고 쓴웃음을 지었다.

"한동안 못 본 새에 본인을 꽤 크게 평가하게 됐구만?"

"대중 연설 같은 걸 맡는 나츠키 씨만큼은 못 되죠. ……제 친구에 영웅은 없었을 텐데, 잘못 내다봤나 본데요."

"나도 분수에 안 맞다 싶어."

심술궂은 웃음을 띤 상대에게 스바루도 어깨를 으쓱이며 걸어갔다. 그리고 손을 든 상대에 맞추어 스바루는 힘차게 하이 터치.

그러자 그 경쾌한 대화를 보던 가필이 눈을 빛내며 외쳤다.

"오토 형! 무사했던 거냐!"

"명줄 간당간당하게, 아득바득하게나마 어떻게 살아왔죠."

가필의 희색을 드러낸 목소리에 대꾸한 것은 행방불명 상태였던 한 식구── 지저분해지긴 했지만 다친 곳 없는 모습으로 합류한 오토 스웬이었다.

달려오는 가필에게 오토가 손을 들어서 하이 터치를 요구했다. 그런데 가필은 그 기세대로 오토의 허리에 힘차게 달려들었다.

"우, 왓?! 어, 어어?! 잠깐, 왜 그래요, 가필?! 이런 온 힘으로 재회의 기쁨을…… 아파! 아파 아파 아파! 힘이 너무 세!"

"아아, 다행이다……. 뭐, 전혀, 걱정 안 했지만 말이지……!"

"서, 설득력이 없어……. 꾸에에…….."

스바루 때와 마찬가지로 온 힘을 다해 재회를 기뻐하는 가필에게 오토가 다 죽어갔다.

잠시 지나고 해방된 오토는 겨우 숨을 고르다가 "그건 그렇고." 하고 쓴웃음 지었다.

"나츠키 씨와 가필도 무사해서 다행이에요. 뭐, 저보다 훨씬 질긴 두 사람이니 별로 걱정은 안 했지만요."

"그러냐. 실은 나도 별로 네 걱정 안 했어. 왜일까?"

"모르겠네. 오토 형의 인덕인 거 아닌가?"

"아니, 가필 수준이라곤 말 안 하겠는데 나츠키 씨도 조금은 걱정해 주시죠?! 이 비상사태에 단독 행동이라니 위험 한복판이었거든요?!"

하지만 실제로 이렇게 무사히 합류한 노릇이니 설득력은 없다.

어쨌든 스바루 일행이 그렇게 재회의 기쁨을 나누고 있으려니, 거기에 "그래그래." 하고 아나스타시아가 손뼉을 치며 끼어들었다.

"진정하그라 진정해. 일단 오토가 살아서 와 준 건 다행이데이. 지금까정 뭐 했었는지 여러 가지로 듣고 싶은 건 있지만도, 그 전에."

거기서 말을 끊고 아나스타시아는 그 연두색 눈으로 오토를 꿰뚫었다.

"아까 의미심장한 한마디…… 그거, 어떤 의미인지 들어도 되긋나?"

"필승패 말이군요. 단순한 얘기예요. 그것도 먼저 방에 들어오면 제 생환이 싱겁게 넘어갈지도 모르겠다 싶어 꾀를 낸 거였는데, 데려왔습니다."

아나스타시아의 지적에 오토가 한심한 소리를 하면서 문 옆으로 피했다. 그것을 신호로 천천히 문 너머에 대기하던 인물의 발소리가 울렸다.

그리고 새로운 인물이 방 안에 발을 디디자――

"──늦어서 미안하다."

한마디, 그 인물이 그렇게 말만 해도 일 만의 조력을 얻은 듯한 든든함이 넘쳤다.

"────────."

바람이 불어오는 듯한 착각이 눈앞에서 불꽃을 본 실감과 어우러져 격하게 마음을 흔들었다.

하지만 실제로 그만한 힘이 이 재회에는 분명히 있었다.

원하고 원해서 미칠 것 같던 전력, 최강의 원군, 그 도착에 마음이 끓었다.

"『검성』의 계보, 라인하르트 반 아스트레아── 늦으나마 합류하지."

──새빨갛게 타오르는 불꽃, 『검성』은 그렇게 말하며 참전 의사를 표명했다.

제4장 『역사를 만드는 별들』

1

"중요한 때 협력하지 못해서 미안하다. 자신의 역부족을 반성할 따름이야."

실내에 있던 전원의 주목을 모으며 라인하르트가 그렇게 말하고 사과했다.

그렇게 머리를 숙인 『검성』에 모두가 한동안 아무 말도 하지 못했다. 그의 사죄에 허울만 꾸미기는 쉽다. 하지만 주둥이뿐인 두둔으로는 본심을 숨길 수 없다.

미치도록 애타게 전력을 원하던 이 몇 시간, 라인하르트의 소재를 알 수 없던 것은 사실. 도시청사의 공략에 그가 가담해 주었더라면. 그렇게 생각하지 않을 수가 없다.

그렇기에 경솔한 부정이든 두둔이든 아무도 쉽게 입에 담을 수 없었다.

단──

"누가 아니래, 바보 자식. 네가 없어서 우리가 얼마나 곤란한 줄 알기나 해."

그렇게 말하고 『검성』의 가슴을 꾹 찌른 스바루를 제외하면 말이다.

　가슴에 주먹을 받고 라인하르트가 면목 없는 듯 스바루를 보았다. 그답지 않은, 꾸지람 받아 풀 죽은 라인하르트의 모습에 스바루는 콧방귀를 뀌었다.

　"그리고 기왕이면 15분 일찍 오라고. 그 탓에 전혀 성미가 아닌데 내가 연설하는 처지가 됐잖아. 원래라면 그것도 네가 할 일이거든."

　"미안해. ……하지만 너다운, 좋은 연설이었어. 만약 같은 것을 요구받아도 그만큼 듣는 사람의 용기를 북돋는 방송은 내겐 불가능했어. 네가 하는 게 맞아."

　"나랑 너는 요구받을 방송의 역할이 다를 거라 생각하는뎁쇼."

　라인하르트의 쓸쓸한 웃음과 칭찬에 스바루는 한 번 더 그의 가슴을 찔렀다. 그리고 반성의 기색이 짙은 영웅의 콧잔등에 손가락을 들이밀고 "라인하르트." 하고 불렀다.

　"네가 와 줘서 일당백은커녕 일당천의 전력을 얻은 것 같다. 그만큼 기대해 봐도 괜찮지? 믿어 본다?"

　"————."

　일당백이나 일당천 수준이 아니다. 그야말로 천군만마의 조력에 필적하는 전력이다.

　그런 스바루의 기대에 라인하르트는 파란 눈을 깜빡였다. 그러나 그 당혹감도 금세 사라지며 『검성』이 그 입술을 웃음의 형상으로 누그러뜨렸다.

"──그래, 믿어 줬으면 해. 네가 그렇게 바라 준다면 부응해 보일게."

"오오…… 너무 믿음직스러워서 가슴이 두근거린다, 야. 그렇게 해서 라인하르트 합류다. 모두 이 틈에 하고 싶은 말 해 두라고."

다소는 부담이 줄었느냐고 라인하르트에게 웃어 주고 스바루가 모두를 돌아보았다.

그때까지 아무 말도 안 하고 있던 이들 앞에서 라인하르트를 손가락으로 가리키며 고했다.

"이럴 때, 마음 써 주는 게 훨씬 더 괴로운 법이야. 그리고 혼나고 싶어 하는 『검성』을 야단칠 기회는 썩 없을걸. 해 두라고, 해 둬."

"─────."

"그리고, 실컷 구박했으면 얘기나 하자. ──모두를 구할 얘기를 말이야."

한쪽 눈을 찡긋하며 스바루는 스스럼없는 기색으로 각오를 입에 올렸다.

그 태도에 누군가가 숨을 집어삼키는 기척. 다만 오토와 가필 두 명만이 귀에 익은 스바루의 허세에 얼굴을 활짝 피는 것을 알 수 있었다.

뭐, 한두 명쯤 본심을 알아봐주는 누군가가 있는 게 딱 좋다.

──떠안고 있지 않아도 된다고, 그런 연설을 한 직후니까.

2

 그 뒤, 라인하르트에 대한 개개인의 항의(상세 생략)가 있고, 재차 프리스텔라 탈환을 위한 대화가 열렸다.

 오토와 라인하르트의 합류——— 오토는 전력적인 영향이 전무하지만, 라인하르트의 협력이 낳는 이득은 절대적이다. 작전의 폭도 이로써 크게 넓어질 터.

 그 점을 감안해 적극적인 대화를 시작하고 싶은 바인데———.

 "그런데 펠트는 어쨌어? 소동이 난 동안 너랑 같이 있었지?"

 회의실에 빙 둘러앉아 맨 처음 의제에 들어가기 전에 스바루가 라인하르트에게 확인했다.

 그 물음에 라인하르트의 표정이 살짝 어두워졌다. 오늘은 순 그런 표정밖에 없지만.

 "먼저 말해 두겠지만 탓하는 건 아니다? 네가 펠트의 안전을 우선해서 안전 지역에 틀어박혀 있었다고는 생각 안 하고……."

 "그건 내도 동감. 그라카도 소식불통일 동안 어데서 뭐 하고 있었는지는 들어 보고 싶은 바데이. 우리가 죽어라 힘쓴 기도 장난이 아이고."

 원 쿠션 두려던 스바루에게 아나스타시아가 아무렇지도 않게 동조했다. 아나스타시아는 여우 목도리를 어루만지면서 연두색 눈으로 라인하르트를 조용히 보고 있었다.

 그녀가 던진 질문의 초점은 오늘 아침 펠트 진영의 행동——— 펠트 일행이 라인하르트의 친부인 하인켈과의 대화에 나섰다는 사건에 있다.

빌헬름도 그렇지만 아스트레아 가문 사람이 하인켈을 대하는 태도는 개운치가 않다. 이렇게 말하면 뭐하지만 그 태도는 마치——.

"방에 처박힌 지 십여 년, 프로 니트가 된 아들을 만지면 깨질 물건처럼 취급하는 가족 같은데……."

"나츠키 씨가 이상한 망상하는 차에 조심스럽지만, 어쩌겠어요? 라인하르트 씨가 말씀하기 어려우시겠으면 제 쪽에서 설명하겠는데요."

현대 일본의 사회 문제를 상기하는 스바루를 방치하고 오토가 그 자리에서 거수했다. 배려의 시선을 라인하르트에게 보내는 오토는 마치 사정에 빠삭한 듯한 태도다.

"그러고 보니 너랑 라인하르트는 같이 있었는데, 설마 소동이 날 동안 계속 그랬어?"

"계속이진 않네요. 제가 라인하르트 씨 쪽과 합류한 건 마지막의 마지막에…… 그래도 사정은 대체로 파악했으니까요."

"고마워, 오토. 하지만 이건 우리 집안 문제고, 펠트 님과도 관계있는 얘기야. 확실히 말하기 어려운 내용이긴 하지만 내가 얘기하는 게 도리에 맞겠지."

오토의 배려에 고개를 가로저은 라인하르트는 한 박자 띄운 뒤에 입을 열었다.

"우선, 몇 번씩 말하지만 한 번 더 사과하겠어. 본래 누구보다 빨리 협력해야 할 입장에 있는 내가 이렇게 합류가 늦어서 면목 없군. 깊이 반성하고 있어."

"······그 점에 관해서 우리의 견해는 전한 바와 같아. 무턱대고 용서하기는 어려워. 하지만 이다음 싸움에는 네가 필요해. 반성하겠다면 그 검으로 증거를 세웠으면 좋겠군."

사과하는 라인하르트를 율리우스가 그다운 말로 두둔하고 등을 밀었다. 벗의 말에 미소를 띠며 라인하르트는 "고마워." 하고 말을 이었다.

"마녀교의 첫 방송이 있던 순간, 나와 펠트 님은 2번가에 나와 있었어. 목적은······ 하인켈 부단장과의 대화지."

딱딱한 목소리로 라인하르트가 친아버지를 '부단장'이라 직함으로 불렀다. 그 호칭 하나로 부친과의 복잡한 관계와 깊게 파인 골을 상상하기에는 충분했다.

"이렇게 말하면 뭐한데, 그 아침밥 때 뒤에 용케 펠트가 그런 결단을 했군?"

"필요한 일을 자신의 호오로 거부하실 만큼 무책임한 분이 아니셔. 그렇기에 부단장과의 대화에도 임하셨지. 물론 그 자리에 나도 대동해서 말이야."

"참고로 대화의 내용에 관해서 묻는 건 매너 위반······이지?"

"우리 진영의 내정에 관한 얘기니까. 다만 별로 순조로운 대화라곤 할 수 없었지."

라인하르트의 어조로 대화의 난항은 넌지시 짐작됐다.

그게 아니어도, 성장했다고는 해도 마음이 동하면 바로 행동하는 펠트와, 비열한 인간성을 숨기지도 않는 하인켈의 대화다. 분규가 일어날 건 상상하기 어렵지 않다.

그런 대화 도중에——

"마녀교의, 첫 방송이 나오더군. 귀를 의심한 것과 동시에 바로 움직여야겠다고 생각했지. 실제로 위급한 사태에는 대비하려 했었어. 라친스 일행에게도 필요하다면 나를 불러낼 수 있게 수단은 전해놨으니까."

"응, 알아. 라친스와…… 뭐, 얘기할 기회가 있어서."

공중에 쏘아 올린 마법, 그것을 신호로 현장에 달려간다.

라친스에게 부탁해 그 신호로 라인하르트를 불러내는 작전도 한 번은 실행했다. 안타깝게도 시리우스의 극악한 권능 앞에 그 작전은 중지할 수밖에 없었지만.

다만 아군이 신호하면 즉각 현장에 달려간다는, 그의 말에 거짓은 없었다.

그런데도 라인하르트는 이 몇 시간, 마녀교의 명백한 악의에 대처하지 못했다. 도대체 그 원인은 무엇이었는가——

"——하인켈 부단장에게 펠트 님의 신병을 인질로 잡혔었어."

"———."

그 순간, 무슨 말을 들었는지 스바루는 멀쩡하게 이해할 수 없었다.

스바루만이 아니다. 그 자리에서 이야기를 듣는 전원이 너무한 사태에 말을 잇지 못했다.

"내, 돌이킬 수 없는 실수야. 펠트 님의 신병을 확보당해 그 결과 반격의 실마리를 잡지 못했어. 그대로, 현장에 발이 묶이고만 거야."

수치스러운 마음을 곱씹으며 회오에 마음이 지져지는 표정으로 라인하르트가 말을 쥐어짜 냈다.

 그 말을 들으면서 스바루는 처음에 질문 때문에 그가 얼굴이 어두워진 이유를 확실하게 이해했다.

 충성을 맹세한 주군을, 기가 막히게도 자신의 아버지가 인질로 잡은 것이다. 그런 상황에 발목이 잡혀 그가 어느 정도의 갈등과 심적 고통에 시달렸겠는가.

 그리고 그것은 그저 그뿐인 이야기로는 끝나지 않는다. 더 나쁜 가능성이 있다.

 "……즉, 뭐야? 그 부단장은 마녀교의 끄나풀이었단 거야?"

 그것은, 충격적인 고백에 따라붙는 최악으로 잔혹한 가능성이다.

 마녀교도는 시중에 잠복하고 있어 그 실태는 전혀 잡을 수 없다는 말은 들은 바 있다. 하지만 그게 같은 편 중에 나타나다니, 그런 건 상상하고 싶지도 않다.

 페텔기우스 외의 최저 최악의 대죄주교들을 안 지금은 더욱 강하게 그리 여긴다.

 "──그랬더라면 어떨까. 내 마음은 어땠으려나."

 그러나 스바루의 결론에 라인하르트는 왠지 걸리는 식으로 대답했다.

 스바루와 동석한 절반은 그 태도가 미심쩍어 같은 표정을 지었다. 하지만 아나스타시아와 율리우스, 오토는 다른 결론을 얻은 표정을 짓고 있었다.

그리고 라인하르트는 눈썹을 모은 스바루에게 느릿하게 고개를 젓고 대답했다.

"혈연을 옹호할 작정은 없지만 부단장은 마녀교 관계자가 아니야. 적어도 펠트 님을 인질로 삼은 뒤, 그분의 발언에 그리 짚일 요인은 없었어."

"그게 말이 돼? 그럼 왜 펠트를 인질로 잡아? 그런 짓을 해서 무슨 의미가……."

있느냐고 말을 이으려다가 스바루는 깨달았다.

침울한 라인하르트의 표정과, 갑갑해하는 오토의 표정으로 그 가능성이 부상했다. 웃어넘길 수 없는. 구원할 여지가 없는 결론이.

"설마, 너를 잡아 둬서…… 자신을, 지키게 하려고?"

"——부단장이 그러더군. 네 소중한 주군과, 피가 이어진 부친이 여기에 있다. 그걸 못 본 척하고 얼굴도 모르는 놈들을 구하러 뛰겠느냐고."

"그게 아비가 할 소리냐!"

한순간에 감정이 끓어올라 스바루는 벽에 주먹을 후려쳤다.

오늘은 종일, 아침부터 내내 격정과 얼굴을 마주할 따름이다. 하지만 설마 마녀교와 무관계한 상대에게까지 이런 분노를 품게 될 줄은 몰랐다.

누군가를 미워하게 된다면 마녀교만을 철저히 미워하고 싶었다.

"펠트 님은 말뿐인 협박이라고, 그렇게 말씀하시더군. 자기는 됐다. 싸우러 가라고. 그 말에 거역해 그곳에 남은 건 나야.

책망받을 건 나임이 틀림없어."

"왜 그리되는데! 누가 잘못했는지야 여기에 있는 전원이 뻔히 다 알잖아!"

"그래도 선택한 건 나야. 나라고."

스바루가 소리쳐도 라인하르트의 자신의 책임을 양보하지 않았다. 그 완고함이 무의미한 고집으로 여겨져 스바루는 분할 따름이다.

"결국 그 자리는 교착 상태에 빠졌어. 그 뒤, 나는 움직이지 못한 채…… 두 번째 방송 때도 상황은 변하지 않더군. ……펠트 님께는 실망을 샀을까."

짤막하게 펠트를 언급한 라인하르트. 그 표정이 숨기지 못할 낙담으로 물들었음을 스스로 모르는 눈치인 게 서글프다.

어젯밤과 오늘 아침을 보니 전과는 꽤 관계가 변한 것 같던 펠트와 라인하르트. 그 주종의 관계가 부친을 사이에 끼고 다시 큰 변화를 맞이하려는 것처럼 느껴져서.

"그카서 여기에 읎는 펠트 씨는 우째 된 기고?"

아나스타시아가 라인하르트의 표정은 언급하지 않고 재차 이야기를 깊이 파고들었다.

이 자리에서 유일한 왕선 후보자로서 십인회의 대표인 키리타카로부터 신임을 맡은 입장이다. 그녀는 적어도 동정을 얼굴에 드러내지 않으며 조용조용 이야기를 진행했다.

"지금 라인하르트가 여기에 있데이. 문제는 정리됐다. 고래 생각해도 되나?"

"네. 현재 펠트 님은 시종과 합류해 구속한 부단장과 함께 피난소에서 대기를. 펠트 님께서 직접 그리 제안하신지라."

"구속이라니, 붙잡은 거야?"

"팔다리를 묶고 재갈을 물렸어. 적어도 그 정도 벌은 받게 했지. 오토의 협력이 없었으면 그것도 어려웠을지도 몰라."

"여기서 오토의 이름이 나와?"

여기까지 등장할 조짐도 없던 오토의 이름에 스바루가 놀랐다. 오토 본인은 "그렇게 된 거예요." 하고 모자를 고치면서 자신에게 주목을 모았다.

"그렇다곤 해도 제가 그 자리에 있던 건 우연의 산물이죠. 다만 세 분의 관계는 여관에서 봤으니 상황은 바로 파악되더군요."

아스트레아 가문의 문제와, 펠트 진영의 영지 사정, 오늘 아침 여관의 사건도 있다.

그런 상황에서 하인켈이 펠트를 인질로, 라인하르트를 잡아두는 현장을 목격했다. 아무리 머리가 나빠도 어떤 상황인지 상상이 가리라.

"마녀교 상대로 라인하르트 씨가 움직이지 못한다는 최악의 상황이라고 여겼으니까요. 핏기가 가신 것과 동시에 손을 써야겠다 싶더군요."

"그래서, 오토가 하인켈을 때려눕히고 펠트를 구했단 말이군."

"그렇게 이해하지 말아 주실래요?! 그런 혈기에 치달은 짓 안 해요! 그냥 간단한 마법으로 주의를 끌어 빈틈을 만들고 펠트 님을 피신시켰을 뿐이에요."

오토가 스바루의 착각을 정정하고 길게 한숨을 쉬었다.

"다행히 나츠키 씨의 대연설이 있었기에 그 뒤의 합류는 고민 없이 끝났죠. 더 일찍 움직였더라면 좋았겠지만 저도 이래저래 사정이 있어서."

다소의 탈선은 있었지만 오토의 공헌에 라인하르트도 고개를 끄덕였다.

그건 그렇고 변함없이 남의 눈이 없는 곳에서 활약하는, 숨은 공헌자 오토였다.

"근데 말이야. 오토 형은 여태까지 뭐 했던 거야. 솔직히 오토 형의 역량으로 도시를 돌아다니는 건 순 자살행위잖아."

"재회 처음에 그 걱정이 표현되어서 깜짝 놀랐지만, 제 쪽도 우여곡절이 있어서…… 아니지. 얘기하죠."

헛기침을 넣고 오토는 도시청사 밖을 손가락으로 가리켰다.

"아침 예정대로, 저는 혼자서 뮤즈 상회로 갔어요. 재차 키리 타카 씨와 교섭하려고요. 단지 약속 시간보다 일찍 도착할 것 같았기에 도중에 용선에서 내려서 상회까지 걷기로 했거든요. ……거기서, 마녀교와."

"방송이 있었던 거야? 아니, 하지만 시간적으로 그거면 너무 이르지?"

처음의 카펠라 방송은 적어도 점심 시간을 알리는 종소리 뒤였을 터다. 도중에 용선에서 내렸다고는 해도 방송까지 당도하지 못했다는 건 무리가 있다.

그런 스바루의 생각에 오토는 "네." 하고 끄덕였다.

"방송이 아녜요. 제가 맞닥뜨린 건 마녀교 그 자체예요. ……그것도 대죄주교를 자칭하는 상대였죠. 뮤즈 상회로 가는 길, 2번가의 제어탑이요."

"대죄주교라니, 방송 전에 말이야?!"

보고에 기겁하는 스바루지만 생각해 보면 있을 수 없는 이야기는 아니었다.

시리우스와 레굴루스도 방송 전부터 시각탑 광장에서 내키는 대로 굴고 있었다. 도시청사를 점거한 카펠라 외에 손이 비던 대죄주교는 도시에 풀려 있는 상태였다.

그리고 오토와 맞닥뜨린 건 그 세 대죄주교 중 누구도 아니다.

"그럼 네가 마주친 건…… 『폭식』의 대죄주교인가."

"……네. 그렇게 이름 밝혔어요. 속일 이유도 없으니 사실이겠죠. 어린애로 보였지만…… 그들에게 연령은 관계없으니까요."

오토의 목격 증언은 스바루도 본 로이 알파르드와 일치한다.

대죄주교의 선고 기준은 알고 싶지도 않지만, 『폭식』은 확실히 아직 어린애였다. 팔다리도 다 자라지 않은, 성장 중인 어린애다. 징그럽게 비웃는, 어린애.

"처음에는 버릇없는 어린애의 장난인가 여겼는데, 제어탑을 경비하던 분이 주의를 주려다가…… 단박에 밟히더군요. 말 그대로 납작하게."

"————."

"인간 하나 납작해지면 싫든 좋든 믿을 수밖에 없죠. 바로 경비와 도시 경비병이 상대를 둘러쌌지만…… 상대도, 안 됐어요."

창백해지는 오토의 낯빛이 『폭식』과의 처참한 공방을 설명했다.

웬만한 실력으로는 『폭식』 상대로 손도 발도 못 쓴다. 오토도 속수무책이었다고 이야기했다.

부득이하게 전투에 말려들어 오토와 주위 사람들은 분전했지만——

"결국 제어탑은 빼앗기고, 저 말고 더 도망친 사람이 있을지는."

"용케, 그런 상태에서 도망쳤군? 대죄주교가 상대였건만."

"그 점은 제가 아니라 주위 사람들 덕분이죠. 싸움에 참가하던 『백룡의 비늘』 분들이 제 내력을 알고 있어서 열심히 피신시켜 줬거든요."

"……또, 『백룡의 비늘』 사람들인가."

여기서도 키리타카의 사병인 『백룡의 비늘』의 활약이 있었다고 들었다.

프리스텔라 방위의 중핵이자 키리타카와 함께 태반이 안부가 불투명해진 집단. 그 일부가 그 본분을 다하고자 『폭식』 상대로 사력을 다했었다고.

"저는 엉금엉금 기어서 수로를 통해 도망쳤어요. 그 뒤, 마녀교의 방송을 듣고 섣불리 움직일 수 없어져 신중하게 행동하다가…… 라인하르트 씨와."

"합류했다, 그 말이군. 옳거니."

그리고 교착 상태였던 펠트 일행 문제를 해결하고 현재에 이른다고.

지금까지의 노정이 이어져 스바루는 오토가 걸은 사선의 험난함에 뺨을 일그러뜨렸다. 스바루 일행 못지 않게 가열하고 숨막히는 노정이었다.

"널 몸 바쳐서 도망치게 해 준 사람들이란 것도 벅차네."

"네, 정말로. ——빚을 못 갚으면, 상인으로서 속이 썩건만."

짊어진 것의 무게에 오토가 분하게 입술을 깨물었다.

빌리고 갚는 것은 딱 부러지게. ——아나스타시아도 언급한 그 말은 오토가 평소부터 즐겨 입에 담는 격언이다. 그 신조에 걸고 빚은 갚아야만 한다.

"그러니 이 도시의 명운으로 그걸 갚기로 하죠. ——아니면 아까 연설로 보건대 나츠키 씨 혼자서 제 몫까지 갚아 주시려나요?"

"너 말이다……."

진지한 표정에서 돌변, 윙크하는 오토에게 스바루는 어깨 힘을 뺐다.

그렇다. 어깨 힘을 뺐다. ——연설 때부터 내내 빼지 못한 어깨 힘을.

"————."

오토의 말, 그 진의를 알 수 있었다. 그는 자신에게도 싸울 이유가 있다고 말했다. 그렇게 전함으로써 스바루에게만 도시의 명운을 맡기진 않는다고, 언외로 주장한 것이다.

요컨대 오토는 너무 부담 갖지 말라고 스바루에게 말하고 싶은 것이리라.

"으극……."

그 헛심을 간파당하는 바람에 스바루는 얼굴이 화끈해져 맹렬한 부끄러움이 치밀었다.

뭐가 도시의 명운. 뭐가 많은 사람의 희망이며 기대의 상징이냐. 웃기고 앉았다.

도시도, 그것을 형성하는 한 사람 한 사람도 스바루가 혼자서 짊어질 만큼 싸거나 가볍지 않다. 그런 것도 누가 말할 때까지 잊고 있었단 말인가.

"나츠키 씨의 미력에 제 작은 힘도 보태서, 가필의 무식한 힘을 더하면 그럭저럭 무거운 것도 들걸요. 그런 식으로 생각해 보면 어떨까요."

"『크웨인의 돌은 혼자선 못 든다』는 말이군. 너, 진짜로 가끔 대단하더라."

가필에게 배운 이세계 관용구를 입에 담고 스바루는 오토의 안정감에 혀를 내둘렀다. 정말로 오토에게는 도움을 받는다. 한 번 숙이면 다시는 고개를 못 들 것만 같다.

그러니까 앞으로도 오토와는 서로 대등한 관계로 있자고, 그렇게 생각했다.

"뭐꼬, 참말로 좋은 관계 아이가. ——잘 돌아갈 만허네. 감탄했데이."

"아, 미안. 왠지 멋대로 둘이서만 얘기해서."

"됐다 됐다. 나츠키도 괜찮게 어깨 힘이 빠진 모양이고."

아나스타시아가 놀리는 어조의 말로 스바루의 긴장이 풀린 것을 환영했다. 그녀 역시 스바루의 긴장에 찌든 몸을 간파했다는 뜻이다.

스바루는 그 사실이 거북해 머리를 긁고는 "그래서." 하고 화제를 전환했다.

"합류조의 얘기는 알았어. 그리고 더 대화할 건……."

"마녀교가 요구한, 네 가지에 대해서는 분명히 해 두고 싶군."

율리우스가 척 거수하고 제안했다. 그는 노란 눈을 가늘게 뜨며 거수한 손에 손가락을 네 개 세우고 전원의 얼굴을 둘러보았다.

"마녀교와 교섭해선 안 되지만 상대가 원하는 곳을 가늠하는 건 중요해. 이미 키리타카 씨로부터 얘기를 들은 『마녀의 유골』과 『은발 처녀』는 알겠지만……."

"『인공정령』과 『예지의 서』였던가. 후자의 책에 나는 짚이는 데가 없어. 전자의, 인공의 정령이란 이야기도 미심쩍어. 그런 존재, 실존은 할까."

율리우스의 말을 이어받아 라인하르트도 고운 눈썹을 찌푸리며 생각에 잠겼다.

그가 품은 의문은 이 자리의 거의 전원이 품는 것이다. 『인공정령』과 『예지의 서』 양쪽 다 에밀리아 진영 외에는 들은 적조차 없을 것이다.

이미 스바루로부터 설명을 들어 사정을 아는 아나스타시아를 제외하면.

"―――――."

스바루는 힐끔 아나스타시아의 옆얼굴을 쳐다보았다. 그 시선에 마침 스바루를 보던 아나스타시아가 의도를 짐작한 듯이 끄덕였다.

두 가지 사항에 관해 모두에게도 같은 설명을 해야 마땅할 거라고 스바루도 판단한다.

"──몇 번이고 죄송합니다. 한 가지만."

그러나 스바루가 입을 열기보다 앞서 다시 한 번 거수한 오토가 말을 꺼냈다.

거수한 오토의 모습에 스바루는 그가 베아트리스의 내력──그녀가 인공정령이라는 사실을 밝힐 생각인가 짐작했다.

물론 같은 설명을 할 셈이었으니 스바루에게 반대할 생각은 없지만──

"오토, 베아코 얘기라면 내가……."

"아뇨. 베아트리스 얘기가 아니라 『예지의 서』 얘기예요."

"아?"

의도가 빗나가 스바루의 눈이 동그래졌다.

스바루 쪽을 보지 않으며 오토는 숨결에 희미한 체념을 섞고 말했다.

"죄송합니다. ──이 도시에 그걸 들고 온 건 저예요."

3

거수한 오토의 폭탄 발언에 실내에 있던 전원이 경악에 휩싸였다.

실존까지 의심스럽던『예지의 서』, 그 소유자가 스스로 나선 것이다. 놀라는 거야 당연. 하지만 개중에서도 스바루가 받은 충격은 헤아릴 수 없는 것이었다.

불타서 잃어버린 거라고,『예지의 서』와의 결판을 낸 것이라고 여겼었는데.

"어, 째서, 네가『예지의 서』를."

"우선 오해가 없게끔 미리 말해 두겠는데요. 확실히『예지의 서』…… 그렇게 불러야 할 것을 도시에 들고 온 건 제가 틀림없지만 그 소유자가 저라는 것은 아녜요. 마녀교의 요구도 아닌 밤중에 홍두깨고요."

"켕기는 말투구마. 무슨 의미가?"

동요하는 스바루와 유난히 냉정한 오토. 그 말꼬리를 잡아채 아나스타시아가 고개를 모로 꼬았다. 그 의문에 오토가 "설명하죠." 하고 끄덕였다.

"여러분,『예지의 서』에 관해선 모르시리라 싶습니다. 이건 단적으로 말하면 마녀교도가 소유한『복음서』…… 소유자의 미래를 적는다는 미심쩍은 마서인데요. 그것의 원서에 해당하는 책이라고 합니다. 기록의 정확성이 현격히 다르다나 뭐라나요."

"복음서의 원서라. 그렇게 말하니 마녀교도가 원하는 것도 왠지 모르게 수긍이 가는군. 비교하는 건 불경할지도 모르지만 효과는 용력석에 가까우려나."

"아쉽게도 비교는 어렵겠네요. 여하튼『예지의 서』는 제가 입수한 시점에서 대부분이 불타서 거의 잔해와 같은 꼴이었기에."

"불탄 잔해……."

오토의 발언에 스바루의 뇌리에 두 권의 『예지의 서』의 말로가 겹쳤다.

베아트리스가 소유했고, 불타 무너진 금서고와 함께 소실한 한 권.

그리고 로즈월이 소유하고 람이 태워 『성역』에서 사라진 한 권.

아나스타시아에게도 설명한 대로, 두 권은 양쪽 다 재로 변해 결판났다. 즉, 오토가 입수한 것은 책의 타고 남은 부스러기. ──아마도 로즈월이 소유했던 한 권이다.

"아, 오토의 생각, 나 알 것 같데이. ──복원사, 다츠 아이가?"

"……아나스타시아 님에겐 못 숨기겠군요. 그렇게 된 거죠."

머리 회전이 빠른 아나스타시아에게 오토가 단념한 투로 수긍했다. 그 대화에 율리우스와 라인하르트의 표정에도 이해한 기색이 떠올랐다.

"기다려. 날 두고 너희끼리만 이해하지 마. 그 복원사란 게 대체 뭐야?"

"말한 그대로, 사물을 복원하는 마법에 특화한 술사를 말한데이. 다츠는 그 바닥에서도 특히 유명한 실력자다카이. 그 양반이라믄 재에서 원래 책으로 복원하는 기도 가능할지 모르겠구마."

"타고 남은 걸로?! 진짜냐, 그런 짓 가능한 거야?!"

"그런 평판의 다츠 선생에게 비밀리에 『예지의 서』의 복원을 부탁했었죠. 그래서 지금 『예지의 서』는 다츠 선생의 작업장에 보관 중일 거예요."

'피난한 다츠 선생이 들고 나가지 않았다면.' 마지막에 그리 덧붙인 오토의 입에서 마녀교가 요구한 『예지의 서』의 소재가 밝혀졌다.

"……오토 형은, 어느 틈에 그런 작자에게 말을 터 둔 거야?"

"어제, 뮤즈 상회에서의 교섭이 결렬되어 여러분과 헤어진 다음이죠. 다츠 선생은 골동품이나 희귀품에 대한 관심이 깊은 분이라 흔쾌히 받아 주셨지만……."

방송에서 『예지의 서』를 요구받아 오토는 천지가 뒤집힐 만큼 놀랐으리라. 그 설명에 불타 없어진 『예지의 서』가 수문도시에 존재하는 이유는 이해됐다.

다만 이해를 못하겠는 것은 책을 회수한 오토의 진의다.

──이전에도 말한 대로 스바루는 『예지의 서』에 좋은 인상이 하나도 없다. 제작자인 악질 마녀에 대한 원망도 포함해 솔직히 불타 버려서 속이 시원했다.

그런 구설수 딸린 마서를 왜 오토는 복원하려는 생각 같은 걸 했는가.

"입수한 경위나, 복원 후의 목적 같은 자세한 사정은 생략하겠습니다. 저는 책의 실존과 현재 소재를 밝히고 싶었을 뿐이에요. 그 이상은 우리 진영 내부의 문제니까요."

"마녀교 무리가, 적어도 목적 중 하나로 『예지의 서』를 지명하고 있어. 이 점에 관해서 책임의 소재는 어디에 있다고 생각하지?"

"마녀교의 행동에 대한 책임은 마녀교 말고 물어선 안 된다고 생각하죠. 그 말을 꺼낼 거면 저도 심술궂은 반격을 할 수밖에 없습니다."

율리우스의 추궁에 오토가 가늘어진 눈으로 아나스타시아를 쳐다보았다. 은연중에 이 도시에 후보자를 부른 호스트에게 책임이 있으며, 그것을 따져야 하느냐고 던진 것이다.

오토의 그 시선에 율리우스는 고개를 가로저었다.

"미안하군. 실없는 소리를 했어. 물론 너희에게 그 책임을 물을 셈은 없다. 그들이 저지른 죄는 그들 자신이 벌을 받아 갚아야 마땅해."

"동감합니다."

율리우스의 말에 마주 끄덕인 다음 오토가 스바루 쪽을 힐끔 보았다. 그의 입술이 '나중에 할 말이.' 하고 의문을 품은 스바루에게 전했다.

진의는 거기서 말하겠다는 의미일 것이다. 그렇다면 지금은 의문을 뒤로 미룬다.

"어쨌든 간에 『예지의 서』가 실존하는 건 확실해졌어. 그렇다면 남은 『인공정령』에 대해서도 있다손 치고 이야기를 진행해야겠지."

일단락 지어진 차에 라인하르트가 새로운 의제를 말했다.

그리고 그 화제는 오토의 생각지 못한 고백 때문에 뒤로 미뤄졌지만 스바루가 털어놓자고 생각하던 내용이 틀림없다.

"그런 이유로, 아나스타시아 씨. 나는 얘기하려고 생각하는데……."

"응. 그치. ──그 야기, 하까."

"──?"

확인을 취한 스바루에게 아나스타시아가 희미하게 시선을 오락가락했다. 그 반응을 의아하게 여기면서 스바루는 자신에게 주목을 모으고자 손뼉을 쳤다.

"잠깐 주목해 줘. 연달아서 미안하지만 『인공정령』에 관해서 보고가 있어."

"나츠키 씨, 괜찮은 거죠?"

스바루의 발언에 먼저 이야기의 내용을 짐작한 오토가 그렇게 확인했다.

베아트리스의 출신을 언급하는 내용이다. 민감한 이야기가 될 거라고 오토는 판단했을지도 모른다. 하지만 이건 필요한 설명이라고 스바루는 판단했다.

이 자리에 모인 전원이 아군, 지금은 왕선을 경쟁하는 사이 따위 잊어야 한다.

"그러니까 숨기는 건 없기야. 놈들이 원하는 『인공정령』 말인데, 내 단짝인 베아코…… 베아트리스가 그래. 지금은 부상자와 함께 자고 있어."

"베아트리스 님이? 그렇군. 어쩐지……."

"어쩐지, 뭐야?"

숨기는 바 없이 당당히 정보를 공개한 스바루에게 율리우스가 납득한 표정으로 끄덕였다. 그 반응에 고개를 모로 꼬는 스바루에게 율리우스는 "아니." 하고 자신의 앞머리를 만지며 말을 이었다.

"베아트리스 님이 고위의 정령인 건 알고 있었지만 왠지 모르게 기이한 파장을 느꼈던지라. 자연적이지 않다는 말에 수긍한 참이지."

"……그거, 제대로 된 정령술사라면 쓱 보고 알 만한 거냐?"

"그 질문의 의도는…… 아아, 그렇겠군. 베아트리스 님이 걱정이겠지. 알고말고."

"쓱 보면 안다던가, 가까워지면 안다던가, 그런 거면 무서운데."

눈이 가늘어진 율리우스의 말에 스바루는 솔직하게 끄덕였다.

현재 마녀교의 요구는 『인공정령』이며 베아트리스를 지명한 것이 아니다. 따라서 놈들이 어디까지 구체적으로 『인공정령』의 정보를 얻고 있는지는 미지수다.

모습이나 이름을 모른다면 그냥 베아트리스가 이름 대고 나서지만 않으면 된다. 하지만 만약, 판별할 방법이 있다고 친다면 스바루는 베아트리스 곁에서 떨어지기 어렵다.

그런 스바루의 불안을 털어내듯 율리우스가 "안심하도록." 하고 갸름한 턱을 주억거렸다.

"걱정할 필요는 없어. 내가 위화감을 품은 건 『유정(誘精)의 가호』의 효과로 남보다 정령과 접할 기회가 풍부했기 때문이야. 일반적으로 분간은 못한다고 여겨도 돼."

"그래…. ……응. 그건, 아아, 응, 한시름 덜었어."

율리우스의 설명을 듣고 스바루는 폐 속의 무거운 공기를 뱉어냈다.

주위 사람들, 라인하르트를 비롯한 모두도 율리우스의 의견을 긍정하듯이 끄덕였다. 그들 역시 베아트리스가 특별한 정령인지 여부는 알 수 없다, 그런 긍정이다.

그건 일단 베아트리스에게 위험이 집중될 우려는 없어졌다는 뜻으로.

"그나저나 그거구마! 영문 모를 책도 그렇고, 그 정령 뭐시기도 그렇고, 놈들이 달라 보채는 기, 거의 형씨네 거 아이가!"

"──말하지 마. 나도 자신이 저주받은 게 아닌가 세상을 비관할 참이야."

"세상을 비관하긴 퍽이나! 진짜 웃겨 주고 있으시구마!"

큰 입을 호쾌하게 벌린 리카드가 걸걸하고 무식한 웃음으로 회의실의 분위기를 분쇄했다. 그 삼가는 게 없는 웃음소리의 기세에 스바루는 조금 위안받았다.

"───."

실제로 그의 말이 옳다. ──마녀교의 요구는 스바루 진영을 저격하고 있다.

마녀교의 죄는 마녀교에 물어야 한다. 이 말은 앞서 오토와 율리우스의 대화지만, 이만큼 사정이 겹치면 스바루 일행에게 각박한 시선이 쏠릴 가능성은 충분히 있었다.

리카드는 일부러 목청 높여 그걸 지적함으로써 불화의 싹을 미리 제거한 것이다.

호쾌하게, 혹은 단순히 엉성하게도 보이는 인품이지만 역시 『철 어금니』를 이끄는 단장답게 리카드는 분위기를 파악하는 것도 만드는 것도 빼어나게 능숙했다.

　다만──.

　"요로코롬 보믄 형씨가 겉모습 그대로 인간인지 아닌지도 수상하게 보이기 시작해! 그 상황에서 물에 쓸렸다가 살아남았지, 뭐 숨기는 기 옳어?"

　"분위기 파악하는 거지? 노렸던 거지? 아무 생각 없이 했던 것 같아져서 겁난다."

　"너무 깊게 생각 안 하는 편이 낫데이. 대체로 암 생각 없이 하는 거니께네."

　허심탄회한 연기가 허술한 리카드의 모습에 스바루는 직전에 한 감탄을 의심했다. 그런 스바루의 모습에 어깨를 으쓱한 아나스타시아가 "좌우지간." 하고 말을 이었다.

　"그런 이유로 『인공정령』도 실존한다는 야기야. 물론 아까 오토 야기랑 마찬가지로 마녀교의 요구는 하나도 못 듣는데이. 그치, 나츠키."

　"당연. 나는 노쇠로 죽을 때까지 베아코를 놔 줄 마음은 없어. 영감이 되어도 껴안고 잘 거다. 그러니까 그딴 놈들이 손가락 하나 대게 할까 봐."

　아나스타시아의 말에 동의하고 스바루는 단호히 요구를 거부할 자세를 드러냈다.

　그 모습에 라인하르트가 힘차게 끄덕였다.

　"알아. 그들의 요구는 단 하나도 수용할 수는 없지. 결혼식 정도라면 조건에 따라선 못 본 척할 수 있을지도 모르겠지만⋯⋯."

"아니! 그것도 절대 노! 어째서냐면 백발의 개자식이 결혼하겠다느니 어쩌느니 개소리 지껄인 상대는 에밀리아거든!"

"풉?! 꺼림칙한 예감이 들었지만 역시 에밀리아 님인가요! 피난해서 이 자리에 안 계신다고 생각하고 싶었는데……!"

라인하르트가 깜짝 놀라고 오토가 충격적인 사실에 안면이 창백해졌다. 둘의 반응을 보고 스바루는 "미안해." 하고 설명이 늦은 것을 사과했다.

"내가 한심해서, 눈앞에서 끌려갔어. 그러니까 '은발 처녀'라는 건 에밀리아를 말하는 거야. 하지만 그런 짓은 용서 못해. 에밀리아를 신부로 맞는 건 나다."

"———."

턱 자기 가슴을 두드리고 스바루는 자기에 대한 분노와 의분, 그리고 연심을 태우며 이를 드러냈다.

그 당당한 선언에 오토는 머리를 싸잡고 라인하르트는 눈이 동그래졌다.

"……어라? 나, 뭐 이상한 말 했어?"

"이상한 말이라고야, 안 하긋는디…… 용케도 말한다 싶어서. 『미티어』로 한 연설도 감탄했는디 지금 것도 또 감탄했데이. 나츠키, 사내구마."

"그 뜨뜻미지근한 코멘트는 웬 소리야?! 역시 뭐 이상했어?!"

아나스타시아는 고개를 설레설레 가로젓고 리카드는 명확하게 능글대고 있다. 힘이 쭉 빠진 오토와 팔짱을 끼고 끄덕이는 가필은 평소대로라 치고.

"라인하르트, 너까지 표정이 왜 그래."

"놀라기도 했고, 아나스타시아 님처럼 감탄하기도 해서일까. 네 생각은 어렴풋이 짐작하고 있었지만 에밀리아 님에 대한 마음을 이토록 분명히 입 밖에 낼 줄은 몰랐어."

놀람이 풀리고 솔직한 감동을 눈에 드리운 라인하르트가 미소를 띠었다. 설마 성실한 그마저 이다지도 놀리는 발언을 할 줄이야.

그리되면 기사의 자세에 일가견 있는 율리우스는 자못 부아가 치밀고——

"_____."

"율리우스?"

그러나 쭈뼛쭈뼛 돌아본 스바루의 눈앞, 율리우스의 반응은 예상과 크게 달랐다.

율리우스는 노란 두 눈이 가늘어지며 마치 선망하는 시선을 스바루에게 보내고 있었던 것이다. 가슴속을 몹시 쥐어뜯기는 듯한, 그런 갈망을 머금은 시선을.

"——미안하다. 조금 고민하고 있었어. 왜 그러지?"

"아니, 딱히 상관없는데…… 아—! 아무튼, 아무튼 말이야!"

순간, 간격을 두고 제정신을 차린 율리우스, 그 모습에 제 페이스를 잃으면서도 스바루는 호들갑스러운 몸짓으로 분위기를 일신해 실내의 구성원들을 둘러보았다.

"에밀리아는 내가 이 손으로 되찾겠어. 그러기 위해 『탐욕』은 날려 버린다. 기필코."

"──그래, 그러자. 그런 거라면 절대 허용할 게 아니야."

스바루의 결의표명에 찬동하고 라인하르트가 두른 투명한 투기가 박력을 더했다. 그 여파에 살갗에 소름이 돋으면서 스바루는 "그리고." 하고 말을 이었다.

"오토는 비관했었지만 나쁜 얘기만 있진 않아. 붙잡은 에밀리아땅도 그냥 끝난 게 아닌지 한 번 알과 연락을 취해서 적의 정보를 흘려 줬거든."

"에밀리아 님이 그런 고도의 행위를?! 괜찮았던 건가요?!"

"하다못해 위험한 행위라고 그래라……. 알, 들려줘라."

오토가 에밀리아를 어떻게 평가하고 있는지 훤히 보이는 반응이었기에 스바루는 회의실 구석, 말없이 벽에 등을 기대던 알에게로 말문을 돌렸다.

"_____."

그 부름에 알은 어물어물 고개를 들고 완만한 몸짓으로 벽에서 등을 뗐다.

아무래도 스바루의 연설 이래 그는 내내 이런 상태다. 연설 전의 대화도 포함해 평소와 너무나 다른 분위기를 띠고 있다. 그 사실이 마음에 걸리긴 했다.

그런 불안을 띤 시선을 받으면서 알은 "아──." 하고 나른하게 웅얼대다가 말했다.

"……그 아가씨, 적의 소굴이건만 영 꺾이질 않아서 말이야. 『탐욕』의 목적이 아가씨와의 결혼이라면 자기가 살해당하지 않을 거란 확신이 있는 걸지도 모르겠지만."

"응……. 아니, 그건 글쎄."

투구 이음매를 만지며 찰칵찰칵 걸쇠를 울리는 알의 말에 스바루는 고개를 모로 꼬았다.

못할 생각은 아니지만 에밀리아의 경우, 만약 다른 상황이었다고 해도 그 행동은 별로 변하지 않을 것 같다. 좋든 나쁘든 자신보다 타인을 우선한다.

그런 그녀의 모습이 기쁘기도 하며 걱정이기도 하다. 더욱 에밀리아의 정보를 원한다. 붙잡힌 그녀가 무사히 있었다. 그것을 안 것만으로도 운이 좋건만.

"──에밀리아는『탐욕』과『색욕』이 각각 담당하고 있는 제어탑의 정보를 줬어. 아까 오토 얘기로 보자면『폭식』의 제어탑도 알겠지?"

"3번가의 제어탑이었더랬제. 1번가가『색욕』, 3번가가『탐욕』이랬으니, 소거법으로 4번가의 담당이『분노』. ──이건 충분히 무리할 가치가 있는 정보데이."

"그런 거지."

정보를 정리한 아나스타시아에게 스바루는 가볍게 딱 튕긴 손가락을 겨누며 윙크. 그 몸짓에 쓴웃음으로 답변받은 스바루는 꼿꼿하게 그 손가락을 알에게로 돌렸다.

"그래서 이 정보를 가지고 와 준 알에게도 감사하고 싶은데…… 정작 너는 언제까지 심통을 부릴 거야? 그야, 네 충고는 들어주지 못했지만……."

"심통 같은 게 아냐. 나 같은 아저씨가 풀 죽어도 귀엽지 않고."

"귀염성 얘기가 아니라고. ……인정하고 싶진 않지만 우리는 한 번 졌어. 지난번과 같은 전철은 안 밟아. 그러니까."

스바루는 겨눈 손가락을 손바닥으로 바꾸고 알에게 내밀었다. 그 손을 내려다본 알이 투구 너머로 수상쩍다는 시선으로 스바루를 마주 봤다.

"이번엔 너도 도와줘야겠어. 내 연심을 위해서도 분투해 줘."

본심에 농담 같은 말을 섞어 스바루는 알의 대답을 기다렸다. 여태까지처럼 최후에는 넉살을 부리며 꺾여 줄 거라고 믿고서.

그러나——

"——그게 형제의 진짜 진심이라면 나도 협력을 아끼지 않겠다마는."

스바루의 손을 성가신 듯 쳐낸 알의 말에 그런 친밀감은 전혀 없었다.

"————."

"으…….."

칠흑의 투구 안, 밖에서는 알 수 없는 눈빛과 평소와 명백하게 인상이 다른 음색에 휘감겨 스바루의 등에 오싹하니 공포가 치달았다.

이 순간, 알이 스바루에게 보내는 것은 거칠고 모가 난 격정이었다.

스바루는 그 정체 모를 공격적인 감정을 경험한 바가 있다. 하지만 그게 어디서 맛본 것인지, 느낀 것인지, 구체적인 형태가 떠오르질 않았다. 연결되지 않았다.

알지 못한 채로 기묘한 눈싸움은 이어지고, 그리고——

"번쩍 떠올랐어요. 들어 주세요. ——그대 눈빛에 가슴두근 화끈화끈."

"우허억——?!"

"삐익?!"

기습이라고밖에 말 못 할 난입에 기겁한 스바루의 비명으로 상대가 날아갔다. 힘차게 바로 뒤로 날아간 그 인물은 예비 책상까지 끌어들이며 화려하게 넘어졌다.

"꺄흐흘! 팔꿈치가! 무릎이! 온몸의 뼈란 뼈가 다 박살 난 고통이! 늑골이 여섯 대 전부 부러졌어요! 틀림없어요!"

쓰러진 책상 밑에서 몸부림치는 작은 인물이 원숭이처럼 듣기 괴로운 비명을 지르고 있다. 그 소리를 BGM으로 깔고 뒤돌아서서 가쁜 숨을 쉬던 스바루의 눈이 휘둥그레졌다.

회의실 바닥에서 발광하며 있는 힘껏 개성을 발휘하는 인물은——.

"릴리아나냐! 근데 네가 여기에 있단 말은……."

"——물론, 소녀가 이렇게 몸소 발길을 옮겼음이 당연하지 않으냐, 어리석은 놈."

"오."

릴리아나의 존재를 확인한 직후, 오만불손한 목소리의 주인이 회의실에 발을 들였다.

발소리를 높이 울리며 자신의 존재를 호화현란하게 과시하는 것은 붉게 빛나는 여자였다.

그녀는 핏빛 눈으로 실내를 깔아 보고는 풍만한 가슴골에서 뽑은 부채를 펼쳤다.

그리고——

"배우는 다 모인 모양이로고. 범속한 것들이, 주빈인 소녀를 얌전히 기다리던 건 좋은 마음가짐이라고 하겠다. 앞으로도 그 마음가짐을 모쪼록 게을리하지 말거라."

그렇게, 흡족하게 웃은 붉은 여자—— 프리실라 바리에르가 당당히 등장했다.

4

"——고, 공주! 무사했었냐!"

갑작스러운 프리실라의 등장에 스바루를 포함한 일동은 크게 놀랐다.

하지만 그중에서 가장 빨리 제정신을 차리고 프리실라에게 달려간 것은 그녀의 시종 알이었다.

"어딜 찾아도 안 보여서 걱정했었…… 글라돈나?!"

"이 천치."

재회의 기쁨도 한순간, 달려온 알의 머리를 프리실라가 부채로 호쾌하게 때렸다. 위력깨나 있는 소리가 회의실에 울리고 알의 몸이 릴리아나 옆에 나동그라졌다.

그 부채의 위력을 몸으로 배운 스바루는 무심코 "우와." 하고 소리를 내고 말았다.

"알이여. 네놈, 소녀와 함께하지 않고 범속한 것들과 놀고 있다니 어찌 된 영문이더냐. 소녀의 모습을 보고, 소녀의 목소리를 듣고, 소녀의 냄새를 맡고, 소녀의 명에 따르는 것이 네놈과 슐트의 소임이 아니냐. 슐트도 소녀가 직접 찾게 하다니 고약한 심보에도 정도가 있다만."

"우— 죄송하지 말입니다, 프리실라 님……."

가차 없이 알을 걷어차는 프리실라. 그 등 뒤에서 조심조심 얼굴을 내민 것은 분홍 머리의 어린 소년 집사── 프리실라가 찾던 사람, 슐트였다.

"한 말에 책임졌냐. ……진짜, 대단한 행동력이셔."

순연한 위협인 아수가 발호하고 마녀교의 악의로 혼란과 폭력이 지뢰처럼 깔린 도시를 프리실라는 릴리아나와 슐트를 데리고 훌륭히 돌파해 냈다.

그 자세와 절대적인 자신감은 스바루의 상상이 미치는 범위를 너끈히 넘고 있다.

"오늘 아침 여관에서도 그렇지만도…… 진짜, 남을 놀라게 하는 걸 좋아하는 분이데?"

"너희 범속한 무리가 소녀의 보기 드문 미모와 존재감에 멋대로 전율할 뿐 아니더냐. 그래서 머리를 조아린다면 자비도 주겠으나 네놈들은 하나같이 귀염성이 없어. 특히."

별로 궁합이 좋지 않은 인상이 있는 아나스타시아와 프리실라, 양자가 견제 정도의 설전을 주고받고는, 길게 째진 붉은 눈이 스바루를 응시했다.

그 압력에 목이 막혀 스바루가 "뭐야." 하고 되물으니.

"──아까 못난 방송 말이다만, 그건 네놈 목소리였으렷다?"

"……그렇다면 어쩔래?"

"흥. 그리 긴장하지 마라. 결과에 대해서 소녀는 공평해. '페어' 라는 것이지. ──지금 도시 안 범속한 무리의 눈길은 네게 모여 있다. 그것을, 소녀가 몸소 빼앗기로 했노라."

"……어, 음, 그건 즉?"

"끝까지 말하게 하지 마라. 고귀한 소녀의 입술에 쓸데없는 수고를 맛보게 하지 말지어다."

도발적으로 눈을 가늘게 뜬 뒤, 프리실라는 회의용 의자 중 하나에 당당히 앉았다. 등을 기대 등받이를 삐걱거리게 하고서는 풍만한 가슴을 밀어 올리듯 팔짱을 끼었다.

"자, 소녀에게 현 상황을 설명하여라. 소녀의 수족이 되어 제 역할을 족히 다하라. 포상으로 소녀도 꿍꿍이에 가담해 주마. 고맙게 여기도록."

"자, 잠깐, 공주! 설마 진짜로, 마녀교 녀석들이랑 한판 뜰 작정이야?!"

"하면 소녀더러 도망치라고 주청하는가? 알. 그렇다면 글러도 한참 글렀어."

털썩 의자에 앉아 작전에 참가하기를 표명한 프리실라에게 알이 항의했다. 하지만 프리실라는 반대로 알을 노려보아 쇠투구의 남자를 떨게 했다.

"도시에 방문하기를 결정한 것은 소녀다. 그렇다면 도시를 떠나기로 결정하는 것도 소녀야. 결코 남의 지시 따위 받지 않는다. 하물며 우매한 광신자의 말 따위 알 바더냐.”

“―――.”

“――이 세상은 전부 소녀에게 편리하도록 되어 있어. 소녀의 종복, 광대라면 분별하라, 알. 소녀가 소녀인 것이 세상의 섭리, 소녀의 행위 그 자체가 하늘의 뜻이노라고.”

프리실라의 강철―― 아니, 그것을 웃도는 다이아몬드 같은 의지는 깰 수 없다.

그것은 이 자리의 전원이, 누구보다 알이 통감할 터다.

“알 님, 저기, 어어, 으, 프리실라 님께선, 이런 분이시지 말이니까요…….”

“……그래, 알아. 마음 쓰게 해서 미안하다, 슐트.”

힘없이 외팔의 어깨를 떨어뜨린 알이 허둥지둥 말을 가리는 슐트에게 쓴웃음 지었다. 그 모습에서는 직전까지 스바루에게 보낸 가시 돋친 분위기가 사라져 있었다.

작정을 했다는 뜻이리라. ――프리실라의, 패자의 풍격이 이뤄낸 결과다.

“오토, 이참에 잠깐 괜찮을까?”

“그러죠. 알겠습니다.”

프리실라의 주장에 알이 물러나고, 대범한 그녀에게 사정 설명이 시작됐다.

그동안 스바루는 오토를 복도로 데리고 나가 보류했던 문제――『예지의 서』의 복원에 대해 그의 생각을 들어 보기로 했다.

"가필, 얘기가 진행되면 부르러 와 줘."

아우에게 그렇게 말을 전하고, 스바루와 오토는 회의실 밖의 복도에서 마주 보았다. 그리고 오토는 조용히 스바루를 응시하면서 "1년 전이에요." 하고 그 입을 열었다.

"『성역』의 문제를 정리하자마자죠. 변경백이 내린 폭설이 녹은 뒤에 촌락 안을 둘러보다가 우연히…… 아니, 우연이 아니네요. 람 씨로부터 이야기를 듣고 타고 남은 게 있지 않은가 적극적으로 찾고 있었으니까요."

"거기서 발견했단 말은, 주운 타고 남은 책은 로즈월 것인가."

"네. 제가 내용을 확인하고 싶던 것도 그쪽이었기에 웬일로 운이 좋았죠."

웬일로 운이 좋았단 말은 타고난 불운을 자학하는 그 딴의 농담이다. 하지만 스바루는 쓴웃음 짓는 오토에 맞추어 웃을 마음이 생기지 않았다.

속에 앙금이 남은 스바루, 그 모습에 오토도 입가에서 웃음을 지웠다.

그 뒤로 그는 한 번 무거운 한숨을 내쉬고 말했다.

"솔직하게 말해서, 나츠키 씨는 메이더스를 어떻게 생각하세요?"

"로즈월을 말이야?"

물음에 스바루는 골똘히 생각했다.

"1년 전 일도 있고 방심 못할 놈이라고 생각해. 다만 그 녀석의 목적은 분명해졌고 그것과 어긋나지 않는 동안에는 위협이 아냐. 지금은…… 공범자, 쯤 될까."

"──저는 메이더스 변경백을 전혀 신용하지 않아요."

오토는 스바루의 생각이 무르다는 듯 딱 잘라 말했다.

그 말이 날카롭게 그지없어 스바루는 목구멍에서 말이 막혔다.

"1년 전 일이 있다고, 그렇게 말했죠. 네, 그래요. 1년 전의,
『성역』 일이 있죠. 그 이전에도 그분은 여러모로 꾸미고 있던
눈치고요. 나츠키 씨나 에밀리아 님은 그쪽을 무르게 용서하는
모양이지만요."

"……용서한다는 건, 아냐. 그 녀석이 했던 일은 웃기지 말라
고 생각하고, 지금도 열 받아. 근데 그 녀석의 힘이 필요한 건 사
실이라고. 그러니 내내 껄끄럽게 있어 봤자 별수 없잖아. 에밀
리아도 그 점은 같은 생각인데."

"그게 무르다는 거예요. ……그게 나쁘다고는, 말 안 하겠지만."

답답한 것을 보는 눈으로 오토가 스바루를 노려보고 있다.

그가 품는 그 갑갑한 감정은 스바루도 아주 잘 이해한다. 이해
하지만.

"괜찮아요. 나츠키 씨와 에밀리아 님은 그래도 괜찮다고 봐
요. 두 분이 변할 필요는 지금은 없어요. 그쪽 경계는 제가 할 셈
이니까요."

"그쪽 경계라니."

"내정관이란 신세니까 변경백과 접할 기회도 많죠. 요 1년 봐
왔지만 흉계나 켕기는 책모의 눈치는 딱히 느껴지지 않더군요.
하지만 요 1년 이전은 저로선 모르죠. 뭔가, 시간차로 발동할

수작을 부렸더라도."

입을 다물었다. 오토의 경계, 염려, 고심, 그 무게가 찬찬히 전해진다.

그가 로즈월에게 품는 불신은 정당한 것이다. 행동이 자기 자신에게 돌아오는 건 자연의 섭리. 그것이 좋든지 나쁘든지 간에. ——아니, 오히려 나쁠 때야말로 그리되어야 할 터.

"그분이 『예지의 서』에, 미래의 기록에 따르고 있었다면 책을 보면 무엇을 꾸미고 있었는지도 알겠죠. 이다음 국면에서 그게 도움이 될 때가 올 거예요."

주먹을 쥐며 역설하는 오토에게 이번엔 스바루가 속내로 갑갑함을 느꼈다.

그 말마따나 오토는 요 1년 동안 로즈월을 가장 가까이서 본 사람이다. 상대의 일거수일투족에 주의하며 마음을 놓을 때가 없는 나날을 보냈을 것이다.

그리고 결론적으로 1년 동안의 행동에 음모의 흔적은 없다고 판단했다. 그쯤에서 한시름 덜고 경계를 풀지 못하는 게 이 걱정 많은 벗의 나쁜 버릇이었다.

——그도, 그 딴에 로즈월을 믿고 싶은 것이다. 하지만 현재와 미래의 행동이 아니라 과거의 '있었을지도 모르는 모략'이 그것을 용납지 않았다.

"그럼 네가 『예지의 서』에서 보고 싶었던 건 미래가 아니라."

"……과거의 기록이죠. 저는 우리 진영 중 누군가가 다치지 않을 확증을 바랐어요. 그래서 『예지의 서』를 확보해서 복원을 의뢰했죠. ……제멋대로 움직여서 죄송합니다."

고개를 숙이고 사과하는 오토에게 스바루는 아무 대꾸도 할 수 없었다.

본래 그가 품고 있던 불안과 염려는 스바루나 에밀리아가 알 아채야 할 문제였기 때문이다.

새삼 하루하루 눈에 보이는 것 이상의 형태로 그에게 도움받고 있었다고 실감했다.

정말로 그는 왜 이렇게까지 해 주는 것일까——.

"그 이유는 얘기 안 해요. 시답잖은 거라서요."

스바루의 표정으로 속마음을 읽어 고개를 든 오토에게 선수를 빼앗겼다. 결국 겸연쩍은 감각을 깊이 맛본 스바루는 머리를 긁으면서 한숨을 쉬었다.

"이야기는 알겠어. 책 사정도 이해했고. 화도 안 내. ……다만 놈들이 그 책을 원한다는 건 문제로군. 실물은, 어쩔까."

"복원이 됐든 안 됐든 회수하고 싶어요. 다츠 선생이 피해를 볼 가능성도 크고, 마녀교의 손에 넘어가는 것도 피하고 싶어요. ——제 책임입니다."

"……제어탑의 네 군데의 공략이 최우선이야. 그쪽에 전력은 못 쪼갠다고."

"이 위험한 도시에 『검성』까지 데리고 돌아온 실적을 잊으셨어요? 그리고 이래 봬도 동물을 흘려서 생존권을 만드는 건 특기 중의 특기라서요."

오토가 자기 입술에 손가락을 세우고 『언령의 가호』의 힘을 은연중에 시사했다.

실제로 어떻게든 수를 써서 살아남는다는 점에서 오토에 대한 스바루의 신뢰는 남다르다. 적의 주력은 요지에 집중해 있으며 오토의 목적도 나쁘지 않다.

"불안은 가시지 않지만 그건 이 도시에 있는 이상 모두가 똑같아요. 나츠키 씨도 에밀리아 님을 전력으로 되찾을 필요가 있죠. 피차 책임이 막중해요."

"알아. 『탐욕』 자식은 때려눕힌다. 에밀리아는 색시 삼는다. 양쪽 다 내 소임이지."

"후자는 알아서 노력하라지만, 그 정도 패기가 있어야죠."

기합을 다시 넣은 스바루를 보고 오토가 회의실 쪽으로 고개를 돌렸다. 방으로 돌아가자고 시선으로 말하는 그에게 끄덕여 대답하고, 스바루는 회의실의 문 쪽으로 돌아서서——

"——스바루 님."

계단 쪽에서 부르는 나지막한 목소리에 발길이 멈추었다.

돌아보고 부른 상대와 눈이 마주쳤다. 그것은 위층에서 크루쉬 곁에 붙어 있었을 빌헬름이었다.

"오토, 먼저 돌아가 줘."

"알겠습니다. 방금 한 이야기는 진행해 둘게요."

빌헬름에게 눈인사하고 오토가 먼저 회의실로 돌아갔다. 그것을 등지고 스바루는 계단 위의 빌헬름 쪽으로. 그것을 묵례한 노검사가 맞이했다.

"대화에 끼지 못해 죄송합니다. 폐만 끼치는군요."

"사정이 있잖아요. 아무도 나쁘게 여기진 않아요. 저기……
크루쉬 씨는 어때요?"

상태가 좋지 못하다고는 들었다. ──오히려 나쁘다고 들었다.

그것도 여성으로서 남의 눈에 닿게 하기가 가혹하다고, 그런
불온한 설명을 들었었다.

그렇게 불안을 숨기지 못하는 스바루에게 빌헬름은 파란 눈을
내리깔고 대답했다.

"방금 막, 눈을 뜨셨습니다. 아직 예단을 허락지 않는 상태이
긴 합니다만……."

"눈을 뜬 거예요?! 다행이다! 계속 걱정했었어요."

"──그 크루쉬 님께서, 스바루 님을 불러 달라고. 와 주실 수
있을까요?"

낭보에 눈을 빛낸 스바루는 이어지는 빌헬름의 말에 갸웃했
다. 물론 크루쉬와 대화하는 건 대환영이다. 그녀의 안부는 이
눈으로 확인하고 싶다. 그런데──

"본인이 직접 하신 청입니다. 페리스는 표정이 좋지 못했습니
다만."

"……그렇겠죠."

페리스가 뱉은 저주 같은 말은 지금도 스바루가 낯을 못 들게
마음을 좀먹으며 떨어지질 않았다.

도시청사 최상층에서 카펠라와 싸울 때 유일하게 크루쉬를 지
킬 수 있던 게 스바루다. 실력이 아니라 상황이, 사실이 아니라
감정이 그에게 스바루를 용서하지 못하게 한다.

그리고 그 심정은 스바루도 쓰라릴 만큼 이해할 수 있었다.

"페리스가 무례한 말을 할지도 모르겠지만 신경 쓰지 말아 주십시오. 그리고 가능하면 그걸 용서해 주십시오. 본심으로는 알고 있습니다. 단지 어떻게도 못할 감정을 주체하지 못하고 있을 뿐이기에."

"소중한 사람이 괴로워하고 있는데 아무것도 할 수 없어서, 주위를 저주하고 싶어지는 기분이라면 알죠. 그 순간의 검은 기분이 그 사람의 전부라고 생각하고 싶진 않아요."

화풀이로 조금이나마 마음이 누그러진다면, 그러는 것을 누가 탓할 수 있는가.

스바루도 욕쯤은 달게 들을 각오가 있었다.

"──이쪽입니다."

빌헬름은 그 답변에 눈을 감았다가 주군의 방으로 스바루를 앞서 이끌었다.

뚜벅뚜벅. 두 사람의 규칙적인 발소리만이 복도에 울렸다. 그 도중이었다.

"스바루 님, 도시청사에서의 싸움을 거쳐 제게도 한 가지 보고하고 싶은 것이."

"뭐죠? 크루쉬 씨 일 말고라면…….."

"대죄주교와 동행하던 마녀교도…… 그, 두 검사 얘기입니다."

빌헬름의 말에 스바루는 희미하게 숨을 죽였다.

예상은, 하던 문제였다. 미미가 입은 아물지 않는 상처와, 빌헬름의 옛 흉터가 벌어진 사실. 마녀교가 끌고 나온 강력한 검사 두 명——.

"한 명은 『여덟팔』의 쿠르강. 볼라키아 제국의 장군으로 최강의 이름을 떨친 검사. 여덟 개의 팔을 이용한 강검의 고수입니다. 본인은 10년 이상 전에 죽었을 테지만."

"죽었을 남자라면, 저기, 빌헬름 씨, 그러면……."

"그리고 또 한 명."

캐물으려는 스바루를 막고 빌헬름이 말을 이었다.

그 발이 멈추었다. 순간적으로 스바루도 멈춰 섰다. 등을 돌린 채로 빌헬름의 말이 이어지지 않았다. 문득 스바루는 한 걸음 그의 옆으로 나아가고—— 후회했다.

보는 게 아니었다.

"——또 한 명은, 선대 『검성』 테레시아 반 아스트레아. 15년 전의 대정벌 때, 백경에 패해 죽었을, 제 아내입니다."

목소리는 평정을 유지하고 있었다. 그것만으로도 강인한 정신력이라고 할 수 있으리라.

하지만 그런 감개는 괴롭게 일그러진 『검귀』의 옆얼굴을 보면 전부 빛바래고 만다.

분노와 괴로움, 한마디로는 형용할 수 없는 감정이 한 남자를 쥐어뜯으려 하고 있었기에.

"사모님도, 제국의 장군도 모두 살아 있었을 가능성은……."

"——그건 아니겠죠. 안사람도 쿠르강도 모두 망자일 겁니다. 그 사실은 뒤집히지 않아요. 다만 망자를 망자인 채로 욕보이는 망나니가 있습니다."

이를 깨물고 아내의 생사를 옳게 받아들이는 빌헬름에게 스바루는 생각에 잠겼다.

──망자를 망자인 채로 욕보이는 사법.

즉, 네크로맨시의 일종인가. 소위 시체를 조종하는 사령술은 픽션의 세계에는 낯익은 마법이다. 물론 픽션의 세계라면 죽은 사람을 다시 살리는 마법도 드물지는 않지만, 이 세계에 그런 편리한 마법은 없다.

죽은 사람은, 살아나지 않는다. ──그것이 이 1년 몇 개월 동안 스바루가 배운 불문율이다.

그렇기에 그 현상은 죽은 자의 소생이 아니라 죽은 자를 주구로 삼는 마법의 힘이다.

"옛날, 시체를 조종하는 금술을 다루던 자가 있었습니다. 수십 년 전의 아인전쟁…… 왕국의 내전에서 아인 측에 붙었던 그자는 주검을 군세에 더해 왕국 최대의 적 중 하나로 취급됐지요."

"망자의 군세를 조종하는, 왕국의 적……."

"아인족의 영웅 리브레 페르미. 대참모 발가 크롬웰. 그리고 ──."

한 번 말을 끊고 빌헬름은 말했다.

"마녀 스핑크스. 인간과 아인, 쌍방의 피를 무자비하게 대량으로 흘리고 낯빛 하나 바꾸지 않던 최악의 존재. 왕국 역사에 『질투의 마녀』 외에 이름을 남긴 유일한, 마녀입니다."

빌헬름의 입에서 설명된 것은 스바루가 들은 적도 없는 마녀의 이름이었다.

스바루가 아는 『마녀』는 『질투』의 사테라를 제외하면 에키드나의 묘소에서 만난, 대죄를 내건 여섯 마녀뿐이다.

그 외의 마녀가 있다니 스바루로서는 청천벽력이었다.

"그럼 빌헬름 씨는 그 스핑크스란 마녀가 이번 사건에 얽혀 있다는 말인가요?"

"아뇨. 죄송합니다. 말이 부족했습니다. 그 스핑크스는 아인 전쟁 당시에 파멸해 사망했습니다. 이번 사건에 마녀의 관여는 없겠지요."

"죽었다? 그거 틀림없는 건가요? 죽은 척한다든가, 도리어 죽어도 자유롭게 활개치는 게 마녀라는 생각이 드는데요."

스바루가 『사망귀환』의 터부를 건드릴 때 나오는 사테라도 그렇고, 자신의 영역에서 사후의 생활을 만끽하던 에키드나도 마찬가지다.

"죽여도 죽지 않는, 얼핏 바퀴벌레 같은⋯⋯."

"스바루 님이 마녀에게 어떠한 인상을 가지셨는지는 모르겠으나 스핑크스는 편의상 마녀라고 불린 존재입니다. 중요한 건 그자가 사용하던 술법."

"그것이, 죽은 이를 조종하는 마법⋯⋯."

"송장 병사라고, 당시에는 그리 불렸습니다. 아마도 같은 금술이겠죠.”

『송장』을 『병사』로 삼는 『송장 병사』라니, 간단해서 알기 쉽고, 잔혹한 표현이기도 했다.

망자가, 숨진 사람이 움직이고 있는데. ──송장이라고, 그렇게, 현실을 들이댄다.

그 송장 병사로서 사랑하는 아내를 이용당한 빌헬름의 심경은 도저히 상상할 수 없다.

“안사람은 세상을 떠났습니다. 제 힘이 미치지 못해.”

“────────.”

또 말하게 해 버렸다고 스바루는 자신의 씁쓸한 표정을 후회했다.

스바루의 어리석은 미련이 빌헬름더러 그런 말을 하게 했다. 또다시 아내를 죽이게 했다.

노검사의 옆얼굴에 스바루가 할 수 있는 말일랑 하나도 없다. 아무것도 없는 것이다.

“오래 붙잡아서 죄송합니다. 이 이상 크루쉬 님을 기다리시게 할 순 없습니다. 부디 나아가 주시길.”

빌헬름이 허리를 굽히고 복도 막다른 곳에 있는 문을 가리켰다. 가장 안쪽의 방. 그곳에서 크루쉬가 스바루를 기다린다. 발바닥이 바닥에 들러붙은 것처럼 무겁다.

그것은 필시 주눅이 든 스바루 본인이 가진 약한 마음의 표명이다.

“──접니다. 나츠키 스바루예요. 저, 크루쉬 씨?”

문에 노크하고 잠긴 목소리로 불렀다. 그대로 잠시 침묵이 있다가 문이 천천히 안쪽에서 열렸다.

"스바루큥……."

문 너머에서 모습을 보인 페리스, 그 처절한 모습에 스바루는 숨이 턱 막혔다.

울다 부어서 붉어진 눈과 흐트러진 밤색 머리. 온몸이 자신의 것이 아닌 피로 물들었고, 닦을 여유도 없었는지 볼과 목까지 핏자국에 찌들어 있었다.

"……아, 크루쉬 씨가, 날 부른다고 들어서, 왔어."

"응. 안의, 침대에 계셔. ……절대, 쓸데없는 짓만은 하지 마."

목소리는 무겁고 후반은 증오마저 배어 있었다.

하지만 그 증오는 스바루에게 겨눈 것이 아니다. 이른바 전 방위로 겨눈 것이다. 이 세상 전부를 미워하는, 갈 곳 없는 분노가 지금의 페리스를 지배하고 있다.

깊이 호흡하고 스바루는 안으로 돌아가는 페리스의 등을 따라 갔다.

방은 그리 넓지 않은 방이었다. 원래 휴게실이란 명목으로 가면용 침대가 놓이고 몇 개의 칸막이로 구분된 작은 방이며, 크루쉬는 그 가장 안쪽에 있었다.

조야한 침대 위에 누운 여성, 그 호박색 눈이 스바루를 알아챘다.

"……스, 바루 님?"

입술을 움직여 크루쉬가 스바루의 이름을 불렀다.

그 목소리에 응답하려다가 스바루의 목이 푸들거렸다. 각오하고 평정을 가장해 안심시키기 위한 말을 건다. ──그런 간단한 짓도 못할 정도로.

"볼썽, 사나운, 모습이라, 죄송합니다……."

"……아니. 아니, 그렇지……는. 그렇지는, 않아."

굳어 버린 스바루를 보고 크루쉬가 허약한 목소리로 사과했다. 그녀의 비통한 태도에 당황하며 스바루는 수습하듯이 필사적으로 소리를 높였다.

──카펠라의 피를 뒤집어쓰고 검은 저주를 받은 크루쉬는 끔찍한 상태였다.

목이나 손발 등, 보이는 범위의 피부에는 반점에 검은 얼룩이 생겼다. 홑이불과 옷 안의 피부도 같은 상태인 건 상상하기 어렵지 않다. 그물코 같은 검은 혈관이 부자연스럽게 맥동하는 것이 크루쉬의 가는 몸을 독기 어린 뱀이 조이는 것처럼도 보였다.

뽀얗고 얼룩 한 점 없던 크루쉬의 살결이 추악한 저주에 능욕되고 있다.

당연히 피해는 목 아래만이 아니다. 늠름하고 날카로운 검이 연상되던 크루쉬의 냉철한 미모, 그 얼굴의 왼쪽을 검은 반점이 침식하고 있다. 무슨 악의인지 아름다움이 유지된 얼굴 오른쪽이 도리어 얼굴의 좌우를 대비시켜 고결함이 더럽혀지는 혐오를 불러 일으켰다.

왼쪽 눈을 가리듯 안대를 차고 있지만 그 안은 상상하는 것조차 꺼려졌다.

모두 하나같이 스바루와 크루쉬를 만나지 못하게 하던 이유도 잘 알겠다. 남녀의 차이, 영향의 차이, 여러 가지 있겠지만——
이건 너무나도 지독한 처사였다.

"이게…… 나랑 같은, 용의 피의 저주란 거야?"

그렇다면 이 잔혹한 차이는, 스바루와 크루쉬의 피해의 차이
는 대체 뭐란 말인가.

스바루의 오른쪽 다리에도 크루쉬처럼 검은 얼룩이 있다. 하
지만 스바루의 오른쪽 다리는 겉보기를 제외하면 영향은 없다.
아픔도, 이물감도 없는 것이다.

그러나 크루쉬는 명백히 다르다. 얼룩이 맥동할 때마다 괴롭
게 허덕이며, 그때마다 격통이 연상되는 떨림이 퍼진다.

"페리스……."

어떻게 못하겠느냐고 왕국 최고봉의 치유술사인 페리스를 돌
아보았다. 하지만 스바루의 그 행동은 자신의 무력함을 곱씹는
페리스를 상처 입힐 뿐이었다.

입술을 깨물고 자신의 팔에 손톱을 박고서 고개 숙인 페리스.
그 이상으로 이 자리에서 자신의 무력함을 분통해하는 이는 없
다. 둘의 관계를 생각하면 스바루의 발상을 뛰어넘는 방법을 전
부 시험하며 최선을 다한 뒤라는 것은 의심할 여지가 없었다.

"크루쉬 씨……. 제게, 뭘."

이만한 고통 속에서 그녀는 무엇 때문에 스바루를 부른 것인가.

뭔가 할 수 있다고도 생각하지 않는다. 뭔가 하고 싶은 말이 있
는 것일까. 자신을 이런 꼴에 처하게 한 『색욕』에 대한 보복, 혹
은 스바루에게 원망 어린 한마디라도.

괴롭게 허덕이는 크루쉬의 입술에 귀를 대며 스바루는 가는 숨소리를 놓치지 않으려 했다.

그리고.

"……무사, 하셔서, 다행이에요."

"――――."

"저랑…… 같이, 피를 뒤집어썼다고…… 들어, 서…….."

안도한 듯이 숨소리에 부드러움이 깃드는 것을 스바루는 귀로 느꼈다.

다음 순간 스바루는 자신의 본심을 깨닫고 한심해서 분통 터져 죽을 것 같았다.

책망당하는 편이 훨씬 편하다고 생각했던 것이다.

그렇기에 크루쉬의 고결함을 의심하며 그 고상한 심성을 깎아내렸다. 그저 순수하게 스바루의 몸을, 같은 고통에 시달리는 게 아닐지 걱정해 주고 있었는데.

"미안…… 미안해, 크루쉬 씨…….."

마음을 의심한 것도, 이런 식으로 괴롭게 하고 만 것도, 괴로워하는 그녀를 대신해 주지 못하는 것도, 전부 뒤섞인 감정으로 목소리를 쥐어짰다.

순간적으로 손이 나가 침대 옆에 힘없이 떨어진 크루쉬의 손을 잡았다.

그 손가락에도 검은 반점의 침식이 있다. 일그러진 외견인데 감촉만은 매끄러운 것이 더더욱 가엾음을 두드러지게 했다. 다만――.

"끄, 악?!"

한순간, 달군 쇠를 잡은 듯한 고통이 퍼지고 스바루는 소리를 질렀다.

격통이 손바닥을 찔러 반사적으로 크루쉬의 손을 뗀 스바루는 자신의 손을 보았다. ──그, 아무것도 없었을 손바닥에 검은 얼룩이 떠올라 있었다.

"이리 보여줘, 스바루큥!"

경악해 눈을 부릅뜬 스바루의 손을 잡고, 페리스가 상태를 확인했다. 발동한 치유술의 빛이 얼룩을 뒤덮지만 고통과 침식은 사라질 기미가 없다.

하지만 스바루는 그 대신 일어난 현상을 알아챘다.

"페리스! 크루쉬 씨의, 손이!"

"어…….."

외친 스바루에 이끌려 돌아본 페리스의 노란 두 눈이 부릅뜨였다. 경악, 그 원인은 스바루가 잡았다가 놓은 크루쉬의 왼손이었다.

그 왼손에 있는 검은 종양이, 임시방편 정도이긴 하지만 흐릿해졌다.

"설마, 크루쉬 씨의 몸에서 내 몸으로 옮긴…… 건가?"

양자의 변화로 그렇다고밖에 생각할 수 없다. 접촉한 손과 손이── 변화가 그 증거다.

크루쉬의 몸에 깃든 저주가 스바루 쪽으로 옮겨간 것이라고.

"하, 하지만! 내게는 아무 변화도 없는데! 크루쉬 님의 몸을 진찰하느라 몇 번씩 만지고…… 봐! 안 옮겨! 내, 내게는…….”

스바루의 가설을 듣고 종양을 만지는 페리스가 울먹이며 고개를 가로저었다.

치료의 가능성이 싹튼 것이 아니라 자신이 이바지할 수 없는 현실에 그는 맥을 추지 못했다. 눈앞의 현실도, 주군을 구할 수 없는 자신도, 견디기 어려운 일의 연속이라.

“나로선, 크루쉬 님을, 구해드릴 수 없는데…….”

“페리스, 비켜 있어. ……확인할래.”

어쩔 줄 모르는 페리스에게는 미안하지만 지금은 일어난 현상의 확인이 우선이다.

스바루는 페리스를 밀어내고 재차 크루쉬 쪽으로 돌아섰다. 크루쉬는 무슨 일이 일어나는지 알지 못한 표정으로 스바루를 촉촉한 오른쪽 눈으로 바라보고 있다.

스바루는 안대로 가려진 왼쪽 눈까지 통째로 감싸듯이 얼굴에 손을 뻗었다.

“끼, 까아악……!”

직후, 뇌수가 타며 혈관에 마그마가 흐르는 작열의 감각에 스바루는 절규했다.

손끝을 통해 크루쉬의 몸을 침범하는 저주가 흘러들어 신경이 탄다, 녹는다, 터진다.

이것이, 이것이 크루쉬가 맛보던 아픔인가. 이런 것을 떠안고서, 그러고도 스바루를 염려하고. ──그렇다면, 그러하다면 나츠키 스바루도.

"――아."

정신이 드니 스바루는 뭍에 오른 물고기처럼 입을 뻐끔거리며 땅바닥에 주저앉아 있었다. 그런 스바루 옆에서 크루쉬를 보는 페리스가 멍하니 소리를 흘렸다.

"이, 건……."

조금은 효과가 있었는가. 크루쉬가 놀란 모습으로 오른쪽 눈을 깜빡였다. 그녀의 얼굴, 검은 얼룩이 퍼졌던 왼쪽 얼굴에서 확실하게 저주의 영향이 흐려져 있었다.

그 변화에 스바루는 효과를 직감했다. 무거워진 몸을 들어 두 번째에 도전하려 했다.

한 번으로 이만큼 변했다. 그럼 앞으로 몇 번쯤 반복하면 그녀를 구할 수 있으리라고――

"안 돼요, 스바루 님……. 모르, 시겠어요?"

"뭐?"

하지만 스바루를 말린 것은 다름 아닌 크루쉬 본인이었다.

크루쉬가 호박색의 시선을 스바루가 뻗은 손으로 돌렸다. 시선을 따라 스바루도 같은 것을 보았다. 뒤늦게 크루쉬의 말뜻을 알았다.

오른쪽 다리와 마찬가지로 검은 종양에 침식되는 오른팔. 여기까지는 좋다. 크루쉬의 저주를 받아간 판국이다. 이 변화는 바라는 바, 결의가 흔들리진 않는다.

다만 받아온 검은 얼룩과 발현한 얼룩의 비율이 명백하게 균등하지 않다.

크루쉬로부터 받아온 얼룩은 왼손과 얼굴 일부. 반면에 스바루의 오른팔은 팔꿈치 아래, 손등 쪽의 피부 대부분이 검은 얼룩에 덮이고 말았다.

거래의 교환비가 1대1 수준이 아니다. 10대1, 혹은 그 이상인가.

"──하지만 그런 건 망설일 이유가 못 돼."

받아가는 순간에는 아픔이 있다. 하지만 막상 이렇게 몸에 받기만 하면 이 얼룩이 스바루를 좀먹으며 괴롭히는 느낌은 전혀 없다.

크루쉬와 비교하면 스바루가 받는 고통 따위 한순간의 이야기. 그리고 남자와 여자, 이 저주의 추악함이 어느 쪽에게 더 치명타일지 생각할 필요도 없다.

몸 이곳저곳이 검어지는 것쯤이야 크루쉬를 구하기 위해서라면 별것 아니다.

"스바루 님, 안 돼요……. 그 마음은, 받을 수 없어요."

"당치 않은 소리 마. 나는 조금 아파도 끄떡없어. 까불다가 문신 새긴 걸 나중에 후회하는 것에 비하면 이렇게 몸 더럽히는 쪽이 훨씬 나을걸. 그러니까……."

"이후로도, 그렇다고는 단정 못해요……. 저와, 스바루 님, 두 사람이나 싸울 수 없어지면…… 그건 현재 상황에선, 치명적이에요……."

제 몸보다 도시와 타인 걱정을 하는 크루쉬의 판단.

그것은 논리적으로는 옳은 생각이지만 매사는 논리적으로 맺고 끊기만 하는 게 아니다.

"페리스, 스바루 님을 말려 줘요……."

"저, 저는…… 크루쉬 님, 저는……."

"제발. 스바루 님은 지금, 저 말고도 다른, 사람들에게, 필요한 분이니까……."

페리스의 망설임, 그것은 그의 우선도 제일 윗자리에 크루쉬가 존재하기 때문이다. 판단을 망설이고 주저하는 그를 아무도 탓할 수 없다. 이 자리에 있는 누구도 잘못되지 않은 것이다.

잘못되지 않은 것이, 옳은 것은 아니라는 게, 잘못된 것이다.

"한때의 감정에, 휩쓸리지 마요. 스바루 님, 부탁해요……."

"크루쉬 씨, 심정은 이해해. 하지만 그래도 나는."

"말, 했었잖아요. ──뒷일은 전부, 내가 맡겠다고."

"욱──."

가까운 상대를 우선하고 싶어 하는 스바루의 생각을 크루쉬의 탄원이 깨트렸다.

그녀가 선택한 말, 그렇게 힘찬 발언을 자신이 했다는 것일까. 그 말을 들은 크루쉬는 스바루에게 그 말을 다하라고, 책임을 지라고, 그렇게 말하는가.

"제게도, 말해 주세요……."

"─────."

"뒷일은 전부, 내가 맡겠다고."

괴로운 미소가 스바루의 말을 기다렸다.

숨을 집어삼키고 메마른 입 안에서 혀를 움직이다가 스바루는 조용히 눈을 감았다.

앞일을 생각하지 않고 눈앞의 구원에 달려들려던 자신을 나무라는 말에, 할 필요도 없을 말까지 하게 해서, 그러니까 하다못해——.

그러니까 하다못해, 이 순간은 그녀의 바람대로——.

"크루쉬 씨, 천천히 쉬고 있어 줘."

"……스바루, 님."

"뒷일은 전부, 내가 맡을게."

"——네."

요구받은 역할을 수행하고, 요구받은 말을 해 주는 정도의 소임은 다해야 한다.

"————."

크루쉬가 스바루의 답변을 듣고 안도한 것처럼 긴 숨을 내뱉었다.

그대로 힘없이 눈을 감은 것은 여태까지 기력으로 간신히 의식을 유지했다는 증거다. 바로 숨소리가 낮아지며 크루쉬가 다시금 저주의 침식과 싸우는 시간이 시작된다.

그것을 한시라도 빨리 구해 내기 위해서도——.

"미안, 페리스. 나도 가야만 해."

"……나, 어떡하면 될까."

크루쉬의 홑이불을 고치고 일어선 스바루에게 가냘픈 목소리가 들렸다. 약해 빠진 페리스의 표정이 스바루가 위로하는 말을 기다렸다.

본심을 말하면 이대로 크루쉬 곁에 줄곧 있어 주고 싶다. 하지만 상황은, 페리스의 능력은 그것을 허락지 않는다.

"네 힘은 필요해. 이후로도 부상자는 계속 늘어날 거야. 네가 없으면 구할 수 없는 생명이 많아. 그러니까 그걸 부탁하마."

"……제일 구하고 싶은 사람은 구할 수 없는데 말이지."

"페리스……."

"미안. 바보 같은 소리 했어. ……한동안, 둘이만 있게 해 줘."

얼굴을 피하고 침대 옆의 의자에 페리스가 앉았다. 스바루는 끝으로 그 어깨를 가볍게 두드리고는, 마지막으로 크루쉬의 잠든 얼굴을 힐끔 본 뒤 방에서 나갔다.

복도에는 빌헬름이 들어갔을 때와 변함없는 자세로 기다리고 있었다. 안의 상황이 훤히 들렸는지 그는 스바루에게 "감사합니다." 하고 고개를 숙였다.

"크루쉬 님의 마음을 참작해 주셔서, 감사를."

"마음을 참작한 훌륭한 이야기가 아녜요. 반대로 제가 격려를 받았단 이야기니까요. ……제 몸, 대체 뭘까요."

크루쉬의 저주를 받아가거나, 애초에 『용의 피』의 영향 자체가 약하거나, 그 밖에도 마녀인자에 대한 내성이나 『사망귀환』의 능력부터 모든 게 애매하다.

언젠가 그것들 모든 문제에 옳은 답을 얻을 수 있는 것일까.

"어쨌든 문제를 정리하면 크루쉬 씨에게 다시 가야겠군."

"하지만 그 오른팔은 괜찮은 건지요?"

"보기엔 끔찍하지만요. 긴 소매에 장갑이라도 끼면 모양이 나려나. ……미소녀를 한 명 구하기 위해서라면, 지워지지 않는 상처쯤은 아무렇지도 않죠."

자신의 몸이다. 거부감이 든다. 하지만 그건 스바루의 본심이
었다.

해결책이 그것밖에 없다면 크루쉬의 저주를 전부 받아가도 상
관없다. 그 때문에 몸이 거뭇거뭇해져도 에밀리아와 렘, 베아
트리스에게는 싹싹 빌며 용서받겠다.

"그것도 전부 이 난국을 극복한 뒤의 얘기지. 내려가요. 지금
쯤 제어탑의 공략 회의를 하고 있을 테니까요."

"──밑에, 라인하르트가 와 있군요."

서둘러 회의실에 합류하려던 스바루, 그 등에 빌헬름의 중얼
거림이 박혔다.

한순간, 스바루의 뇌리에 스친 것은 오늘 아침에 『물의 날개
옷 여관』에서 있었던 장면이다. 조부와 손자의 화해, 그 장면이
망쳐지며 둘의 관계 회복에 실패하고──

"오해하지 마시길, 스바루 님."

하지만 그런 스바루의 불안을 털어내듯 빌헬름은 고개를 가로
저었다.

"라인하르트와 함께 싸우는 데 거부감은 없습니다. 단지 한
가지만 부탁이."

"부탁이요?"

"──송장 병사의 내력을, 라인하르트에게 밝히진 말아 주시
겠습니까."

"_____."

낮게 읊조린 빌헬름의 말, 그 의도를 알지 못해 스바루는 곤혹에 빠졌다.

　송장 병사. 그것은 빌헬름에게 들은 직후의, 망자를 욕보이는 술법이며 이 수문도시에서 그 사법의 대상이 된 것은——

　"그 녀석에게, 사모님의 사정을…… 할머니 얘기를 하지 말란 뜻인가요?"

　"네, 그렇습니다. 라인하르트에게…… 손자에게 송장 병사로 변한 안사람을 만나게 하고 싶진 않아요. 그 녀석은 필시 자신을 탓하겠죠. 다름 아닌, 저 때문에."

　"빌헬름 씨 때문이라니, 그렇지는."

　않다고 말하고 싶었다. 하지만 스바루는 경솔히 그 말을 입에 담지 못했다.

　오늘 아침에 있었던 일을 떠올리면서, 스바루는 하인켈의 발언도 떠올렸다. 신빙성이 있을 턱이 없는 한마디. ——그러나 그것은 부정되지도 않았다.

　빌헬름이 아내의 죽음은 라인하르트의 책임이라며 그를 힐난했다고.

　그런 믿기 어려운 과거 이야기를 두 사람은 부정하지 않았다.

　"스바루 님은 『검성의 가호』가 특별한 것이라는 사실은 알고 계십니까?"

　"……중요한 부분은, 하나도. 역대의 『검성』이라고 불린 사람은 다들 가지고 있으며 그것을 가지고 있으면 엄청 강해진다, 같은 막연한 내용만 알아요."

"얼추 그렇게 이해해도 틀림없습니다. 그저 유일하게 『검성의 가호』가 다른 가호와 명확하게 다른 점…… 그것은 물려받는 가호라는 점입니다."

"물려받는, 가호."

스바루의 한숨에 빌헬름이 끄덕였다.

노검사는 눈을 감은 채로 뭔가 애처로운 과거를 떠올리듯 뺨을 일그러뜨렸다.

"그 가호는 대대로 초대 『검성』 레이드 아스트레아의 시대부터 면면히 계승해 왔습니다. 가호는 아스트레아 가문의 피에 깃들어 반드시 차기 『검성』을 일족 중에서 택하지요. 라인하르트의 가호 또한 안사람에게서 물려받은 것입니다."

"그런 식으로 일족에 계승되는 가호…… 그렇군. 그렇게 된 건가. 그래서 사모님께서 돌아가시고 라인하르트에게 가호가."

이해가 미치고 납득하려던 스바루의 머리에 뭔가가 걸렸다.

백경에게 선대 『검성』이 패하고 숨을 거둔 결과, 라인하르트에게 가호가 계승됐다. 딱한 과거지만 그것은 일종의 정당한 계승이라고 할 수 있다.

그 흐름이 오늘 아침의 아스트레아 가문의 말다툼과 부합하지 않는다.

빌헬름의 슬픔이, 하인켈의 조롱이, 라인하르트의 침묵이 그 정당한 가호 계승의 형태를 방해하려고 한다.

그리고 그 답은——

"백경과의 싸움이, 한창이던 때입니다."

"＿＿＿＿＿."

"——라인하르트가 가호를 계승한 건 안사람이 임한 대정벌 도중. 싸움 중에 안사람은 가호를 잃어 그저 한 여자로서 후미를 맡을 수밖에 없었지요."

——그것이 아스트레아 가문 분열의 진실.

백경을 토벌하기 위한 대원정, 그 싸움이 한창일 때 가호는 차기에게 계승됐다. 그리고 전장에는 가호를 잃은 옛 『검성』이 남았다.

그리고 선대는 대군의 후미를 맡아 많은 병사를 지키기 위해서 마수와 싸우다가 소식이 끊겼다.

"안사람으로부터 검을 빼앗은 것은 다름 아닌 접니다. 검신에게 사랑받은 안사람에게 검을 버리게 하고 단순한 여자로 만든 접니다. 그 일이 안사람의 최후를 불렀어요."

"빌헬름 씨……."

"검신은 자신을 배신한 안사람을 용서하지 않았습니다. 전장에서 가호를 빼앗기고 버렸을 검에만 기대야 했던 안사람이 어떤 심정으로 있었는지…… 전 그걸 받아들일 수 없었어요. 가호를 계승한 라인하르트를 몰아붙인 건 사실입니다. 무겁기 짝이 없는 숙명을 갓 짊어지고 조모의 슬픔을 슬퍼하는 어린 손자를, 어리석은 저는 용서 못했습니다. 후회, 하고 있어요."

어젯밤, 빌헬름이 스바루에게 밝힌 후회—— 그것이 그 실수였다.

라인하르트가 잘못한 게 아니라고, 그렇게 알고 있었음에도 불구하고 아내의 죽음을 슬퍼하는 빌헬름은 그것을 인정할 수 없었다.

그 결과, 아스트레아 가문은 치명적으로 금이 가고 갈라선 것이다.

"이젠 반복하긴 싫습니다. 안사람의 죽음에 라인하르트의 책임은 아무것도 없으니까. 제 손자가 책망을 받을 이유라곤 아무것도, 아무것도 없으니까."

그렇기에 라인하르트에게 진실을 전하지 않고 자신의 검으로 결판을 내겠다는 말인가.

그 마음은, 후회는, 각오는 쓰라리도록 알 수 있었다. 하지만, 그래서는──

"크루쉬 씨와 페리스, 그리고 사모님과 라인하르트…… 그렇게 짊어지면 찌부러져요. 그리고 제가 잠자코 있어도 송장 병사가 어디에 나타날지까지는."

"그거야말로 괜한 걱정인 법이지요."

"네……?"

확실성이 떨어지는, 불리한 도박이라고 설득하려던 스바루에게 빌헬름이 웃었다.

『검귀』는 그 표정을, 용맹하고 사나운 웃음으로 일그러뜨리며 장담했다.

"──안사람이, 테레시아가 저를 만나러 오지 않을 리는 없으니 말입니다."

　"＿＿＿＿＿＿＿."

　회의실로 돌아온 스바루는 방의 분위기가 한순간 팽팽해지는 것을 느꼈다.

　원인은 스바루가 데리고 돌아온 빌헬름이다. 그와 라인하르트의 시선이 교차하고, 양자는 말없이 모종의 감정을 교환하고 떨어진 위치에 서기를 선택했다.

　그, 빌헬름의 진의를 아는 스바루는 복잡한 심경임에도 아무 말 없이 잠자코 원탁의 빈자리, 오토와 가필 사이에 앉았다.

　"늦어져서 미안하다. 이야기는 어떻게 됐어?"

　"한 차례 설명을 듣고, 한 차례 설명이 끝난 차죠. 나츠키 씨 쪽이야말로 위의…… 크루쉬 님의 용태는?"

　"……좋진 않아. 근데 희망이 없는 건 아니라고 말해 둘게. 일단 마녀교를 내쫓아낸 뒤의 얘기가 되겠지만 어떻게 할 수 있을지도 몰라."

　"그렇군요. 그렇다면 그것만은 낭보네요."

　오토가 수긍하자 동석한 다른 이들도 작게나마 안도했다.

　그들에게는 미안하지만 그 방법을 자세히 설명할 수는 없다. 설명했다간 말릴 가능성이 높은 것을 스바루는 알고 있었다. 그렇기에 사후승낙으로 넘어설 셈이다.

　물론 『색욕』을 쓰러뜨리고 검은 얼룩을 근본부터 제거할 방법을 얻는 게 최선이지만.

"그렇다곤 해도 크루쉬 씨의 전선 복귀는 힘들어. 페리스도 크루쉬 씨 곁에 있으려 할 테고, 구호반과 『철 어금니』의 인원은 여기에 남는 형태가 될 거야. 어때?"

"도시 한복판, 이 도시청사가 사령탑이 되는 기는 필연이제. 제어탑의 네 곳 동시 습격의 방침도 변함없고. 다만 말이데이……."

"다만?"

"그 작전에 관해 난처한 주장하며 뻗대는 분이 계시데이."

그렇게 말하고 아나스타시아가 의미심장한 시선을 원탁 맞은편으로 돌렸다. 그 시선을 따라갈 필요도 없이 난처한 주장의 발언자가 누구인지는 상상이 간다.

이 마당에 이르러서도 협조성이 전혀 없는, 진홍의 왕선 후보자가 부채로 자신을 부치고 있다.

"즉, 프리실라냐. 이번엔 무슨 당찮은 소리를 꺼낸 거야?"

"퍽이나 소녀를 잘 안다는 듯이 말하는구나, 어리석은 것아. 하나 이건 짐작 못하겠지? 소녀는 4번가의 제어탑에 가겠다. ──거기서 『분노』인지 뭔지의 목을 쳐 줄 것이야."

"뭣……."

위풍당당하게 예상 밖의 발언을 해 줬다고 의기양양해하는 프리실라. 스바루는 그녀의 발언에 정말로 마음속 깊이 깜짝 놀라 눈을 부릅떴다.

스바루가 놀라는 얼굴에 아나스타시아가 "그치?" 하고 이해를 드러내며 말을 덧붙였다.

"내내 요 상태데이. 그라니께 우짜나 싶어서."

"어쩌긴, 당연히 말려야…… 한다고 말하고 싶은 바지만."

원래라면 무모하다는 말밖에 못 하겠지만, 냉정하게 생각하면 고를 수 없는 선택지는 아니라고 할 수 있다.

그녀가 왕선 후보자라는 사실은 도시청사의 공략에 크루쉬를 내보낸 시점에서 반론이 되지 않는다. 그리고 실력 부족이란 지적도 프리실라에게는 어림없다. 적어도 그녀에게는 사나운 아수를 쉽사리 베어 넘길 실력이 있다. 그 무력은 크루쉬만 못하지 않다.

많은 전문가를 본 스바루의 초짜 안목으로는 그녀의 실력을 그렇게 평가한다.

"어처구니없군. 실력이 있고, 보기도 좋다. 하면 무엇을 망설이지? 소녀를 큰일 앞에 쓸모없어진 어리석은 자나 처음부터 싸울 힘이 없는 약한 자와 같이 보지 마라. 불경하도다."

"방금 말은 흘릴 수 없군요. 어리석은 자라 함은, 설마 저희 주군을 가리키는 것은 아니겠지요?"

"짚이는 데가 있는 자의 태도로고, 늙은이. 큰일 앞에 작은 일로 이탈하다니, 선택받은 자의 행동이라고는 도저히 못하지. 소녀가 잘못 봤더구나."

대화 초장부터 곧장 서슬 퍼런 기척을 부딪치는 프리실라와 빌헬름.

평소라면 흘려들을 상황이지만 갖가지 사정 때문에 빌헬름에게 여유가 없다. 프리실라 쪽은 너무 평소대로라 그렇지 않을 때가 있는지 의문스러울 지경이다.

"자자. 그 약한 자든 어리석은 자든 내 말하는 기로 하든 되니께 야기 진행하재요. 시비 걸지 말고."

"여우년. 소녀는 약한 자의 말에 무조건적으로 귀 기울일 만큼 자상하지 않다."

"약한 기랑 몬 이기는 거하곤 다른 야기 아이나? 도량 크기를 내세우지 않으믄 주위 아들은 안 움직인데이. 부글부글하는 기는 다들 똑같데이. 좀 참으라카이."

"흥."

중재, 논파, 침묵시킨다. 아나스타시아의 수완에 스바루는 혀를 내둘렀다.

프리실라는 언짢아 보였지만 가시 돋친 태도를 거두었고 빌헬름 쪽도 검기를 칼집으로 거두었다. 그렇다고는 해도 화기애애한 대화라고는 못할 분위기다.

상황적으로도 문제가 있으니 이 자리는 대화의 진행을 우선해야 할 것이다.

"그럼 프리실라 님은 알 공과 둘이서 『분노』의 대죄주교를 토벌하러 가시겠다고?"

"허튼 소리. 광대 따위를 데려가서야 소녀의 꽃길이 어두워지지 않느냐. 당연하지만 슐트도 두고 가겠다. 그놈은 철저하게 소녀가 애완하기 위해서 데리고 있는 몸종이기에."

"……그럼 설마 홀로 가실 셈이십니까?"

아무래도 그건 승복할 수 없다고 율리우스가 딱딱한 목소리로 프리실라의 진의를 캐물었다. 율리우스의 말에 알도 "맞아, 공주." 하고 편승했다.

"아무리 그래도 혼자면 충분하단 말은 너무 허세지. 최소한 『검성』쯤은 데리고……."

"최소한으로 최대 전력을 들고 가지 마! 너는 뭔가 승산이 있는 거냐?"

"당연하지 않겠느냐. 애당초 지레짐작으로 아우성치지 마라. 소녀는 혼자서 가겠다고 하지 않았다. 『분노』의 대죄주교는 소녀와 거기 노래꾼 둘이서 사냥한다."

"노래꾼이면……."

프리실라가 소리 내며 접은 부채로 방구석을 겨누었다. 그곳에는 땅바닥에 책상다리로 앉아 류리레를 안고서 꾸벅꾸벅 졸고 있는 릴리아나가 있었다.

갑자기 이야기의 무대로 끌려 올라오자 제정신을 차린 릴리아나가 입을 떡 벌렸다.

"저, 저를 지명하시나요?! 어이하옵기에 또 그런 상황이?!"

"거기 범속한 것, 앞서 한 말은 거짓이 아니렷다? 이, 도시에 만연하는 가증스러운 혼돈의 기적, 그것은 『분노』의 대죄주교가 약아빠진 권능으로 끌어낸 것이라고."

"어, 어어, 틀림없어. 그리고……."

피난소에서 릴리아나가 노래로 주민의 마음을 해방한 일이 떠올라 스바루는 숨을 집어삼켰다.

사실 『분노』의 권능 대책으로 스바루가 고안하던 것도 프리실라와 마찬가지로 릴리아나의 노래를 이용한 작전이었다. 문제는 릴리아나를 전장에 데려가는 행위의 위험성과 노래를 권능 대책, 말하자면 무기로 이용하는 것에 대한 거부감──.

"스바루, 설명해다오. 릴리아나 양과 『분노』의 대죄주교에 무슨 관계가 있지?"

"……『분노』의 권능은 설명했지? 그게 도시 사람들 전원의 마음을 공명시켜서 불안과 혼란을 확대시키고 있었어. 그걸 역으로 이용해 방송으로 모두에게 용기를 줬는데, 릴리아나의 노래도 같은 걸 할 수 있어. 아니, 급이 더 높으려나."

여하튼 릴리아나의 노래는 들려주기만 하면 된다. 스바루처럼 없는 용기를 쥐어짜 말을 골라 가며 외줄타기를 할 필요도 없다.

릴리나아의 노래는 '진짜' 니까, 그저 노래하면 그것만으로도 사람의 마음을 매료할 수 있다.

그리고 그 순수한 감동이야말로 시리우스의 권능으로부터 사람들의 마음을 해방한다.

"오는 중에 피난소를 들리는 동안, 네 노래가 얼마나 범속한 것들의 마음을 흔들었느냐. 그와 같은 짓을 하면 된다. 미련한 대중의 감정 따위, 요컨대 강탈하면 되는 것이야."

"이, 이 어쩜 난폭한 논리가 있대요! 근데 근데, 저는 그냥 노래하며 여러분을 격려했을 뿐이라서요. 그, 그런 기대에 부응할 수 있을지 쪼매 자신이……."

"그렇군. 하면 너는 선조로부터 면면히 물려받은 노래의 패배를 인정하는 것이로구나."

콧방귀를 뀌고 진심으로 업신여기는 표정을 짓는 프리실라. 그 한마디에 릴리아나의 표정이 변했다.

비굴하게 비위를 맞추는 웃음으로 받아넘기려던 표정이 불현 듯 진지함을 띠고.

"그건, 무슨 의미로 하는 말이죠?"

"생각 안 해도 알 거렷다? 극진하게 구전하던 네 노래가, 인심이 구원을 바라는 이때 오그라져서 소리조차 못 내지 않느냐? 필요 없다. 그딴 꼬리 만 개. 아니, 개 이하겠지. 개 짖는 소리가 자유로운 만큼 나아. 자, 번쩍 떠올려라. 꼬리 만 개 찬가를."

"아, 아— 아—! 그렇게까지 말하시나요! 말해 버렸나요! 좋다고요! 해 주겠다고요! 좋아요, 들려주죠! 여기서 가만있으면 여자 값 못 하지! 꽁무니 빼선 죽은 키리타카 씨도 원통해서 무덤에서 기어 나온다 이 말이에요!"

프리실라가 무시무시하게 도발하자 릴리아나가 무시무시한 폭발을 일으키며 넘어갔다. 그녀는 새빨개진 얼굴로 류리레의 현을 고속으로 치면서 부르짖었다.

"서럽게도 도시의 수면에 스러진 키리타카 씨의 진혼가라도 부를 생각이었지만 관둘란다 관둘란다! 감정의 강탈? 얼마든지 하죠! 제가 물려받은 노래가 그런 영문 모를 힘에 질까 봐요! 노래의 힘도 영문 모를 건 똑같으니까요!"

완전히 흥분해선 뛰어오른 원탁 위에 드러누워 연주하는 릴리아나. 그 퍼포먼스에 당황한 오토와 슐트가 서둘러 바닥으로 끌어내렸다. 스바루는 그대로 방구석에서 록을 연주하기 시작하는 릴리아나를 무시하고 프리실라를 쳐다보았다.

"저 녀석의 멍청함과 노랫소리가 국보급인 건 나도 알아. 『분노』의 권능에 카운터가 될 것 같은 것도 의견이 같고. 하지만 확신이 없어."

"소녀는 지는 승부 따위 안 한다. 그리고 이 세상의 모든 것은 소녀에게 편리하게 돌아간다. 무엇보다 저 노래꾼의 노래를 가장 평가하는 건 소녀다. 목 위로는 흠집 하나 못 내게 할 것이야."

"……노래의 호흡은 배로 하니까, 허리 위도 남지 않으면 의미가 없거든."

양보할 마음이 전혀 없는 프리실라에게 스바루도 남은 한 가지 보증을 원하는 심경이다.

최소한 릴리아나의 노랫소리가 시리우스에게 통한다고, 확증을 얻는다면.

"이봐, 라인하르트. 너, 남을 보면 그 녀석이 가진 힘…… 맞아, 가호. 가호가 보인다거나, 그런 힘 없어?"

"남의 가호를 알 수 있는 건 『심판의 가호』라고 불리는 가호지. 과연, 『가희』에게 가호가 깃들어 있으면 프리실라 님의 주장을 받아들일 근거가 되긴, 하나."

스바루가 건넨 화제에 라인하르트가 턱에 손을 짚고서 골똘히 생각했다.

밑져야 본전으로 물어봤을 뿐이라 라인하르트가 당찮은 요구에 응하지 못해도 당연하다. 생각에 잠긴 『검성』에게 스바루는 "신경 쓰지 마." 하고 손을 저었다.

"역시 방금 말은 너무 기대가 과했어. 아무튼 릴리아나의 노래 말인데, 실제로 어디까지 효과가 있을지 조금이라도 데이터를 늘린 뒤에……."

"그럴 필요는 없어, 스바루. ——방금, 내려주셨어."

"뭐? 애를……?"

내려줬다는 말에 순간적으로 떠오른 발상이 그것밖에 없었다.

라인하르트는 스바루의 반응에 쓴웃음 짓고 파란 두 눈을 가늘게 뜨며 릴리아나를 보았다. 그 시선에 릴리나아가 몸을 꿈지럭대지만, 그 반응 자체는 무시하고 말했다.

"놀랍군. 확실히 그녀는『전심(傳心)의 가호』소유자야."

"난 가호보다 너한테 놀랐다. 엉? 방금, 뭐라 그랬어? 내려줬다고 그랬어?"

"농담할 때가 아니야, 스바루. 『전심의 가호』는 간단히 말하면 타인에게 자신의 감정을 전달하는 가호야. 본래는 친한 상대에게 사소한 생각을 전하는 정도의 가호인데…… 노래라. 생각해 본 적도 없었군."

라인하르트는 솔직하게 릴리아나의 노래가 가진 힘에 감탄하지만, 스바루는 오히려 그 태도에 벌어진 입이 다물리지 않는다.

오래전부터 라인하르트의 힘은 치트니, 완전 초인이라느니 그랬지만 이건 너무나도 차원이 다르다. 신에게, 세계에, 운명에 지나치게 사랑받는다.

원하던 가호가, 원한다고 생각한 라인하르트의 수중에 내려오다니.

"_____."

거기까지 생각한 스바루는 불현듯 자신의 사고에 걸리는 것을 느꼈다.

가지고 싶다고 바란 가호를 얻을 수 있다. 지금 라인하르트의 몸에 일어난 사건을 생각하면 그렇다고밖에 표현할 수 없는 현상이다. 그것 자체는 든든하고 부러운 환경인데.

그것이, 뭔가 터무니없이 사태를 그르칠 낌새가 나서 스바루의 마음은 묘하게 술렁거렸다.

어쨌든――.

"아아뇨오! 맡겨 주세요! 이 릴리아나, 한 번 받은 이상 딱 부러지게 임무를 해내 보죠! 안심하시길. 저는 노래할 뿐이에요. 노래할 뿐…… 노래할 뿐, 맞죠? 다른 건 없죠? 그죠, 그죠? 프리실라 님, 그죠?!"

"후반에 가서 멋대로 불안해지지 마라……. 일단 『분노』의 대죄주교는 프리실라와 릴리아나 콤비에게 맡기면 되지? 권능 대책은 라인하르트의 보증수표야."

"내는 뭐 알았데이. 다른 사람들도 그라믄 되는 기 아이가?"

빨갛다가 파랗다가, 또 빨갛다가 파랗다가. 재주도 좋게 낯빛을 바꾸는 릴리아나를 아랑곳하지 않으며 스바루가 확인하자 아나스타시아가 대표해서 대답해 줬다. 다른 이들도 불안이 없지는 않지만 수긍한 태도다.

그런 와중에 유일하게 그 얼굴에 일절 불안이 없는 건 당사자 프리실라 혼자뿐.

"하찮군. ——노래꾼의 노래에 목숨을 거는 건 소녀다. 이 소녀가 자신이 믿지 못하는 것에 목숨을 맡길쏘냐. 이 노래꾼의 노랫소리는 목숨을 맡길 만하다."

그렇게 말하자 스바루 쪽은 끽소리도 할 수 없다. 실제로 릴리아나의 가능성을 찾아낸 것도, 그 가능성을 믿으며 『분노』와 싸우는 것도 프리실라다.

그녀가 언동과 태도와는 정반대로 지모와 신중함이 뛰어난 여걸인 건 의혹의 여지가 없다.

"그래도 가능한 한 위험 부담을 줄이려고는 해야지……."

"왜냐. 만약에라도 있을 수 없는 일이지만 소녀가 죽으면 네 주군은 이득을 보리라. 수고 없이 가장 큰 장애물이 사라진다. 만만세가 아니더냐."

"화낸다."

"————."

짧게, 스바루는 심플하게 프리실라의 생각을 부정했다.

후보자의 탈락으로 가능성을 끌어 올리는 건, 왕선에서 이기는 방식으로선 하책도 이런 하책이 없다. 아무도 죽게 할 생각은 없다. 누군가의 죽음을 기뻐하고 싶지 않다.

"공주, 얘기는 먹혔지? 이만 얌전히 있자고. ……공주?"

"——아무것도 아니다. 단지 소녀의 머리에 없는 생각이었기에 허를 찔렸을 뿐이야."

"_____."

"무어냐? 설마 너, 토라진 것이냐? 덩치가 큰 사내가 깜찍하기도 하지."

"……그딴 게 아냐."

홱 시선을 피한 알은 오른팔에 턱을 괴며 알 바 아니란 투다. 프리실라도 시종의 그 태도에 콧방귀를 뀌고 등받이에 체중을 실으며 발언을 멈췄다.

그로써 겨우 의제를 다음 흐름으로 가져갈 수 있을 것 같다.

"우여곡절이 있었지만, 그럼 다음 편성 말인데…… 제안이 있어. 1번가의, 우리에게 가장 악연이 있는 『색욕』의 공략이야. 아마 여기가 적의 최대 전력이 될 거야. 대죄주교 본인과 두 마녀교도. 자칫하면 아수도."

"너는 그것들 전부가 『색욕』의 세력이라고 보나?"

"아수에 관해서는 그놈들 생태로 봐서 꽤 농후. 두 마녀교도는……."

"──아마도 송장 병사라고 불리는 술법으로 조종당하는 검사일 겁니다."

스바루의 설명 도중에 그렇게 말을 참견한 것은 빌헬름이었다. 그 설명에 스바루는 조금 놀라고 율리우스가 "송장 병사……." 하고 입안으로만 중얼거렸다.

"과거의 자료에서 본 적이 있습니다. 『아인전쟁』 시대의, 저주받을 금술의 성과. 마녀 스핑크스가 사용한 외법이라고."

"돌아가신 왕족의 이름을 자칭하며 왕성에 엄중히 보관된 용의 피 이야기를 언급한다. ──그 내력은 미심쩍더라도 왕국에 예사롭지 않은 집착이 있는 상대임은 틀림없습니다. 왕국사에 봉인된 금술을 기꺼이 들고 나올 수도 있지 않을까 합니다."

"살짝 발상의 비약이 있는 것처럼 느껴집니다만⋯⋯ 확신이라도?"

과연 율리우스, 정확하게 남의 찔리고 싶지 않은 구석을 찔러 댄다.

물론 송장 병사 중 한 명이 테레시아라고 밝히면 증거로는 충분하다. 하지만 그 부분의 언급이야말로 빌헬름이 라인하르트 앞에선 피하고 싶다고 스바루에게 부탁한 내용이다.

그 때문에 이 자리를 어떻게 온건하게 말뺌할지 스바루는 골머리를 썩이고──

"──그게 송장 병사란 거면 이 어르신이 붙은 상대는 『여덟팔』의 쿠르강이야."

거기서 도움의 손길을 꺼낸 것은 스바루 바로 옆에 앉아 있는 가필이었다. 찌푸린 얼굴로 팔짱을 낀 가필은 작게 이를 딱 부딪치면서 말했다.

"팔이 여덟 개에 그만큼 세잖아. 그 밖에 짚이는 상대가 없어. 안 그러냐, 가장 뛰어난 기사."

"직접 적과 마주한 네가 말하면 설득력이 있군. 다완족(多腕族) 중에서도 여덟팔에 이른 자는 드물어. 더구나 초급의 실력자씩이나 되면⋯⋯."

"달리 없어. 다른 한쪽 여자도 비슷한 입장이겠지."

"송장 병사라. 여성까지 사역하고 있다고 하면, 별로 바람직한 상대는 아니군."

기적적으로 가필과 율리우스의 대화가 테레시아를 깊이 파고들지 않고 진행된다. 끝에 송장 병사 중 한 명이 여성이라는 점에 라인하르트가 눈썹을 찌푸리긴 했지만——.

"적이 송장 병사를 부리고 있단 건 틀림없어. 다행히 무덤 통째로 까서 죄다 적인 사태는 없을 것 같아. 부리는 수에 한도가 있는지, 질에 구애되는지 모르겠지만."

"그리고 망자를 욕보이는 송장 병사의 금술은 『색욕』의 대죄주교의 취향에 적합하단 말이군. 참으로 골치가 아픈 논거이긴 하지만 수긍은 가."

"상대가 성격 최악인 덕분에 수긍하는 것도 참 끔찍하지만."

씁쓸한 표정을 지은 스바루의 발언에 원탁 구성원들이 각각의 표정으로 동의했다.

유일하게 도시 전체에 대한 방송을 실시한 카펠라만은 전원이 공통적으로 심성이 썩었음을 아는 상대다. 전술한 대로 얄궂은 이야기이긴 하지만.

"그래서, 말이야. 이 얘기 첫 부분으로 돌아오겠는데……『색욕』의 공략을 빌헬름 씨와 가능하면 가필에게 맡기고 싶어."

"뭣, 대장?!"

화제의 궤도 수정을 꾀한 차에 스바루는 당초 상정대로——『색욕』의 공략에 빌헬름과 가필을 보낼 생각을 제안했다.

그 제안에 당사자 2명의 반응은 멋지게 대조적이다. 알고 있던 빌헬름은 조용히 끄덕이고 예상도 못하던 가필은 뻣뻣하게 눈을 부릅떴다.

가필이 보자면 당연한 놀라움일 것이다. 왜냐하면.

"대장은 에밀리아 님을 구하러 갈 거잖아? 그렇담 이 어르신이……."

"네가 그렇게 말해 주는 건 기쁘고 든든해. 하지만 배치상 이게 제일 가장 좋다고 생각하고…… 너는 너대로 내야만 할 결판이 있을 텐데."

"―――."

스바루의 지적에 가필이 아픈 곳을 찔린 표정으로 침묵했다.

『색욕』과 그 세력, 그들과 악연이 있는 것은 빌헬름만이 아니다. 『색욕』의 권능으로 모습이 바뀐 한 명, 흑룡의 남자는 가필의 지인이었다고 그 본인에게서 들었다.

더구나 『색욕』의 수하, 송장 병사인 테레시아에게는――.

"미미가 당하고 동생 둘까지 상처를 넘겨받아 중상이야. 뮤즈 상회에서 도망치는 데 힘을 써서 셋 다 거의 의식이 없어. ―― 알잖아."

『사신의 가호』의 힘은 절대적으로 한 번 상처 낸 상대를 생명이 꺼질 때까지 몰아붙인다.

그것이 초래하는 '죽음'에서 도망치려면 가호의 소유자를 격파하는 수밖에 없다. 가필에게도 역시 빌헬름과 마찬가지로 싸울 이유가 있다.

"여러분도 아시는 대로, 제 주군이신 크루쉬 님께선 현재 『색욕』의 비열한 힘의 영향으로 괴로워하고 계십니다. 저는 크루 쉬 님의 시종으로서 주군을 위해 싸울 의무가 있습니다."

"가능하다면 『색욕』에게서 용의 피에 관해서도 속사정을 듣고 싶은 바제. 빌헬름 씨가 스스로 가고 싶어 하는 기도 그 이유가 있는 거 아이나?"

"말씀이 맞습니다. 그 때문에 『색욕』의 토벌을 맡고자……."

"──저는 반대합니다."

빌헬름의 강한 의사가 솟구치는 검기가 되어 회의실의 공기를 참살한다.

그가 품는 결의와 주인에 대한 충성── 그것을 느끼게 하는 안력에 누구나 그 의향에 반론하기를 망설였다. 단 한 명, 육친을 빼고서는.

"……라인하르트."

"지금의 조부님은 냉정하지 않으십니다. 물론 크루쉬 님을 해한 대죄주교에 대한 적개심은 이해됩니다. 하지만 그 분노는 실력을 흐려지게 할 수 있어요."

"……평정심을 잃은 나로는 크루쉬 님의 힘이 되는 것도 만족스레 할 수 없다고?"

"크루쉬 님을 생각하면 『색욕』의 토벌에 실패해선 안 됩니다. 그렇다면 그 역할은 제가 맡아야 합니다. 적어도 정신 면에서 상대에게 허를 잡히지 않습니다."

라인하르트의 말은 정론이며 최대한 확실하게 사태 수습을 꾀하는 사고방식이다. 실제로도 빌헬름이 평정심을 못 지킬 거라는 말은 사실일 것이다.

하지만 라인하르트의 그 의견에 빌헬름은—— 아니, 『검귀』
는 입술에 웃음기를 띠었다.

결코 자상한 의미가 아니라 몹시 사나운 짐승 같은 웃음으로서.

"평정심을 못 지키는 거야 당연한 노릇이다, 라인하르트."

"하지만 조부님……."

"내가, 네 조부가 누구인 줄 아느냐. 나는 『검귀』라고 불린 남
자다. 단 한 자루 검으로 있으려다가 그러지 못하고 여인을 사
랑한 반편이다. 하지만 바로 그러하기에, 해야 할 일에 대해서
반편이인 적은 단 한 번도 없었다."

맹렬한 흉소가 빌헬름의 맑고 부드러운 인상을 베어 버렸다.
그렇게 피를 흘리며 표피가 찢어지니 그 속에서 피와 쇠에 굶주
린 귀신의 얼굴이 나타났다.

그리고 검에 홀린 귀신은 그 파란 두 눈에 유일하게 그 외의 빛
을 찾아서——.

"검을 휘두르겠다 마음먹은 순간, 내 마음은 견디기 어려울
만치 뜨거워진다. 평정심을 지키지 못하는 거야 전장에 있는 내
게는 다반사야. 그러고도 이 나이까지 살아남았지. 이번에도
주군에 대한 은의를 다하지 못한 채 스러질 맘일랑 없다. 쓸데
없는 걱정은 필요 없어."

"그 논리는 단순한 정신론이잖습니까……."

"정신론도 끝까지 추구하면 신념이 되는 법. 14년 들이면 녹
슨 검이어도 안사람의 원수를 갚을 정도로는 날카로움이 남더

군. ──아직 칼집에 돌아가기에는 일러."

그것이 백경과의 싸움에서 조모의 원수를 갚은 빌헬름의 신념이라는 말을 들으면 라인하르트 역시 더 말이 나오질 않는다.

그러고도 아직 수긍하기 어렵다고 눈을 내리깐 라인하르트에게 빌헬름은 말을 이었다.

"네가 필요한 전장은 이쪽이 아니야. 네가 필요한 전장은 따로 있다."

"제가 필요한 전장이요?"

"──스바루 님, 라인하르트를 당신의 전장으로 데려가 주십시오."

조용히 『검귀』가 스바루를 응시하며 그렇게 호소했다.

"에밀리아 님을 되찾기 위해 당신은 『탐욕』과 싸워야만 합니다. 그런 당신을 위한 검으로 이 라인하르트가 적절하겠지요."

"빌헬름 씨……."

스바루는 빌헬름의 제안에 뺨을 긁고 짧게 숨을 내쉬었다. 그리고 조부의 말을 듣고 쳐다보는 라인하르트의 파란 두 눈을 마주 쳐다보며 말했다.

"어차피 이다음 얘기할 작정이었지만. ……그래, 너는 나랑 같이 『탐욕』과 싸워 줬으면 해. 그 성가신 나르시시스트는 네가 아니면 못 쓰러뜨려."

대죄주교들이 지닌 권능, 일어난 현상에서 대략적인 효과를 추측했지만 레굴루스가 소유한 『탐욕』의 권능은 남다르게 치사성이 높다.

현재 놈의 권능은 『무적』이라는 바보 같은 능력으로밖에 여겨지지 않기 때문이다. 설마 아무런 약점도 없는 단순한 『무적』이라고는 생각하기 싫지만——.

"레굴루스의 『무적』을 꺾으려면 그놈과 붙을 전투력이 필요해. 공격력도 방어력도, 단순히 비교하면 대죄주교 중에서 으뜸일 거야. 그러니까 네 힘을 빌리고 싶다."

"——."

"『무적』에 『최강』을 부딪치겠다니, 참으로 우격다짐이란 느낌이 된다마는."

불합리에는 불합리를, 부조리에는 부조리를.

평소에는 그런 전법을 취하고 싶어도 취할 수 없을 때가 압도적으로 많다. 따라서 스바루는 선택할 수 있을 때에는 전술을 가리지 않는다. ——이것이 최선의 방법이라 믿는다.

"공격이 통하지 않는 상대라. 확실히, 그런 괴물이 상대라면 내가 적임자군. 하지만."

"——이 어르신도 부탁하지. 대장과, 에밀리아 님의 힘이 되어 주지 않겠냐?"

레굴루스의 『무적』의 권능을 들어도 망설임이 가시지 않던 라인하르트. 그러나 라인하르트 눈앞에서 일어선 가필이 힘껏 머리를 숙였다.

가필이 이마를 원탁에 박으며 놀라는 라인하르트에게 간곡히 청했다.

"이 어르신은 호위 실격이야. 이 도시에 온 뒤로 자신이 해야만 하는 역할을 하나도 달성 못했어. 끝내 이 큰 싸움판의 결판이 날 중대 국면에 가족을 돕지 못하고 딴 동네 상대에게 진 빚을 갚는 데 필사적이야. ……그러니까."

"가필……."

가필은 무력하고 모자란 자신이 부른 결과를 받아들이고 이를 떨었다.

그렇게 목소리를 쥐어 짜낸 소년의 호소에 빨강머리 『검성』은 잠시 동안 침묵하다가——

"——그럼 맹세해 줘. 네가 내게 그 역할을 기대하듯이. 나 또한 네게 마찬가지로 역할을 기대하지. 서로 그 역할을 반드시 이뤄내겠다고."

"어…… 어. 엉, 맡겨 둬라! 『검귀』와 이 어르신이 있으면 적 따위 없어!"

"알았어. 너와 조부님의 승리를 믿어. ——나는 스바루의 검이 되겠어."

고개를 들고 이를 딱 부딪친 가필에게 라인하르트가 끄덕였다.

"————."

『검귀』와 『검성』, 조부와 손자, 검사와 검사가 시선을 주고받으며 고개를 끄덕였다.

그리고 자신의 전장을 정한 라인하르트의 자세에 스바루도 천군만마를 얻은 심경이었다.

"이기적인 희망이라 미안하다, 라인하르트."

"뭘, 상관없어. 설령 어떤 전장이어도 나는 내가 할 수 있는 최대한으로 소임을 다해. 그래서 너와 에밀리아 님의 도움이 된다면 바라는 바지."

"의지하기만 해서 진짜 미안해. 네가 강하단 것에만 너무 기대는 국면이지만…… 네 부족한 부분은 어떻게든 메꿀 테니 기대하고 있어 줘라."

"————."

문득 그 말에 라인하르트가 눈이 동그래져서 침묵했다. 희한한 그의 반응에 스바루가 갸우뚱하자 라인하르트는 바로 "아니." 하고 살짝 웃었다.

"아무것도 아닌, 거겠지, 네게는. ——그래, 기대하겠어. 나로선 못 미치는 부분을 네가 메워 주려는 것을."

"——? 오오, 크게 기대해 줘. 나도 네게 기대하고 있으니까."

그런 대화를 거쳐 세 제어탑의 공략반이 확정됐다.

그리고 남는 곳, 나머지 한 곳은——

"——필연적으로 『폭식』은 나와 리카드의 담당이란 뜻이군."

모두의 시선을 한 몸에 모아 딱딱한 목소리로 그렇게 말한 것은 율리우스였다.

그 말대로 도시청사에 모인 멤버 중에서 전력을 선발하면 마지막 적 전력에게 덤비는 건 그와 리카드 말고 있을 수 없다.

그러나——

"……율리우스, 괜찮은 기고? 아까부터 내내 낯빛이 안 좋데이."

"——걱정을 끼쳐드려서 죄송합니다. 하지만 괜찮습니다. 몸 상태의 좋고 나쁨 얘기를 하자면 스바루 앞에서 약한 소리를 할 수 없지요.”

“너 건 또 뭔 뜻이야.”

“물론 네 오른쪽 다리나 처한 상황의 엄격함을 고려한 의견이지. 너무 따지고 들지 말아다오. 이 국면에 이르러서까지 너와 언쟁을 벌일 생각은 없어.”

“끙…….”

저도 모르는 사이에 시비를 걸고 상대가 그걸 흘리는 바람에 헛물켠 기분을 맛보았다.

율리우스의 태도에 아나스타시아만이 아니라 스바루도 위화감이 들었다. 하지만 그게 명확하게 어떤 감정에 기인한 것인지는 알 수 없었다.

그 답이 나오지 않는 채로 율리우스가 우아하게 결의 어린 눈초리로 묵례했다.

“마지막에 남은 『폭식』, 저와 리카드가 맡지요. 도시청사에서 상대하고 인연이 생긴 상대야. ──본래 스바루나 빌헬름 님이야말로 그를 상대하고 싶었을 터. 그 마음을 굽혀서까지 맡긴 역할, 다해 보지요.”

“……응, 그래.”

율리우스의 말은 그야말로 스바루 본심의 대변이었다.

──『폭식』의 대죄주교, 그 토벌은 스바루야말로 해내고 싶었다.

그것은 빌헬름도, 지금도 위층에서 괴로워하는 크루쉬도 같은 입장이었을 것이다.

기억을 먹으며 이름을 먹는 『폭식』의 권능—— 그 피해를 입어 잠자고 있는 렘을 생각하면 『폭식』은 스바루가 이 손으로 타도해 멸해 버리고 싶다.

때리고 걷어차고 짓밟아서 저지른 행태 전부를 후회하게 해서 눈물지며 절하게 만들고 싶었다. 하고 싶은 대로 다 한 후에 때려눕히고 싶었다.

그 역할을 남에게 양보한다——.

"사실은 누구에게도 맡기고 싶지 않아. 렘은 내가 되찾고 싶어. 되찾고 싶었어. 그러는 것이 내 역할이라고 믿었어."

"———."

"그래도 누군가에게 맡겨야만 한다면 이 자리에서 나는 네게 맡길 거야. 착각하지 마. 소거법이다. ……소거법임은 틀림없지만 너한테 맡긴다. 나한테 너는 마땅치 않아도 역할을 양보하고 참을 수 있는 사람 중 한 명이다."

기억과 그 존재를 인질로 잡힌 렘.

그 신병을 잡혀서 지금도 구출될 순간을 기다리는 에밀리아.

양쪽 다 스바루에게 소중한 상대이며 양쪽 다 스바루가 되찾아야만 하는 중요한 상대다. 그렇기에 스바루는 어느 소녀에게도 멋을 부리고 싶다.

——하지만 스바루는 에밀리아의 기사이며, 그리고 렘의 영웅이니까.

"나는 『탐욕』을 쓰러뜨리고 에밀리아를 되찾는다. 이번에 『폭식』을 팰 기회는 너한테 양보해 주마. ……실수하지 마라."

"──네 기대에 부응하기로 하지. 이번에야말로, 이번에야말로 꼭."

깊이 끄덕이고 율리우스가 스바루의 신뢰를 받았다.

『가장 뛰어난』 기사는 그 뒤로 빌헬름을 보고는 살짝 끄덕였다.

"빌헬름 님."

"제가 하고 싶은 말은 스바루 님이 거의 다 하셨습니다. 『폭식』에 대해서 용서 못할 마음이 있는 건 사실……. 따라서 저도 율리우스 경에게 맡기겠습니다. 이 도시에는 약간 괘씸한 무리가 지나치게 많군요."

"동감합니다. 그 마음, 확실하게 맡았습니다."

율리우스가 날을 곤두세운 검기를 받고서 용기가 붙은 기색으로 조용히 눈을 감았다.

그 대화를 잠자코 보던 리카드가 그 송곳니투성이 입을 크게 벌리고 말했다.

"뭐꼬. 내 의견도 귀담아듣지 않고 맘대로 야기 진행하고 있지 않나! 마, 딱히 상관없지만도! 지금 포진이 제일 좋을 끼다 하는 건 내도 의견 같고."

"리카드는 관심을 바란데이. 그렇게 큰 덩치인데 삐친들 귀엽게 안 여긴다 안 카나. ……율리우스, 부탁하자?"

"안심하그라. 내가 거짓말한 적 있나? 아나 도령."

"……그 호칭, 슬슬 접으라. 내, 리카드의 주인님이끼네."

토라진 표정으로 볼을 부풀리는 아나스타시아에게 리카드가 무식하게 웃었다. 부리부리한 눈으로 아나스타시아를 내려다보는 리카드의 눈은 몹시 부드러웠다.

"그럼 이걸로 포진은 결정 났단 말이군."

──스바루의 말에 원탁에 앉은 전원이 끄덕였다.

"4번가, 『분노』의 시리우스 공략에 프리실라와 릴리아나 콤비. 그리고 알은 도시청사에 남아서 방위 전력…… 괜찮은 거지?"

"소녀를 두고 인심의 지배를 운운하다니 가소롭도다. 제 분수를 분별치 않은 소행에는 응당한 징벌이 있음을 머리가 빳빠라 빠한 천치에게 가르쳐 주리라."

"노래할 뿐─, 노래할 뿐─. 저는 그래요. 노래만 하는 고깃덩이. 생명을 아쉬워하지 마, 무대를 아쉬워하는 거예요. 아싸, 할 수 있겠다 싶다. 지금, 할 수 있을 것 같아!"

"────."

부채로 자신을 부치는 프리실라와 수수께끼의 자기암시로 정신 집중하고 있는 릴리아나. 표정을 보이지 않는 알의 온몸에서는 수긍하지 못했다는 분위기가 넘치고 있지만 프리실라는 그에 상관할 마음이 전혀 없는 눈치다.

전력 균형에는 영 불명료한 점이 많지만 자신감만은 여기가 제일 세다.

"다음으로 1번가, 『색욕』의 공략이 가필과 빌헬름 씨."

"암, 『메조레이아의 절경』이지. 전부 이 주먹으로 거머쥐고 오겠다고."

"맡겨 주십시오. ──송장 병사와의 결판도, 반드시."

까다로운 전투를 앞두면서 가장 전의가 높은 게 이 두 사람이라고 할까.

『검귀』빌헬름은 주군에 대한 충절과, 한시도 잊지 못했던 죽은 애처를 위해서.

가필은 자신 안에 구체화되지 않은, 영혼을 떨게 하는 감정의 결판을 찾아서.

각자 양보할 수 없는 무언가를 위해서 싸움에 나서는 것이다.

"그리고 2번가, 『폭식』의 공략 팀이 율리우스와 리카드, 너희 둘이다."

"맡은 소임이다. 이에 부응하지 못해서야 기사라는 이름을 댈 수 없지. 너무 모양이 살지 않으니까 말이지."

"우리 아들도 망할 등신 놈들에게 당했다. 자빠트려서 울려 줄 끼다."

마녀교와의 인연에 관해서 말하자면 오늘까지 두 사람과는 먼 곳에 있었을 것이다.

그러나 싸움 중에 동료가 쓰러졌으며, 스바루와 동료들로부터도 이렇게 소망을 의탁 받았다. 그리하여 율리우스와 리카드는 싸울 이유를 여럿 떠안고 검을 휘두르게 된다.

이미 한 번, 함께 사선을 넘어선 관계. 전우를 믿는 데 이유는 필요 없다.

"끝으로, 3번가의 『탐욕』이 나와 라인하르트의 담당이야. 믿고 있다고?"

"——그래, 맡겨 줬으면 해. 나도 너를 믿겠어, 스바루."

스바루의 요청에 라인하르트는 힘준 기색도 없이 끄덕였다.

하지만 그것만으로도 충분하고도 남도록 굳건함을 느끼는 건 전투 앞에 그가 두른 검기가 명징해진 증거다.

바르고, 그릇되지 않게 싸움에 임한다. 스바루 또한 그렇게 자각하며 등을 바로 폈다.

그렇게 확정된 배치의 확인이 끝나자 아나스타시아가 손뼉을 쳤다.

"그라믄 이로써 싸움의 담당은 결정났데이. 남은 건 대화경의 분배…… 세 개 있는 거울 중 하나는 도시청사의 내가 가지기로 하고, 다른 건 우짜긋나?"

"가능하면 『분노』 팀에겐 반드시 주고 싶어. 그리고 한 개는 그렇지……. 『색욕』이나 『폭식』, 어느 한쪽이 좋겠지."

"그 의도는?"

"『분노』의 권능은 도시 전체에 영향을 끼치니까. 그게 없어졌는지 안 없어졌는지로 도시가 놓인 상황이 크게 변해. 그래서 그 정보는 가장 빨리 공유하고 싶어."

대화경의 행선지를 둘러싼 스바루의 제안에 전원이 수긍하며 끄덕였다. 그리고 남은 하나지만, 이것은 『탐욕』 외의 두 곳이라면 어느 쪽이 가져가도 좋다고 여겼다.

왜냐하면——.

"말하면 뭐하지만 『탐욕』은 라인하르트의 담당이야. 일단 권능이 조건부 『무적』 같은 이미지인 이상, 낙관시기긴 싫지만 한 순간에 정리될 가능성도 없지는 않아. 그 경우, 라인하르트는 다른 싸움의 원군으로 보내고 싶으니까."

"그리고 도시 상황이 변하면 방송용 『미티어』를 써서 지시를 내린다. 이것도 『분노』를 쓰러뜨린 뒤인 편이 유효한 작전이네요."

"현명하다 싶데이. 진짜, 믿음직스럽지 않나, 나츠키."

스바루와 오토의 이야기를 듣고 아나스타시아가 감탄한 투로 미소 지었다. 그리고 그녀는 손에 들고 있던 대화경을 휙 프리실라에게 던졌다. 프리실라는 그것을 부채로 막고는 요령 좋게 릴리아나 앞으로 굴렸다.

"와, 와, 와?!"

"네가 가지도록 해라, 노래꾼. 소녀는 식기보다 무거운 것은 들지 않는다."

"뻔뻔스럽긴……. 그 부채도 장식 때문에 그럭저럭 무거울 텐데."

"허튼 소리. 이 의장이 눈에 들어오지 않느냐. 이만큼 훌륭하게 상감된 물건이다. 흔해 빠진 조악품과는 수준이 달라. 식기 따위와 같이 보지 마라."

"그럼 식기보다 무거운 거 맞잖아……."

프리실라의 고집은 어쨌든 대화경 중 하나는 릴리아나가 챙기는 것으로 결정됐다. 주섬주섬 릴리아나가 얇은 옷 속에 거울을 갈무리하는 모습을 지켜보고서 마지막 하나는 빌헬름에게로.

그것을 택한 것은 대화경을 탁자 위에 쭉 내민 율리우스였다.

"적의 숫자를 감안하면 『폭식』이 아니라 『색욕』 쪽에 연락 수단이 있어야 해. 두 분이라면 뒤처질 리 없다고 생각하지만 위험하다고 판단했을 때에는 바로 소식을."

"알겠습니다. 그 기회, 없는 것으로 여겨두겠습니다만."

율리우스의 배려에 따라 빌헬름이 마지막 대화경을 품속에 넣었다.

이로써 공략의 분담과 소지품의 분배도 끝나고 결전의 준비는 갖추었다고 할 수 있다.

"조금 시간을 두고 동시에 도시청사를 나가자. 도시 탈환 작전, 본격 시동이다."

스바루의 말에 끄덕이고 전원의 표정에 각각의 긴장감이 감돌았다.

조용히 팽팽해지는 긴장감, 그것이 스바루에게는 탐탁잖게 여겨졌다.

"뭐랄까, 그 있잖아. ……갑갑한 표정에는 나쁜 결과가 따라붙을 느낌이 안 들어?"

"또, 나츠키 씨가 이상한 말을 하기 시작했어. 대체 뭐예요?"

"이상한 말이 아냐. 중요한 말이라고. 어떤 전력을 긁어모아도 사기가 낮거나 단결력이 낮으면 오합지졸에 불과하단 게 철칙이지. 그렇게 안 되려면 어떡해야 하지? 형식만이라도 좋으니 전원이서 소리를 내지 않겠어?"

스바루는 떨떠름한 표정을 지은 오토에게 그렇게 말하고는 일어나서 크게 손뼉을 쳤다.

그리고 전원에게 보이도록 주먹을 쳐올리고 선언했다.

"해 보자, 다들! 이 싸움으로 거리에서 훼방꾼을 쫓아내는 거야! 마녀교를 해치우고 해피 엔딩을 되찾는다!"

"————."

스바루의 큰소리, 그 말을 들은 일동이 얼굴을 마주 보았다.

그 뒤로 한 박자 늦게 잇달아 주먹이 천장을 찔렀다.

"오오——!"

기세 있는 목소리가 터지고 스바루는 찌릿찌릿한 전의를 피부로 실감하며 뺨을 일그러뜨렸다.

목소리는 뿔뿔이, 기세는 듬성듬성, 쳐든 주먹과 손바닥도 통일감이 있다고는 도저히 말 못한다.

그러나 이것이 나츠키 스바루의, 도시를 되찾기 위해서 함께 싸우는 동료들이다.

이만한 멤버, 이만한 전력, 좀체 준비할 수 있는 게 아니다.

당하기만 해서 한때는 진심으로 돌이킬 수 없다고 생각할 만큼 내몰렸다. 하지만 스바루 일행은 여기서 또다시 싸우고자 돌아왔다.

——수문도시 프리스텔라, 마지막 결전이 시작된다.

"——이 싸움, 우리가 승리한다!"

그런 스바루의 참으로 때맞춘 발언을, 이 원탁회의를 마무리 짓는 한마디로 삼고.

——대화경으로 알과의 밀담을 마치고 발판을 건너 침실로 돌아온 에밀리아는 맨 먼저 침대에 눕혀 둔 대역 얼음상을 처분했다.

누구도 당황해하는 기색이 없었기에 에밀리아의 부재는 들키지 않은 모양이다. 혹은 방에 누군가가 들어왔다 쳐도 정밀한 얼음상에 꼴딱 속은 모양이다.

그런 생각을 품고 아쉬워하며 에밀리아가 얼음상을 마나로 환원한 순간.

"……놀랐어요. 설마 돌아올 줄이야."

"히약."

갑자기 등 뒤에서 목소리가 들려 에밀리아가 어깨를 들썩이고 뒤돌아섰다. 그러자 방 입구, 에밀리아를 바라보던 184번과 눈이 마주쳤다.

레굴루스가 어지럽힌 방 정리를 하고 있었을 그녀는 실내의 에밀리아가 허둥대는 모습에 눈을 가늘게 뜨고 짧게 숨을 내뱉었다.

"정성껏 대역까지 남겼었는데 마음이 변해서 돌아온 건가요?"

"어, 대역? 얘, 무슨 말 하는지 모르겠어. 나, 피곤해서 줄곧 여기서 쉬고 있었는걸. 이 침대 안에…… 차가라. 앗, 안 차가워!"

"_____."

직전까지 얼음상이 들어 있던 침대는 차가워서 에밀리아의 체

온을 거절하고 있다. 하지만 그래서는 거짓말이 들통나기에 에 밀리아는 과감하게 차가움과 싸우며 침대에 누웠다.

"봐, 줄곧 이러고 있었어. 하나도 도망 안 쳤단 말이야."

"……그러네요. 도망쳤다고 생각한 건 제 착각이었어요. 하지만 그게 더 이상한 거죠. 어째서 그대로 도망쳐 버리지 않은 거죠?"

"……그런 짓 하면, 당신이랑 다른 부인들, 도시 사람도 큰일이 나는걸."

184번의 고요한 물음에 에밀리아는 막 들어간 침대에서 다리를 내밀어 침대에 앉은 채로 그녀를 마주 보았다.

감정이 얼어붙은 184번의 눈초리── 그러나 에밀리아는 그곳에 위화감이 들었다. 그 위화감은 처음에는 애매모호했었지만 바로 멍하니 옅은 윤곽이 보여서.

그녀의 눈 속에 잠긴 감정, 그 애원에 가까운 빛깔을 이해한 느낌이었다.

"혹시, 당신은 내가 도망치길 바랐어?"

"────."

"하지만 그런 짓 했다간 당신도, 다른 사람들도 큰일 나는데, 왜?"

직전의 대화를 돌이켜 본 에밀리아는 184번이 침대에 얼음상만 남긴 것을 발견하고도 레굴루스에게 보고하지 않은 게 아닐까 추측했다. 그렇게 함으로써 에밀리아의 부재가 발견되는 것을 늦추어 도망칠 시간을 벌어 준 게 아닐까 하고.

결과적으로 에밀리아에게 도망칠 의사는 없어 그녀의 의사는 헛수고가 되고 말았지만──.

"으응, 당신이 숨겨 주지 않았으면 살금살금 조사하며 다닌 것도 레굴루스에게 들켰을걸. 그러니까 고맙다고 해야 하지만……."

"감사 같은 건 하지 마세요. 결국 아무 의미도 없었어요. ──인생의 마지막에, 조금만 용기를 내려고 한 건데, 아무 의미도."

"───."

184번은 그렇게 말하고 자신의 팔을 세게 안았다. 그 손이 떨리는 것이 보여서 에밀리아는 그녀가 보고의 의무를 게을리하는 데 모든 용기를 쥐어짜 냈음을 이해했다.

아주 자그마한 발작만 일으켜도 레굴루스는 서슴없이 184번을 죽이려고 했다. 그런 일이 일상다반사라면 그녀들의 하루하루는 『죽음』과 함께하고 있다. 그만큼 새겨진 공포, 그에 저항하는 데 얼마나 큰 용기가 필요한가.

"왜, 돌아온 거예요."

"──아."

"아예 당신이 돌아오지 않는 채로 서방님의 분노에 삼켜졌으면 좋았을걸. 도시가 어찌 되든, 우리가 어찌 되든 간에, 그래도. 이래서는 결국 같은 처우만 이어질 뿐. 아무것도 변하지 않는 시간이 끝날 때까지 이어질 뿐인데."

매달리듯 저주하듯, 184번이 에밀리아에게로 절실하게 그렇게 말했다. 에밀리아는 그 말에 입술을 깨물고 "그렇다면." 하고 일어났다.

"한 번 다시 일어섰으면 또 힘내자. 나, 아직 한 번도 포기 안
했어."

"이제 무리예요. 없는 기력을 짜내서 아무 성과도 얻지 못했
어요. 다음에 대해 생각만 해도 몸속에 든 게 몽땅 쭈그러들어.
……이젠, 무리예요."

고개를 도리질하는 184번에 에밀리아는 말이 나오질 않았다.
그런 에밀리아를 바라보며 감정이 얼어붙은── 아니, 죽은 눈
으로 184번이 말을 이었다.

"당신이 포기하지 않겠다고, 그렇게 말씀하시는 건 자유예
요. 하지만 이젠 제게 혹하는 일은 없어요. 다른, 같은 처지인
사람들도 마찬가지겠죠."

"────."

"저는 산간의 작은 마을에서 가족과 사는 평범한 계집이었어
요. 서방님은 그런 저를 아내로 맞겠다며 아버지도 어머니도,
형제자매도, 이웃 사람도, 서로 얼굴과 이름만 알 뿐인 마을 사
람도, 한 명도 남김없이 씨를 말렸어요. ──그의 아내는 전원
같은 처지예요."

죽은 눈매로 184번은 자신의 신변에 일어난 레굴루스의 구혼
과정을 이야기했다.

끔찍하게 악질적이라 차라리 비현실적으로 여겨지는 내용이
지만 그것을 농담으로 웃어넘기는 건 레굴루스 본인을 모르는
행복한 사람뿐이다. 그라면 그러고도 남을 것이다.

그렇게 힘으로 맞은 아내들을 거느리며 그는 그만의 낙원을 쌓았다.

"……291명이라고, 레굴루스는 그렇게 말했었어."

"네. 이미 238명이 사별하고 남아 있는 건 이 도시에 있는 53명뿐."

"그, 사별한 부인들은……."

"설명이 필요한가요?"

잠긴 대답이 에밀리아의 질문을 비웃었다. 아니다. 이것은 자조의 웃음이었다.

184번은 누구보다 자신을, 자신을 둘러싼 운명을 저주하며, 그리고 저주를 거듭하는 데 지치고 말았다. 저항할 기력을 상실한 채로 오늘이라는 날을 맞은 것이다.

그런 나날에 있어 새 아내로서 레굴루스가 점찍은 에밀리아. 그 도망의 흔적을 목격하고 184번의 가슴에 오간 감정은 무엇이었는가.

'혹했다.' 그것은 말 이상으로 올바른 의미였다.

에밀리아가 사실의 표면만을 보고 이해한 척하던 문제는 184번에게는—— 아니, 레굴루스의 아내가 된 자들에게는 영혼이 닳아 없어질 정도의 명제였다.

"_____."

뜻하지 않게 자신이 망친 것의 크기를 깨닫고 에밀리아는 순간적으로 184번에게 걸 말을 잃어 버렸다. 지금 아무 근거도 없이 즉흥적으로 말해 봤자 마음에 영원히 닿지 못한다.

자신의 머리를 전부 구사해 이 순간 전해야만 하는 말을 급히 찾았다.

급히, 급하게, 그런데도 발견되지 않았다. 정답이, 이상적인 말이, 혼신을 담은 말이.

지금 가장 전하고 싶은 상대에게, 전하고 싶은 말이, 어디를 찾아도 나오질 않아서.

이대로 손바닥에서 흘러내리는 거냐고 진정으로 겁먹는 에밀리아. 그 가슴속이 차가운 절망에 지배될 뻔했다. ──그, 순간이었다.

『──아──, 어어, 음, 이걸로 제대로 모두에게 목소리가 들리나? 마이크 테스트 마이크 테스트, 원투 원투.』

──에밀리아가 지금, 가장 듣고 싶던 목소리가 손을 뻗어 주듯 뚝 떨어진 것은.

8

그것은 더듬거리는 연설이었다.

당당하다고는 빈말로도 할 수 없었다.

『들리는 것 같아서 다행이야. 그래서 말인데, 일단 먼저 놀라게 해서 미안해. 이번엔 무슨 말을 들을까 봐 긴장하거나, 불안해진 사람이 많이 있었을 거야. 하지만 안심해 줘. 지금 이 방송 중인 나는 마녀교 인물이 아냐. 먼저, 그걸 말해 둘게.』

거짓말을 하면 될 텐데 불필요한 곳에서 정직하고, 듣는 사람이 불안해질 말도 숨김없이 얘기해 버리니까.

그런데도 마지막의 마지막에, 모두의 불안을 걷어차듯이 말하는 것이다.

『──그런데도 도망칠 수 없으니까, 싸운다. 나는, 그저 그런 녀석이야.』

그 아마 에밀리아가 이 순간 가장 원하던 진솔한 말이며.

아마 이 도시의 사람들이 이 순간에 가장 원하던 이야기이다.

『믿게 해 줘. 약하고 한심한 나는 아직 포기하질 못해. 끈질긴 약골이 나만이 아니라고…… 그렇게 믿게 해 줘.』

아아, 이 목소리는 정말로 비겁하다. 벌벌 떨면서 힘내고 있어 울고 싶어진다.

들리지 않을 터인 목소리 주인의 심장 박동이 들리는 것 같다.
──울고 싶어지는 소리가 난다.

『아니면 나 혼자인가?』

──아니야. 그렇지 않아.

『아직 할 수 있다고…… 아직 싸울 수 있다고, 그렇게 생각하는 사람은 나뿐인가?』

──으응, 괜찮아. 나도 아직 힘낼 수 있으니까.

『아니지?』

──응, 아냐. 절대 절대로, 마음속 깊이, 전혀 아니니까.

『모두 아직 싸우고 있지? 약한 마음에 삼켜지지 않았지?』

——네 목소리가 들리니까, 괜찮아. 끄떡없어. 하나도 안 무서워.

『——내 이름은 나츠키 스바루. 마녀교 대죄주교, '나태'를 쓰러뜨린 정령술사야.』

그 자기소개를 듣기만 해도 에밀리아의 가슴에서 차가운 절망이 걷힌다.

아주 조금 전까지 어떻게 안 될 어둠 속에 떨어진 것처럼 느꼈었는데.

앞으로도 뒤로도 나아갈 수 없어졌다고 자신의 무력함을 저주했는데.

그저 이 목소리만 들어도 안도하고 말았다. 충족되고 말았다.

그치만, 말했단 말이다. 이 목소리가, 에밀리아의 기사가, 말했단 말이다.

『——뒷일은 전부, 내가 맡겠어!』

맡겠다고, 그가 그렇게 말했으니 아마 어떤 암흑마저도 개이리라.

그라면 필시 어떤 불합리도 불가능도 넘어서 해낼 것이다.

그러니까——.

"……방금, 목소리는."

"——내 기사님. 엄—청 노력가야."

갑자기 시작된 방송이 갑자기 끝나고, 감정이 흐트러진 184번이 아연실색하고 있다.

그 184번 앞에서 에밀리아는 자신의 가슴에 손을 얹고 옅게 미소 지으며 말했다.

"_____."

대답한 에밀리아를 바라보며 184번이 눈을 크게 뜨고 말을 잃었다.

그 이유가 자신의 기사를 말하는 에밀리아의 표정에 있음을 본인은 깨닫지 못했다. 단지 184번이 놀라는 얼굴을 마주 보고 말을 이었다.

"나, 안 도망쳐. 당신들을 두고 어디 가진 않아."

"큭—— 어째서."

"당신의 괴로운 과거도, 지금의 기분도 들었는걸. 그래서 무서운 마음으로 가득했을 텐데도, 그런데도 당신은 날 도와주려고 했어."

단 한 번이라도, 지금은 꺾여 버렸다고 하더라도, 그녀는 공포를 누르고 저항했다.

그렇기에 에밀리아도 그러도록 하겠다. ——꺾이지 않게, 힘껏 노력한다.

"당신도, 다른 아이들도 행복해졌으면 해. 결혼은 소중한 사람과 함께 행복해지기 위한 의식인걸. 신부는 꼭 행복해야 해."

결혼이라는 말에 에밀리아가 머릿속에 그리는 것은 사랑을 나누는 두 사람의 행복한 광경이다.

뇌리에 떠오른 것은 지난날의 꿈에서 봤던 포르투나와 쥬스의 모습. ——그 두 사람은 결혼하지 않았고 부부도 되지 않았지만 에밀리아는 그렇게 빌고 있었다.

그 둘이라면 결혼하길 바랐다.

행복한, 사랑을 나누는 두 사람의 결혼이란 필시 그 두 사람 같은 관계일 터다.

"서로 좋아하는데 결혼하지 못한 사람들을 나는 알아. 그래서 가슴이 꽉 아파진 것도 기억해. 지금도 아직 두 사람을 생각하면 가슴이 아파."

그렇기에——

"——결혼했는데 행복해질 수 없다니, 그런 관계, 난 싫어."

그런 관계, 생각만 해도 배가 울컥거린다. 절대 싫다.

에밀리아는 기본적으로 아무것도 포기하지 않기로 결심했다. 그렇기에 이 도시, 184번이나 다른 사람들, 에밀리아 자신까지 무엇 하나 포기할 수 없다.

전부 가지고 간다. 이 손으로. 모자란다면 누군가의. ——기사님의 손을 빌려서.

"새, 생각은 훌륭하신데…… 말했어요. 뭔가 할 거면, 당신 혼자서 하라고."

"응, 그러네. 나 혼자서…… 아니지. 그렇지 않아."

에밀리아는 고개를 가로저으며 184번의 말을 부드럽게 부정했다.

혼자서 하라고, 고립무원이라고, 184번은 그렇게 말했지만 그렇게 되지는 않는다. 그 사실은 다름 아닌 에밀리아의 기사가 이미 온 거리에 울려 퍼지는 커다란 목소리로 보증했다.

차이가 있다면 에밀리아는 그 혼자에게만 맡길 생각이 없다.

"난 계속 혼자가 아니었어. ……위험해라. 착각할 뻔했어."

"어쩌실, 작정이시죠?"

관여하지 않겠다고 주장하면서도 184번은 에밀리아의 방침을 질문했다.

어지러운 그녀의 감정, 얼어붙은 그것을 움직이면서 에밀리아는 이것이 스바루가 보는 경치일까 하는 생뚱맞은 감정에 잠겼다. 그리고.

"──결혼식을, 하자."

그렇게, 놀라는 184번을 향해서 또렷하게 단언했다.

제5장 『언젠가 좋아하게 될 사람』

1

——성당에서의 결혼식 준비는 예정대로 척척 진행됐다.

다행히 레굴루스도 성당에서는 발작하지 않은 모양이라 장엄한 분위기를 두른 건물은 건재한 채로 식을 위한 눈부신 실내 장식 채비도 무사히 완료했다.

184번을 비롯한 레굴루스의 아내들이 결혼식에 임하기로 결심한 에밀리아의 머리를 틀어 올리고 결혼식 신부 모습으로 꾸몄다.

머리 모양에 공을 들이는 건 퍽 오랜만이다. 이전에는 매일 아침 팩이 에밀리아의 머리를 만져 주었지만, 그가 마수정에 틀어박힌 이래로 격조하게 됐다. 지금은 이따금 안네로제가 해 줄 때가 아니면 썩 공들인 머리는 하지 않는다.

긴 은발을 묶고 매듭 머리를 넣으면서 정성껏 묶어 올린다.

순백의 드레스의 청초한 인상을 해치지 않게 화려해지지 않을 정도의 장식품이 의상을 꾸미자, 그걸로 신부 차림의 에밀리아가 완성됐다.

에밀리아는 거울에 비친 자신의 모습을 보고 여성들의 솜씨에 크게 감탄했다.

과연, 평소의 자신과는 딴판이다. 최근은 스바루가 해 주지 않는 한은 간단히 묶어만 두던 머리도, 움직이기 쉬운 쪽을 우선해 몸에 달지 않는 장식품도, '여성'으로서의 매력을 높이기 위해 제 역할을 하고 있다.

"어느 것도 내게는 아까운 느낌이 들지만……."

몸거울 앞에서 에밀리아가 그렇게 중얼거리자 갈아입히는 것을 거들던 여성들이 깊이 한숨지었다.

184번과 마찬가지로 갈아입는 도중에도 쓸데없는 말은 일절 하지 않으려던 여성들이다. 그런 그녀들의 깊은 한숨에 에밀리아는 자신의 부족을 느끼고 등을 바로 폈다.

흰칠한 등을 묶어 올린 은발이 달빛처럼 빛나며 찰랑거렸다.

"──그럼 가죠. 모쪼록 서방님의 기분을 해치지 않기를."

184번을 대신해 그렇게 말한 건 키가 큰 빨강머리 미녀였다. 앞서 이끄는 그녀의 뒤를 따라가는 에밀리아, 그 드레스의 치맛자락을 뒤따르는 여성이 들어 준다. 그 옷자락을 든 한 명이 에밀리아의 밀착 시중을 명령받던 184번이다.

"────."

그녀는 의식적으로 딱딱하게 굳힌 표정 속에서 눈에 희미한 불안을 품고 있다. 식에 임하겠다고 결심한 에밀리아의 선언, 그것을 단 혼자 들은 입장인 만큼 내심의 동요도 한결 더하다.

대관절 에밀리아는 무슨 심정으로 결혼식에 임할 작정인지 그것을 알지 못하고 있다. ──그런데도 그녀는 레굴루스에게 그 불안을 털어놓지 않은 모양이다.

그것만으로도 충분히 184번의 존재는 에밀리아의 각오를 밀어 주고 있었다.

──성당에는 에밀리아의 도착을 기다리는 참석자가 이미 다 모여 있었다.

"────────."

중앙 통로에 붉은 융단을 깔고 참석자는 그 좌우에 정연히 아름답게 서 있다. 전원이 레굴루스의 아내이며 에밀리아의 들러리를 서는 여성들을 제외하고 총 50명.

그리고 붉은 융단이 다다르는 제단 앞에 하얀 예복 차림의 레굴루스가 느긋이 서 있다.

레굴루스 쪽으로 빨강머리 여성의 인도를 받아 걸어간다. 그동안 좌우에 선 여성들의 표정을 살피지만 거기에는 철저한 무감정이 빚어낸 가면의 표정이 붙어 있다.

그런 참석자들이 지켜보는 앞에서 에밀리아는 제단 앞으로 나섰다. 들러리 여성들이 에밀리아 곁에서 떨어져 각각 참석한 여성들의 줄에 들어갔다.

다만 마지막 한 명, 184번만은 제단 반대로 돌아들어 가 그곳에 섰다. 혼인 의식의 진행자를 맡아서 희미하게 긴장한 표정이다.

그녀를 정면에 둔 에밀리아는 몸의 방향을 바꾸어 레굴루스와 마주했다.

"놀랍군. 아까 드레스도 좋았지만 신부 의상은 또 격이 달라. 역시 네게 첫눈에 반한 내 안목에 실수는 없었어. 정말로 우리는 세상에서 제일 어울리는 두 사람이야."

제단 앞에서 기다리던 레굴루스가 꾸며 입은 에밀리아의 모습에 만족스럽게 끄덕였다. 그는 자신의 하얀 앞머리를 쓸어올리며 "그건 그렇고." 하고 말을 이었다.

"이렇게 보니 79번의 자리를 비워둔 건 정답이었군. 뭐랄까, 예감이 있었단 말이지. 언젠가 합당한 누군가가 그 자리에 앉는다고. 나의 그 판단과 그것을 믿은 결단력에 스스로 생각해도 감탄하겠어. 자신을 끝까지 믿는다. 좀처럼 할 수 있는 일이 아니지."

"그 79번 말인데, 어째서 그 번호만 공석이 된 거야?"

성당에 들어와 제단 앞에 선 에밀리아. 처음으로 한 말은 자신에 취한 미사여구를 읊는 레굴루스와 달리 몹시 무드가 결여된 물음이었다.

하지만 레굴루스는 그 질문에 기분이 상하지 않고 "응?" 하고 갸우뚱했다.

"그건 있지. 이전, 그 번호에 합당하다고 생각해 눈독 들인 여성이 있었거든. 하지만 아쉽게도 그녀는 받아들이기 전에 부적절하다고 판단해서 말이야. 하지만 가장 중요한 외견이란 부분은 내 이상형에 꽤 가까웠어. 그래서 그 미련일까. 그녀를 잊기 위해서 공석의 번호로 해 두고…… 하지만 그 덕에 너와 만났어. 그야말로 운명적인 만남이야."

"전에, 공석으로……."

운명을 강조하는 레굴루스 앞에서 에밀리아는 마음에 걸리던 한 문장을 입술에서 되새겼다.

그것은 위화감이다. 이전에도 레굴루스를 상대로 품은 위화감의 재연소. 그 보이지 않는 걸림이 윤곽을 띠지만 아직껏 뚜렷한 형태로는 잡을 수 없다.

그동안 레굴루스는 신부 의상의 에밀리아에 맞추어 본인도 예복의 옷깃을 여몄다.

"그럼 바로 혼인 의식을 할까. 공교롭게도 정식 입회인이 없는 약식이지만 상관없지? 중요한 건 의식을 강박적으로 따르는 것이 아니라 의식의 본질인 두 사람의 사랑의 결실이야. 겉모양에 신경을 써서 본질이 소홀해지는 건 뻔한 듯 곧잘 듣는 얘기지만 정말 우습지. 물론 나는 그렇게 멍청한 짓은 안 하고말고."

레굴루스가 말의 파도를 퍼부어 대는 속에서 184번이 제단 위의 준비를 진행했다.

본래 정식 입회인이 해야 할 순서, 그 준비를 잘하는 건 184번이 레굴루스의 혼인을 관장하는 게 처음이 아니기 때문이리라.

"형식에 구애되다가 본질을 잃다니 우스꽝스럽지. 허울에 눈이 멀었다고 할까? 그런 건 나중에 비웃음 사도 전혀 깨닫지 못하고 그러니 괜히 더 볼썽사나워. 자기 안에서 매사가 완결하고 있어서 세상이 좁은 동안에는 그걸로 행복하겠지만."

서글픈 익숙함을 발휘하는 184번을 레굴루스는 조금도 시야에 들이지 않았다.

53명의 아내 중에서도 조정자일 184번. 그런 인물을 불현듯 죽이려고 든 걸 보면, 그는 아내들의 인간 관계조차 파악하지 못한 듯하다.

혼인 의식의 장에서 새삼스럽기 그지없는 감각이지만 역시 그의 그런 자세는 용서하기 어려운 것이다.

"──저기, 레굴루스. 결혼 전에 내가 몇 가지 얘기해 두고 싶은 게 있어."

따라서 에밀리아는 이렇게 정면으로 마주한 장면에서 레굴루스에게 그리 선언했다.

에밀리아의 발언에 제단 너머 184번의 뺨이 굳었다. 참석자 열의 아내들 중에도 희미하게 동요하는 기운이 번졌다.

"그렇구나. 혼인하면 부부지. 그 전에만 할 수 있는 이야기가, 확실히 있지."

그러나 에밀리아의 요청에 레굴루스는 뜻밖에도 호의적으로 끄덕였다.

"실은 나도 말해 두고 싶은 향후의 부부 생활 얘기가 있거든. 그 왜, 결혼한 뒤에 차근차근 가르치는 것도 좋지만 무슨 일이든 마음가짐이란 건 중요하잖아? 결혼하고 나서 생각하던 거랑 다르다, 같은 일이 터지면 비극이잖아. 그런 불행이 생기지 않게 서로의 생각을 잘 공유하자. 부부라는 것도 인간과 인간의 관계니까. 안 그래?"

"응, 그래. 한 인간끼리니까 엄─청 중요하지."

"그래, 맞아! 다행이다. 이야기가 통하는 것 같아서 천만다행이야. 그럼 다른 아내들에게도 약속시킨 것이 몇 가지 있으니 그걸 확인해 볼까. 괜찮아. 다들 같은 약속이니까 어려운 게 아냐. 아내로서 당연한 마음가짐 같은 거야."

레굴루스가 익살 떨 듯이 어깨를 흔들고 에밀리아 앞에서 손가락을 세웠다.

"우선 제일 먼저——나와 결혼한 뒤, 네게는 웃음을 금할게."

"——어?"

에밀리아는 레굴루스의 제안에 눈썹을 찌푸리며 이해할 수 없다는 심경을 드러냈다. 그러자 레굴루스는 손가락을 세운 채로 느릿느릿 고개를 저었다.

"난 있지, 네 얼굴을 좋아해. 얼굴이 진짜 좋아. 나는 아내를 얼굴로 골라. 아름답고, 어여쁘며 매력적인 얼굴이 아내를 고르는 조건. 내가 아내로 삼은 291명은 모두 얼굴이 예쁜 여자였지. 너도 얼굴이 예뻐. 그래서 나는 너를 내 아내로 삼는 거야. 알겠어?"

"＿＿＿＿＿＿＿＿."

"내 생각인데 말이야. 세상엔 참 이기적인 사람이 많아. 연인이나 부부의 사랑이 식는다는 얘기, 자주 듣잖아? 서로 좋아했을 텐데 막상 함께 살아 봤더니 맞지 않는 부분이 생기지. 음식 취향, 생활 습관, 취미, 시간…… 그런 이기적인 이유로 좋아하던 상대에게 실망하는 쓰레기가 정말 많아. 진짜 웃겨."

레굴루스는 미소를 짓고 진심으로 즐겁게 밉살스러운 사람들을 향한 악담을 했다.

악의 없이, 가차 없이, 질서 없이, 사랑을 무시하는 자들에게 분노를 드러내면서.

"하나같이 이기적이야. 좋아했다며? 왜 고작해야 감성 차이로 실망한대? 그런 바보 같은 이야기, 이상하잖아. 그래서 나는 좋아하는 상대는 얼굴로 골라. 좋아하는 얼굴을 가진 상대라면 나는 그 얼굴의 주인이 어떤 애여도 실망하지 않아. 왜냐면 얼굴을 좋아하니까. 그 얼굴이 있는 한, 내 사랑은 영원해."

"＿＿＿＿＿."

"벗은 옷을 방치하는 사람이라도, 아이만 노리는 살인마라도, 요리를 끔찍하게 못해도, 부모형제를 담보로 팔아치워도, 빨래가 섞이는 걸 신경 쓰지 않아도, 작은 동물을 죽이는 미치광이라도, 옷 고르는 감각이 최악이라도, 구두쇠라도, 목욕하지 않아서 오물 같은 냄새가 나도, 세상의 멸망을 진심으로 꾀하더라도―― 나는 상관없어."

잇달아, 잇달아 연거푸 레굴루스는 그 자리에 있는 53명을 손가락으로 가리키며 말했다.

그가 입에 담은 몇 가지 조건이 얼마나 이 자리에 있는 그녀들에게 해당할지는 모르겠다. 모르겠지만, 그는 어떤 상대여도 격의 없이 사랑한다고 단언했다.

평등이다. 레굴루스가 장담하는, 평등한 사랑. ――구별 없이 아내들을 사랑한다는 선언.

하지만 사랑에 대한 그의 고견과, 직전에 한 말의 연결점이 보이지 않는다.

"그거랑, 웃으면 안 되는 거하고 무슨 관계가 있어?"

"간단해. 그냥 가만있으면 귀엽고 예쁜데, 웃으면 추해지는 애가 있잖아? 난 그게 용서할 수 없더라고. 그래서 웃음이라곤 말했지만 표정 변화는 몽땅 금지야. 즉 귀여운 네 얼굴이 망가질 가능성이 있는 게 싫은 거지. 그건 세상의 손실이야. ──그러니까 웃지 마. 울지 마. 화내지 마. 기뻐하지 마. 그냥 귀여운 얼굴이나 하고 있어."

"────."

말의 후반, 레굴루스는 에밀리아의 턱을 잡고 숨결이 닿을 거리에서 그렇게 명령했다.

레굴루스의 약속── 아니, 강제에 거역하면 어찌 될지, 그것은 불을 보듯 훤했다.

하지만 그렇다면 그거대로 납득이 안 간다.

"당신은 얼굴이 취향이라면 실망하지 않는다고 그랬는데, 그러면 아까 말은?"

"응?"

"내가 팔을 잡아당기지 않았으면 저 사람은 당신 손에 죽었을 거야."

그렇게 말하며 에밀리아는 제단 너머에 서 있는 184번을 손으로 가리켰다. 184번이 몸을 굳히고 레굴루스가 힐끔 그녀를 보았다.

그리고 잠시 생각에 잠겼다가 그는 "아하." 하고 떠오른 듯이 끄덕였다.

"그건 슬픈 오해야. 나는 그녀에게 실망하진 않았어. 그냥 그녀는 배려가 부족해서 내 기분을 해쳤지. 그래서 그 책임을 지게 할까 생각했을 뿐이야."

"그건 실망한 게 아니야? 그치만, 그렇지 않으면……."

"아니지. 실망이 아니지. 나는 여전히 그녀의 얼굴을 좋아하고, 사랑해. 그건 그녀가 죽어도 변함없어. 흔히 그러잖아? 사랑하는 사람이 죽더라도 그 사람은 마음속에서 살아 있다. 그 사람에 대한 사랑은 흐려지지 않고 살아간다. 나도 바로 그거야."

"————."

레굴루스는 자신의 가슴에 손을 얹고 무대 배우처럼 낭랑한 음색으로 지론을 읊었다.

그것은 완벽한, 한 점 흐림 없는, 그의 안에서만 완결해 버린 논리였다.

타인의 생각이 끼어들 여지가 조금도 없다. 완벽하게 정신이 나갔다.

——에밀리아는 완성된 사고방식 앞에서 진심으로 낙담했다.

이 지경에 이르렀음에도 에밀리아는 믿고 싶던 것이다. 상대가 마녀교의 대죄주교라고 해도 이야기하면 이해할 수 있는 여지가 있는 게 아닌가 하고.

"저기 말이야……. 혹시 너, 나한테 무슨 불만이라도 있어? 있다고 한다면 그건 좀 섭섭한데. 난 이만큼 네게 배려와 양보를 하고 있는데 그 마음씨를 몰라준단 거잖아? 그거 말이야. 인간으로

서 어떠냐는 얘기지. 조금이라도 남을 신경 써 주면, 상대 입장에 서서 생각할 수 있으면 그리되지 않을 거라 난 생각하거든."

침묵한 에밀리아를 보고 레굴루스가 처음으로 미심쩍게 눈썹을 찌푸렸다.

그것은 그가 간신히 정면에 선 신부 후보와 마주했다는 사실을 의미했을지도 모른다. 단, 그 접하는 방식의 근본은 아무것도 변하지 않은 채로.

"남을 배려하는 건 대인관계의 기초 중 기초야. 그 기초적인 첫걸음을 게을리한다는 건 상대에게 그럴 가치를 못 봤다는 것이지. 그건 상대를 가벼이 여긴다는 것이며, 요컨대 나라는 일개인을 경시하는 행위야. 내, 권리의, 침해야. 그건 용서 못하겠는데."

떠들면서 레굴루스의 온몸으로부터 위험한 기척이 피어오른다.

뿜어진 귀기가 대기를 일그러뜨리며 폐를 직접 손가락에 잡히는 듯 흉악한 기운이 성당의 여자들을 지배했다.

그 원인인 흉인을 눈앞에 두고 에밀리아는 작게 숨을 들이쉬다가 말했다.

"──나 말이야. 결혼은 엄─청 행복한 거라고 여겨."

"……하아?"

"좋아하는 사람끼리 같이 있다고 싶다고 생각한 것을 구체화하는 의식. 좋아한다는 건 엄─청 대단한 일이니까, 많은 사람들 속에서 단 한 명을 찾아내고, 그리고 그 상대도 답례처럼 좋아해 주고…… 그건, 정말로 굉장한 일이라고 생각해."

신부복을 입은 에밀리아의 미소에 레굴루스가 수상쩍다는 표정을 지었다. 상황을 파악하지 못한 그와 정반대로 참석한 여성들과 제단 뒤 184번의 표정은 어두워지고 있었다.

그것은 결혼식의 추이를 불안해하고, 그 중심인 에밀리아의 신변을 걱정하는 표정이다.

──그녀들이 선량하고 타인을 걱정할 수 있는 훌륭한 여성들이라는 증거였다.

"저기, 레굴루스. 당신은 왜 부인들을 번호로 불러?"

"호칭에 구애되는 거야? 그거, 매사의 외면에 구애되는 것과 마찬가지로, 참으로 허울뿐인 관계성이지. 그런 쓸데없는 요소가 없으면 계속 사랑할 자신감도 실감도 없으니까 그렇게 되는 거야. 그런 면에서 나는 그런 얄팍한 치장에 휩쓸리지 않거든. 평등하게 사랑하는 데 불필요한 요소를 덜어내면 본질만이 남아. 그게 진리란 것 아니야?"

"그래. ──하지만 나, 스바루에게 에밀리아땅이라고 불리는 거, 싫어하지 않아."

"스바루……?"

별안간 못 들은 척할 수 없는 단어를 들은 레굴루스가 불쾌하게 눈썹을 치켜세웠다.

그러나 에밀리아는 눈앞의 레굴루스의 태도 변화를 무시하며 말을 이었다.

"에밀리아땅이라고 불러 주는 목소리에, 스바루의 마음이 담겨 있어. 이따금 에밀리아라고만 부르면 특별할 때라고 금방 알 수 있어. 그게 쓸데없는 짓이라곤 전혀 생각지 않아. 이름이란 그런 감정이 담겨 있어야 하는걸."

"저기 말이야. 맘대로 얘기를 진행하는데, 스바루는 누구야? 사람 이름이지? 아니 남자 이름이지? 지금부터 결혼하겠단 여자애가 남편으로 삼겠단 상대 앞에서 딴 남자 이름을 꺼낸다는 건 아무리 그래도 비상식적이지 않아? 설사 별다른 관계가 없는 상대여도 상처받는단 말이지. 상처받고 있다고. 알겠어?"

"별다른 관계가 없는 사람이 아냐. 스바루는 내 단 하나뿐인 기사님이고, 나를 좋아한다고 이름을 불러 주는 사람인걸."

"뭐어?!"

에밀리아의 대답에 레굴루스에게서 살벌한 기운이 부풀어 올랐다.

그 폭력적인 기운에 184번도, 다른 아내들도 일제히 몸을 굳혔다.

그때──.

"움직이지 마! 움직이면 그 녀석 목 아래를 날려 버리겠어."

"_____."

"변명을 듣지. 말에 주의하며, 오해하지 않게 전력으로 배려하라고. 나는 이 결혼식을, 누군가의 장례식으로 만들 생각은 없어. 이봐, 알 수 있지?"

와들와들 어깨를 떨면서 레굴루스가 굴욕을 곱씹는 표정과 목소리로 공감했다.

레굴루스의 견제를 받은 참석자들은 움직이지 못했다. 하지만 에밀리아는 그 부풀어 오른 살기를 변함없이 온화한 표정과 심경으로 맞받아쳤다.

그 방송이 에밀리아에게 용기와 각오를 줬다. ──거기에 걸맞게 있고 싶다.

"결혼은 서로 좋아하는 남자와 여자가 하는 것. 하지만 내게는 그 자격이 아직 없어."

"──────."

"나는 사실, 남자를 여자로서 좋아한다는 걸 몰라. 그래서 스바루가 그렇게 나를 좋아한다고 말해 주는데도 스바루가 바라는 답도, 그렇지 않은 답도 해 줄 수 없어. 그거 엄청 심한 짓이고 스바루를 상처 입히며 곤란하게 하는 것도 알아. 하지만."

침묵하는 레굴루스. 그러나 에밀리아의 마음은 눈앞의 그에게 가 있지 않았다.

성당에 있는 모두가 알고 있었다. 에밀리아의 안중에 레굴루스가 없다고.

단 한 명, 레굴루스만이 그 사실을 받아들이지 못한 채 입술을 세게 깨물었다.

"아직 남을 좋아하게 된다는 것을 모르는 나지만, 분명히 언젠가 누군가를 좋아하게 될 거야. 누군가를 분명히 여자로서 사랑할 거야. 그리고 그리됐을 때, 누구를 좋아하게 될지는 이미 결심했어. 그러니까."

잠깐 쉬고 레굴루스를 응시하며, 그 저편에서 다른 사람을 보고 에밀리아는 말했다.

"──나는 당신 것이 되지 않아."

"큭──. 아아, 그러셔! 나도 너 같은 이기적인 바람둥이 년을 아내로 삼을 생각일랑 없었어! 속 시원하다!"

에밀리아의 구혼에 대한 대답을 듣고 레굴루스가 얼굴이 빨개져서 격분했다.

분노에 차 손가락을 뻗어 오는 레굴루스에게 에밀리아는 온몸에서 냉기를 뿜어 영격할 자세로 들어간다. 원리를 알 수 없는 파괴에 우선은 첫 대결을──

"아──?!"

그, 양쪽 공격이 시작되려던 순간, 거센 소리가 성당 안에 울려 퍼졌다.

거센 소리는 무시무시한 기세를 수반했고, 화살처럼 날아온 물체가 레굴루스에 직격했다. 하얀 예복 차림의 레굴루스의 온몸을 때린 것은 충격에 날아간 나무문── 성당 입구, 그 커다란 쌍바라지 문 중 한 짝이다.

그것이 입구에서 강렬한 기세로 날아와 레굴루스의 온몸을 후려친 것이었다.

그리고──

"너, 하나둘 하고 찼는데 결과가 완전 딴판이잖아. 뭔 각력이 그래!"

"미안해. 조절을 못했어. 맞힐 상대는 잘 골랐으니까 그걸로 실수를 눈감아 주지 않겠어?"

"도우러 들어갔을 때의 멋있음이 확 차이 나잖아? 내 발차기는 문짝만 열었는데 네 발차기는 적에게 직격이라니…….”

투덜투덜 말다툼하면서 장엄한 성당 안에 두 인물이 나타났다.

흑발 소년과 빨강머리 청년 2인조였다.

“──아.”

그 모습에 에밀리아가 눈을 부릅뜨고 레굴루스가 벌레를 터는 몸짓으로 산산이 흩어진 나뭇조각을 쳐냈다. 레굴루스는 상처 하나 없이, 그러나 불쾌감으로 점철된 눈매로 두 침입자를 노려보았다.

“신성한 결혼식에 쳐들어오다니, 배짱도 참 두둑한데? 초대객에 남자 이름은 없었을 텐데 너희는 어디 누구고, 무슨 축의를 들고 왔다지? 응?”

레굴루스의 공갈에 입구에 선 두 사람이 얼굴을 마주 보았다.

그리고 어느 쪽이 먼저랄 것 없이 함께 끄덕이고 말했다.

“파트너 정령 부재인 정령기사, 나츠키 스바루.”

“『검성』의 계보, 라인하르트 반 아스트레아.”

당당히 이름을 밝히며 라인하르트가 한 걸음 앞으로 나섰다.

그 옆에서 스바루는 에밀리아에게 윙크하고서, 미운 레굴루스를 손가락으로 가리키고 뺨을 일그러뜨렸다.

“이 결혼식에 이의가 있어서. ──그 신부를, 데려가마.”

2

──제어탑 4개소 동시 공격이 실행되어 수문도시의 추세를

결정할 싸움이 각지에서 시작됐다.

능동적인 것과 우발적인 것, 좌우지간 모인 정보를 의지해 각 진영의 공략조가 각각의 제어탑으로 출발, 대기조는 마른 침을 삼키고 그들의 전승 보고를 기다릴 뿐.

그런 답답한 입장을 감수할 터인데, 오토 스웰은 그렇지 않았다.

오토는 홀로 도시청사를 떠나 위험이 휘몰아치는 수문도시를 살금살금 돌아다니고 있다.

"사실은 말려야 하긋지만도, 마녀교의 요구에 있던 『예지의 서』의 소재를 명확히 하고 싶은 건 사실. ──손해만 보고 사네, 오토."

그렇게 말한 건 도시청사를 출발하는 오토를 배웅해 준 아나스타시아였다.

아나스타시아도 내심은 오토가 도시청사에 남아 각 진영의 전황 보고에 대처하는 두뇌를 맡길 기대했을 것이다.

도시청사가 사령부의 역할을 맡은 이상, 두뇌는 몇 개 있어도 과하지 않다.

그러나 『예지의 서』에 대한 책임은 오토 자신에게 있다.

현재 대죄주교가 이끄는 마녀교와 대항하고자 다른 왕선 후보자의 진영과 협력 관계에 있지만, 사태의 수습이 이루어지면 그들과는 다시 경합하는 관계로 돌아간다. 그리됐을 때, 『예지의 서』의 소유권이 다른 진영의 손에 있는 사태는 피해야만 한다.

본심을 말하자면 『예지의 서』가 무슨 구설수가 딸린 마서인지 대화 장소에서 밝히는 것도 피하고 싶었을 정도지만, 스바루와 가필은 그런 연기를 좋아하지 않으리라.

마치 자기 혼자만 성격이 나빠진 기분에 오토는 깊은 한숨을 쉬었다.

"도대체, 언제부터 난 이렇게 남을 위해서 이곳저곳 뛰어다니게 됐는지……."

머리의 모자 위치를 고치면서 오토는 요 1년에 몇 번이나 고뇌한 의문에 부딪쳤다.

위치가 예상 밖, 남과의 관계 방식이 예상 밖, 지금 자신의 감정이 예상 밖.

한 푼의 벌이도 고려치 않고 이런 식으로 바삐 뛰는 자신을 가족은 어떻게 생각할까.

"레긴은 몰라도 오슬로 형에게는 바보 취급 당할 것 같네……."

친동생과 친형, 각각의 반응을 떠올린 오토는 입술 끝에 옅은 웃음기를 띠었다.

이 자리에 스바루가 있으면 틀림없이 '사망 플래그'라고 소란 피울 감상에 젖으면서, 오토는 도시의 좁은 길을 아수를 경계하면서 내달렸다.

대죄주교는 점거한 제어탑의 방어에 붙어 있어 도시 안을 오가는 비전투원을 위험에 처하게 하는 건 괴이한 몰골을 가진 아수의 존재뿐. 그것도 충분한 경계로 대처는 가능. 그것이 오토가 도시청사에 합류하기 전에 도시에서 배운 생존책이다.

──따라서 위험은 적다. 비전투원의 오기, 여기서 보이지 않고 어디서 보이랴.

"······라고 자기 자신을 속일 수 있으면 좋았겠는데."

가슴팍을 세게 움켜쥔 오토는 심장이 박동하는 속도에 볼을 일그러뜨리며 자조했다.

마녀교, 대죄주교, 마녀교도── 그 존재는 오토에게 공포의 기억과 이어진다.

1년 전, 스바루 일행과 만나는 계기가 된 사건은 오토로서는 생명을 빼앗길 뻔한 기억과 표리일체다. 그때, 대죄주교에 품은 공포는 잊을 도리가 없다.

남의 생명을 앗아 가는 것을 아무렇지도 않게 여기는 『나태』의 대죄주교가 지닌 탁한 눈을.

그 남자의 명령에 따라 아픔을 불사하며 자신의 혈육을 바치는 광신자들의 모습을.

마음속 깊이 누군가에게 도움을 청했을 때, 세상을 정적만이 지배하던 무음의 고독을.

그토록 공포를 느낀 적은 없다. 그토록 공허를 두려워한 적은 없다.

그 공포와 비교하면 가필을 상대한 것도, 『창자 사냥꾼』을 피하는 도주극도, 마수 무리에게 습격당하는 일도 별반 대단할 것 없었다.

──마녀교와의 조우는 그토록 강하게 오토의 마음에 어두운 그림자를 드리웠다.

그런데도 오토는 필시 앞으로도 끊임없이 그 공포와 마주 서는 걸 피할 수 없으리라. 그리될 장소를, 오토는 자진해서 거처로 정하고 말았다.

에밀리아도, 스바루도, 베아트리스도, 가필도, 람도, 프레데리카도, 페트라도 놔두고 갈 수 없다. ──오토는 그들, 그녀들을 좋아했다.

한곳에 머무르지 않겠다고 생각했었는데 어느새 너무 편한 장소가 되어서.

자신의 가장 두려운 적과 맞닥뜨릴 거라 알아도 그 장소에서 떨어지기가 어려워져서.

이 장소를 지키기 위해서라면, 그들과 나란히 서는데 필요하다면, 공포 그 자체마저도 꺾고 그들의 손이 닿지 않는 곳 전부 메꾸고 싶다고, 그렇게 생각한다.

그렇기에──

"어떻게든 해서, 나는 내 역할을 다해야만 하는 거야."

목표인 복원사에게 가는 길, 오토는 도중의 길거리를 디디며 각오를 입에 담았다.

그 말은 자신의 겁먹은 마음을 회복하기 위한 것이며 '적'에게 들려주는 목소리이기도 했다.

정면, 발을 멈춘 오토 앞에 작은 인영이 서 있었다.

수로에 걸린 돌다리 건너편에는 광장이 있으며, 작은 인영은 그곳에 있다.

광장에 있는 인영은 여럿. 그러나 이때, 오토의 의식이 주목한 것은 그 안에 우두커니 선 단 하나의 그림자뿐이었다.

소리가 사라져 있다. 몹시 고요하고 아무것도 들리지 않는다.

생물들이 소리를 죽이며 필사적으로 자신의 존재를 숨기고 세계에 녹으려고 발버둥 친다.

이 상황을 오토 스웬은 알고 있다.

따라서 눈앞의 인영이 두 팔을 축 늘어뜨리고 긴 적갈색 머리를 흩트리며 돌아봐도 심장 고동은 놀랄 만큼, 정말로 놀랄 만큼 침착했다.

"——어서 옵쇼, 형."

그 오토를 바라보며 인영은 흉흉한 입술을 옆으로 찢고는 포악하게 웃었다.

"마녀교 대죄주교『폭식』담당, 라이 바텐카이토스의 먹이터에 잘 왔어!"

송곳니로 즐비한 구강에 빨간 혀를 날름거리며 있을 리 없는 대죄주교가 웃고 있었다.

——수문도시에서, 예정에 없었던, 비전투원의, 필사적인 싸움의 포문이 열렸다.

《끝》

후기

——레굴루스의 역겨움, 모두에게 전해져라!

안녕하세요. 나가츠키 탓페이입니다! 네즈미이로네코입니다! 글씨 크기는 이미 디폴트!

그런 이유로 17권에서도 본 듯한 서두를 끊고, 이번에도 본편과 함께해 주셔서 감사합니다! 18권, 어떠셨던가요?

벌써 18권까지 함께해 주신 리제로 독자 제형은 아시겠지만 저는 역전극을 참 좋아합니다! 어떻게 해야 떨쳐 일어날지 모를 만큼 주저앉아 버린 이야기 속 캐릭터들이 그 고난을 뒤엎는 순간을 최고로 좋아해요!

리제로는 항간에서 '우울 전개 대박!' 같은 식으로 언급할 때도 많지만, 작가가 보기엔 괴로움보다 그 뒤의 기쁨 쪽이 중심인 이야기죠! 그러나 기쁨이란 뒤엎어 버릴 고난이 겹치면 겹칠수록, 깊어지면 깊어질수록, 날카로워지면 날카로워질수록 카타르시스가 있는 법.

그 때문에 작가는 눈물을 머금고 캐릭터들에게 고난을 주고 있습니다. 어떤 이야기든지 시작과 끝 사이에는 투쟁이 있는 법. 그것이 로망, 숙명입니다.

그러므로 이번 권도 주인공들이 험한 꼴을 보면서도 역습을 시작합니다. 어느 쪽 싸움이든 파란만장. 하나같이 만만찮은 적을 어떻게 공략할지 다음 권도 꼭 기대하시길!

그럼 변함없이 간당간당한 지면 속에서 늘 하는 인사를 하겠습니다!

담당자 I 님, 전권부터 휴식도 없이 씨름하시느라 수고하셨습니다. 시작과 끝 사이에는 투쟁이 있다고 썼지만 투쟁 다음의 투쟁 사이에 투쟁인 수준의 빈도네요!

일러스트의 오츠카 선생님. 이번엔 에밀리아의 의상 체인지를 포함해 자잘한 지적이 많아서 죄송합니다. 하지만 표지의 웨딩 에밀리아는 물론 턱시도 레굴루스도 최고로 한 대 치고 싶은 얼굴이라 완벽한 결과물이었습니다. 감사합니다!

디자인의 쿠사노 선생님, 18권까지 왔는데 감춰두신 게 더 있어서 놀랐습니다. 다음과 그다음도 기대하면서, 이번에도 최고의 결과물에 감사합니다!

월간 코믹 얼라이브에서는 3장 클라이맥스에 돌입한 마츠세 선생님, 『검귀연가』 시리즈의 노자키 츠바타 선생님의 리제로 만화판이 호평 연재 중!

그 밖에도 MF 문고 J 편집부 여러분, 교열 담당자님과 각 서점, 영업 담당자님 등 정말로 많은 분들께 신세를 졌습니다. 여러분, 늘 감사합니다.

그 밖에도 다양하게, 미처 다 전해드리지 못할 정보들이 있을 만큼 많은 분들께서 받쳐 주셔서 리제로는 성립하고 있습니다. 앞으로도 응원을 잘 부탁합니다!

끝으로, 늘 응원해 주시는 독자 여러분, 2019년도 잘 부탁하겠습니다!

2018년 12월
《바쁘단 이유로 살찐 배를 쓰다듬으면서》

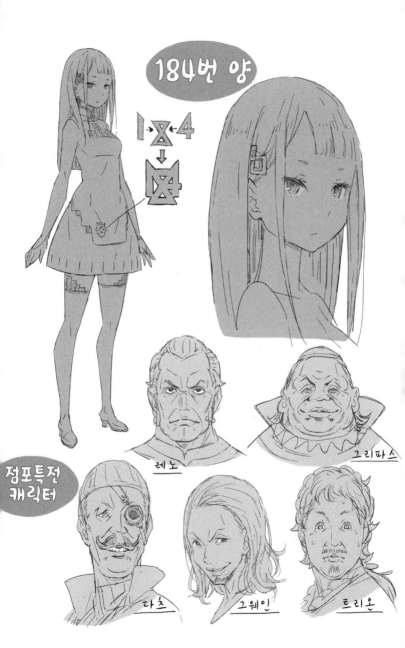

184번 양

레노

그리파스

점포특전
캐릭터

다츠

그웨인

트리온

184번

No. 184

"저기 말이야. 다음 회 예고인지 뭔지 모르겠는데, 내가 한다는 말도 책임지겠단 말도 안 한 것을 떠넘기다니 그게 대체 무슨 생각이래? 딱히 말이지. 싫진 않아. 그냥 왜, 당연한 배려란 게 있잖아. 그거, 상대에게 불쾌감을 주지 않기 위한 최소한의 예의잖아? 그걸 다하지 않는단 말은 즉, 상대에게 최소한의 예의를 지킬 가치조차 보지 못한다는 뜻이지. 그거, 이미 감정과 태도의 폭력 맞지?"

"네, 맞아요. 서방님."

"애초에 나더러 뭘 얘기하라고? OVA 제2탄의 극장 상영이 정식으로 결정된 거? 내 신부인 79번과, 회색 고양이의 만남을 그렸다던지 하는 이야기인데, 평범하게 생각해도 더 그려야 마땅한 장면이 있잖아? 나를 불러 놓고 배려가 부족하단 말이지."

"네, 맞아요. 서방님."

"그리고 말이야. 일하는 게 느려 터졌어. 다음 권은 언젠데? 19권 말이야, 19권! 내년, 2019년 3월? 단편집 4권과 같은 달 발매라니 그거 가지고 사과가 될 것 같아? 저기 있지, 시간은 유한하잖아. 누구에게나 한정적이잖아. 그걸 이기적으로, 제멋대로, 새빨간 남에게서 빼앗겠다니 제정신인 인간이라면 절대 가만 못 있어. 병이라고, 병."

"네, 맞아요. 서방님."

"그리고, 뭐? 허어? 제70회 『삿포로 눈 축제』 참가 결정? 그게 뭐야. 무슨 연고가 있다고. 자세한 내용은 극장 상영한 OVA 제1탄을 봐 주시라? 웃기지 마! 뭐라도 되는 줄 알아! 날 만만히 보고 그냥 끝날 거라 생각하지 마시지!"

레굴루스

Regulus

"네, 맞아요. 서방님."

"아직 더 있어? 『삿포로 눈 축제 2019』의 책자에 HBC 핀란드 광장에서 리제로 전개가 있을 거라고 게재됐다? 그걸로 눈감아 달라, 그 소리야? 약삭빠르게 지면을 내 준 정도 가지고 용서받을 거라 생각해? 성의가 없어, 성의가!"

"네, 맞아요. 서방님."

"마지막은 이미 정기화된, 2019년 2월부터 시부야 마루이에서 개최되는 오니 자매의 생일 기획…… 아아, 아주 틀려먹었어! 여기만의 한정 상품이니 특전이니! 호화 전시가 다 뭐라고. 이놈이든 저놈이든 아는 게 하나도 없어!"

"네, 그렇지요. 서방님."

"아아, 더는 못 해 먹겠군. 저기 말이야. 난 지쳤으니까 안에서 쉬기로 할게. 너희도 뒷정리 마치고 얼른 쉬어. 굼뜬 아내한테 내 아내 자격은 없으니까."

"──네, 그렇지요. 서방님."

"하하, 대답이 좋아. 그럼 이만 실례할게. 나는 바쁘신 몸이거든."

"── . ── . ──죽으면 좋을 텐데."

※일본어판 발매 당시 내용입니다.

Re:제로부터 시작하는 이세계 생활 18

2019년 11월 25일 제1판 인쇄
2021년 06월 25일 제3쇄 발행

지음 나가츠키 탓페이 | **일러스트** 오츠카 신이치로

옮김 정홍식

발행 영상출판미디어(주) | **등록번호** 제 2002-000003호
주소 21311 인천광역시 부평구 평천로 132 (청천동)
전화 032-505-2973(代) | **FAX** 032-505-2982

ISBN 979-11-6466-037-7
ISBN 979-11-319-0097-0 (세트)

Re : ZERO KARA HAJIMERU ISEKAI SEIKATSU volume 18
ⓒTappei Nagatsuki 2018
First published in Japan in 2018 by KADOKAWA CORPORATION, Tokyo.
Korean translation rights arranged with KADOKAWA CORPORATION, Tokyo.

노블엔진(NOVEL ENGINE)은 영상출판미디어(주)의 라이트노벨 및 관련서적 브랜드입니다.